何一峰武侠小说

何一峰武侠小说

万里情侠传

何一峰 著

中国文史出版社

自　　序

　　昔加富尔不娶妻而以国为妻,固为天下之至情人也,加富尔岂不欲娶妻者?盖欲娶夫天下之至情人而适不我值。可知英雄儿女,本寓有一种天赋真情。彼夫真绝技,走天下,终其身落落而无所合,罔然不知有情世间之所以所成以住,能令人生出无量噩梦,抹却无量眼泪者也。

　　迩者余撰著《万里情侠传》说部一书,终其书未能涣然以释,如酒焉,作十日饮,竟作百日醉。而英雄儿女之剑生活,与其情生活,若断若续,据我灵台,几欲化其身为陆剑鸣、为苏天锡,而山川运歇,磊气全消,欲化其身为蒋桂姐、为左翠莲,而芳草天涯,伊人宛在。

　　余冥思之,穷鞠之,固不能于我境界而能了足,亦不能于我境界而入于彼境界,故我常欲于我境界之外,间接有所受,一换其常触常受之空气,漫助于楮墨之间,以庄严剑侠之血,以璀璨情海之花,如电焉,电虽消去,而其遗渍缘表筒中,铢黍不爽。又如食品焉,品中土性盐质，其遗精尚遍灌食管。而余亦唯有发抒英雄儿女之情剑历史，用此以自熏浸，亦得与书中之英雄儿女以精神相往来。

　　有情人见之，抑或与余有同情乎？余以是解嘲。

目   录

第一回 醇酒见交情香浮杯斝
        神功运指掌独劈华山 …………… 1
第二回 陆剑鸣爱才斗剑法
        孙海鹏远道访奇人 ……………… 9
第三回 痛国耻陆沛涵绝粒
        弄禅机僧峻嵩化缘 ……………… 17
第四回 法华寺小侠客拜师
        太行山奇女子卖艺 ……………… 26
第五回 铁榔头困斗女英雄
        赤砂手力服群恶痞 ……………… 35
第六回 蒋桂姐中途逢怪侠
        苏天锡卯角显英名 ……………… 42
第七回 飞虹惊电月下看飞梭
        置腹推心灯前谈解数 …………… 50
第八回 密语话深宵郎痴妾爱
        风波生平地燕掠蜂狂 …………… 59
第九回 卜鉴泉漫使拿云手
        尤伯符巧试杀人心 ……………… 68

第 十 回	舌底生锋奸言甜似蜜	
	袖中怀箭恶计辣于姜	77
第 十一 回	剑飞血溅午夜掷人头	
	烛闪光摇三更惊虎帐	86
第 十二 回	斗拳法吓退万大力	
	抖手铐气煞苏神童	95
第 十三 回	天柱山英雄看活佛	
	福慧寺奇侠陷机关	104
第 十四 回	剑锋到处禅寺杀人妖	
	灯花黄时莲花生幻相	112
第 十五 回	深闺惊怪客星眼蒙眬	
	魔窟泣冤禽回肠荡结	121
第 十六 回	沥血割心英雄诛恶虎	
	改头换面逆子变山羊	129
第 十七 回	入古寺半夜陷牢笼	
	思往事中途逢剑侠	138
第 十八 回	剑功武术侠士生涯	
	海阔天空美人肝胆	146
第 十九 回	石洞拜奇人风飘黄叶	
	荒郊逢怪杰泪洒青坟	154
第 二十 回	侠男儿轻身入监狱	
	伟丈夫饮恨刃刑台	163
第二十一回	窄路遇冤家险膏虎吻	
	狼心食人肉惨受鸿罹	172

2

第二十二回	老英雄夜半宿客店
	飞行侠月下破邪魔 …… 180
第二十三回	飞剑刺龙鳞雄心似铁
	孤身入虎穴侠气如云 …… 188
第二十四回	米宗恺饮剑入泉台
	仇玲姐挥拳击淫贼 …… 196
第二十五回	水牢惊奇侠处女完贞
	破庙访异人英雄聚首 …… 205
第二十六回	老侠客苦心诛怪杰
	满天星辣手劫娇娃 …… 214
第二十七回	娇鸟脱樊笼春生锦帐
	情天增怅望泪洒空山 …… 222
第二十八回	蒋桂姐巧遇千里眼
	鄢教主威镇六盘山 …… 230
第二十九回	花枝怅望暗赚广寒仙
	蝶梦迷离轻碎连城璧 …… 239
第 三 十 回	莲花粲妙舌顽石点头
	星眼闪秋波狂徒中计 …… 248
第三十一回	僧峻嵩飞剑败鄢俊
	褚元亮设局赚剑鸣 …… 257
第三十二回	灵犀通一点雨压花愁
	劳燕喜双飞风吹萍聚 …… 266

第一回

醇酒见交情香浮杯斝
神功运指掌独劈华山

北风一天一天冷起来，天上布着薄薄的寒云，野外飘来飕飕的黄叶，那沿村树木就吼得像潮水一般。

这时，有一个英风魁伟的少年，披了一件单衫，佩着一支宝剑，冲锋而来，走入那所村中。看那村中的房屋疏疏落落，却也人烟繁杂，只没有什么阔大的店铺。

那少年便向一个三十来岁的健男子笑道："好冷的天气，朋友，这边可有酒吗？我想去吃几杯酒。"

那健男子也笑道："我也因天气冷得很，到村中来吃杯酒。这里没有什么精致的酒楼，我倒有一个表弟在此地开了一所荤素饭店。你我虽不相识，倒看得出是一位好朋友。我们不妨到他饭店内去，就在他那里弄酒吃，好吗？"

那少年因健男子和他萍水相逢，却承认自己是个朋友，不由大喜道："彼此一见如故，都承认是个朋友，又蒙厚爱，将我挈带到令亲饭店里去，却叫兄弟扰了不当！"

彼此手拉手向前走去，转了一个弯，那健男子向西北角上指着说道："朋友，你不看见那木板招牌在风前飘摇晃荡吗？那就是舍亲开的一所'小乐意'饭店。"

那少年举头一瞧，果见那招牌上写着"小乐意"三字，字迹已是剥蚀，只剩有一块一尺来长的木板。两人便一齐走进店内。

那少年看一个穿着撒花玄色洋缎锦袍的汉子在柜台外边站着，一见那健男子走了进来，便将他拦腰抱住，笑道："大哥，我们好久不见，你要把做兄弟的想坏了。今天刮着好大的西北风，才把大哥刮到这厢来。大哥，这里好冷，且请陪着这位朋友到里面去坐一坐，大家好斗个三杯。"

一面说，一面又拿眼向那少年打量着说："大哥，这朋友我像在哪里会见过的，姓名却一时叫不出来，大哥知他是谁？"

那健男子未及回答，这汉子又翻着两个眼珠，兀自想着说道："这位不是孙海鹏孙四哥吗？四哥，你在句容，怎么到了我们清江境里？"

那少年笑道："奇呀！你怎么认得我叫作孙海鹏？难道我头上写着'孙海鹏'三字？"

那汉子笑道："四哥的英风，多久就嵌在我陈锦龙的心坎儿里，兄弟委实不知四哥到我这里来，悔没有拿着一柄笤帚，亲自扫去地上灰尘，好迎接四哥的大驾。这里吃饭喝酒的人却有好几个，不是彼此谈话的所在，兄弟且陪四哥和我这表哥到内厢里。"

那健男子也笑道："我徐嘉禄真是个肉眼，不识得如来大佛。往常表弟陈锦龙曾对我诉说四哥的本领，简直叫我佩服得要从屋里跑出来，对着句容磕几个头。如今又见你四哥这一表人物，真个闻名不如见面，见面胜似闻名。"

大家说了许多倾慕的衷曲，都仰着头笑了一会儿，于是锦龙领着海鹏、嘉禄二人走入一间静室里面。海鹏看那静室内陈设虽不精致，却也十分宽敞，中间安着一盆炭火，暖烘烘的。海鹏随意坐下，嘉禄、锦龙在两边相陪。茶话已毕，堂倌早端上一壶酒来，大鱼大肉，摆满了一张台子。

酒过三巡，锦龙即指着海鹏向嘉禄说道："四哥虽认不得兄弟，兄弟却认得四哥。在三年以前，兄弟因一件命案被官里捉到牢监去，那个姓王的狗官却将这命案硬做在兄弟身上，这真是黑天的冤枉。就有兄弟的几个患难朋友，自然也有我这表哥在内，他们都说兄弟这一副骝筋神骨白白地代人受罪，上司详文一到要砍头的。就给兄弟帮忙，把兄弟从牢里劫出来，他们也就远走高飞，各干各的买卖。

"兄弟便逃向南方，一路上打听四哥是个了不得的人物，在句容城里开场收徒，因此我到句容，在四哥那里，想和四哥攀谈攀谈，无如四哥每天的交游很忙，却轮不着兄弟和四哥有谈话机会。兄弟在贵场里住了半个月，四哥的徒弟约有一二百人，他们和兄弟见面的时候都对兄弟客气得了不得，有时也同兄弟谈起拳功剑术，都是没有走错了道路。四哥这样的师父，才教出这样的一班好徒弟来。兄弟也曾杂在许多宾客当中去见四哥，但兄弟自虑和四哥是个初相识，一时却有许多话想求四哥指教，叵耐那些宾客都像和兄弟有意为难，他们都是争先恐后地趋奉四哥说话，非得四哥把耳朵听了腌臜了起身告别，他们还争着在四哥面前呶呶滔滔地说不绝口，却没有兄弟和四哥谈一句话的机会。

"有一天，兄弟见场里到了一个和尚，法号叫作净性，他说由天台山访师拜友，访到这句容来，才访得四哥这一个好汉，想四哥赐教几手。兄弟在旁看四哥的神情，因他的言语野蛮到了极处，他的形貌也凶狠到了极处，大略是知他包藏祸心，不是专为求师访友而来。四哥是何等身份的人，哪肯轻易和他这头上没有毛的好勇斗狠之辈拼个高下？我见四哥用极谦和的话向他说道：'和尚误听江湖上人胡吹瞎说，以为兄弟有惊人的本领，竟劳动法驾跋涉千里来寻兄弟，叫兄弟心里很是恓惶。兄弟小时候却练过几年武艺，因生来资质愚钝，又不得名师传授，什么矜奇的武艺一些没有进展，却只能打熬出几斤死力。就有许多的小朋友瞧得起兄弟，竟投在兄弟名下为徒。兄弟本有一点儿薄产，用不着开场吃饭，实在拗不过一班小朋友的面子，勉强在这里教他们几手毛拳。其实兄弟做人徒弟的资格还及不上，怎的这样地不知轻重，反做人家师父呢？这也是兄弟一时冒昧，以为天下真有本领的人必不屑来和兄弟较量，没有什么本领的人又不好意思来和兄弟较量，就有兄弟几个朋友一味替兄弟鼓吹，却传出这点儿虚名，真叫兄弟惭愧死也，却害和尚一路上辛辛苦苦地奔到这里来。其实和尚的本领，在大家想来，也算高强，兄弟绝不是和尚对手。倘和尚要来给兄弟拆场，拿兄弟栽个跟斗，那么兄弟是主，和尚是客，好汉不辜负远方人，兄弟也只好让和尚一脚。'

"那净性听了，回道：'孙老四，你别用说得这样客气，你有好些财产，用不着吃这碗开场的饭，难道贫僧也能诵一卷《法华经》、拜几句《梁王忏》，就专靠吃这碗把式饭吗？老实说穿了吧，贫僧之所以跑到你老四这里来，就因你老四有这点儿虚名把贫僧骗得来。不用再讲客气话了，谁有本领，就得谁在这里开场收徒。你怕自己本领不能打胜贫僧，只要你说一句输口的话，这场子是贫僧让给你的，恶龙不斗你这地头蛇，贫僧就得收你做个挂名徒弟。你可知贫僧已皈依在法王座下，你的功夫就比贫僧差一点儿，却不妨照着和人常打的样子向贫僧打来，贫僧既愿来做你的师父，难道还笑你不成？'

"那时四哥尚未回答，即有四哥的一个朋友在旁说道：'和尚是南方人，初到这里来，只闻得孙老四的大名，却不知孙老四得名的原委，只闻得孙老四的本领也好，却不知好在什么地方。孙老四虽练成这般的铜筋铁骨，却没有在江湖上显过身手，也没有和人较量过，胡乱结下了冤仇，可见他的大名不是纯在拳脚上得来的。孙老四的本领自然高强，比不得寻常武术，是他孙家祖传沾衣法，除去句容孙家的子弟，任谁也没有学得沾衣法。孙老四虽收这许多的徒弟，他的为人是何等的稳健，岂肯把家传的祖法告给他人？和尚不知孙老四有这么一套沾衣法，就因为孙老四没有打过江湖上有本领人，看轻他是个盗名之辈，那么和尚就要在孙老四这里下面子了。和尚若存心要想结识孙老四这个人物，不妨彼此做友谊的比赛，免致损伤了和气。和尚若要拆去孙老四这个场子，孙老四一不是怕人，二不

是让人,这意思和尚可明白吗?我劝和尚到别处地方另寻好手吧!'

"那净性听完四哥朋友的话,回道:'你还给孙老四吹牛皮吗?就因你们一班吹牛皮的人把孙老四吹得大了,才劳动贫僧来打破他这金字招牌。什么是沾衣法?贫僧在武术门中也走过几年,什么惊人的武艺都叫得出,就不懂得沾衣法。如果你们怕孙老四冒昧和贫僧动手,受了伤不是当耍子的,替他说大话恐吓贫僧,想把贫僧吓退了,贫僧也知你们都是这么鬼张鬼智的,那么贫僧就得先显出一点儿小本领来,给孙老四瞧一瞧。孙老四自信力量能敌得过贫僧,就动手,敌不过贫僧,就得把两个山字叠起来,赶快请出,让贫僧在这里撑个面子。'一面说,一面拿眼瞧着台子上放着一把铜茶壶,那净性把茶壶里的开茶倒在地上,溅得靠近的人满身满脚的茶,就把那茶壶扑地扁了,在手里搓了几搓,随手搓成了一块铜饼。

"我那时瞧见净性有这样的大本领,就知道他的气功已有了几分火候,很替四哥捏了一把冷汗。却见四哥脸面上转露出瞧不起净性的神形,略点点头笑道:'气功学到和尚这般地步已算到家,却不曾升堂入室,这是什么话呢?因为气功好到极顶的人,必有几分稳健气习,非被人逼到不得已的时候,绝不肯轻易拿着伤人。总之气功好的人,只不去寻人动手,轻易打人一个翻天印,凡有无端来逼迫动手的,都能说不吃亏。像和尚这般鲁莽的神情,我说一句你不要见气的话,你逼迫我下你的手,躲避是躲避不来的,你要和我较量较量也罢,我们便走一下吧!'

6

"那净性就此和四哥到天井里动起手来。忽见净性合掌当胸，纵身跃有一尺来高，用指尖向四哥颚间刺来，迅速无比。四哥便一仰身向后躲闪，没有用铁牛耕地的脚势伤他。那净性身已凌空，上没有攀缘，下没有撑抵，却在四哥的顶门之上，一拳向下劈来。这是他们少林派的独门拳法，兄弟知道这拳法唤作独劈华山。眼看四哥像似让过这一拳之后，已来不及再闪让了，却被净性双掌齐下，喝一声：'去吧！依贫僧性起，就要准备明年今日，来吃你的排周饭。'

"四哥那时把头向左一偏，肩窝上已被打个正着。兄弟在旁看得亲切，看四哥那时栽倒地下，不要把肩骨都打得粉碎吗？就将兄弟的心肝五脏几乎要吓得跳出来。却见四哥的朋友和一班站在旁边看热闹的徒弟，都像似行若无事般。

"兄弟正摸不着半点儿头脑，那净性狂笑了一声，像似自鸣得意的样子，向四哥问道：'你是受了重伤了，我拉你起来，将你肩上的伤用伤药医好了，我就替你掌着局面，收你做个徒弟。'边说边来拉着四哥。四哥也拉着净性的衣袖，一闪身，已拗了起来。

"那净性忙给四哥袒开了肩背，看四哥两肩窝里不但没有受了什么重伤，红也一点儿不红。那净性竖起大拇指说道：'老四的本领真够能在这里挂金字招牌，开场收徒。'一面说，一面向四哥说一声：'三年后再见！'

"四哥那时便叫净性转来，从容穿好了衣服，说：'大和尚，想我孙海鹏和你没有仇怨，你受了我的伤，还不知觉,反说我受了你的重伤,可不要把人的门牙都笑掉了吗?我是姓孙的子孙,不敢用沾衣法害人的性命,大和尚如不见信,可袒出小臂看一看,看是受伤没有?'

"那净性脸上还现出不相信的神态。及至把小臂袒开来,那肥嫩的膀子上有五个青黑色的指印,才知在拉起四哥的时候,用沾衣法来伤他的膀臂。

"我那时就惊讶得把个舌头伸出来,佩服四哥好肝胆、好本领,不愧是江南的一尊大佛。

"那净性登时变了颜色,向四哥叩头求命。

"四哥笑道:'大和尚的心太褊窄了,我孙海鹏要取大和尚的性命,何必到那时候方才下手?如果我又不显出这一点儿小小的能耐给大和尚看,却又惹得大和尚见笑我们江南无人。但大和尚筋脉受了重伤,热毒已攻心脏,别的没有法治,对不起,要请大和尚捏着鼻子吃粪。'

"那净性听到这里,不由得哭起来了。"

欲知后事如何,且看下回分解。

第二回

陆剑鸣爱才斗剑法
孙海鹏远道访奇人

话说徐嘉禄在旁听到这里，便插嘴向孙海鹏说道："这事兄弟已听锦弟告诉过了，四哥嗣后不叫那和尚捏住鼻子吃粪，尽拿他开一回玩笑，却另找出一丸丹药，给那和尚吞咽下去，把伤势医好。这正是四哥为人厚道，那和尚虽败在四哥的手里，大略该当感激四哥是个仁义过天的人，不再到句容寻四哥了。"

陈锦龙道："那净性被四哥医好了伤，竟捧脸出门去了。我那时就要向前去对四哥叩头，无如我是个直肠子人，不喜欢对人说恭维话。逆料将来不轻易和四哥畅谈畅谈，便再住下三五个月，也不过是随着大家吃饭睡觉，想结识四哥这个人物，恐怕绝对办不到的。及听我们清江县换了一个姓吴的清官，把那件命案却办得明如镜鉴，才知兄弟不是杀人的凶手，兄弟身上的命案已经打消。所有翻牢劫狱的案件已经换了官，前任官也卸下这千斤的重担子，后任官照例不用过问，又没有到堂上去追究的人，因而这案也成了一件拖案。兄弟自从打听得这个消息，在四哥的地方终不是个久住之所，也没当面向四哥告辞，就回到这地方来了。所有徐表兄及一班的兄弟也就得逍遥法外，回归原籍。兄弟每与他们谈到四哥，竟像说平话的先生，把四哥的事当作一回书说呢。"

陈锦龙滔滔说了这一大篇，那时孙海鹏一杯酒刚塞住了口，咕嘟咕嘟咽了下去，便放下了酒杯子，长叹一声道："我那时名为开场收徒，实则是胡闹一阵。真有本领的好汉，休说不肯赏光到我那里来指教我一些，便是收的一二百个徒弟，一般都是些花拳绣腿，哪个称得起是一条好汉？我以为本人那么好客，定能结交天下的英雄人物。其实我不开场收徒，不好客倒好了，越是好客，越得罪天下的英雄，一开场收徒，就没有怀抱绝技的好汉来找我了。我自己得罪了人，自己还不知道，即如老兄光降敝场，住了半个月，我连老兄的面目都认不清，姓名都叫不出，拢共没有说一句话。幸是老兄能原谅我交游太忙，所有不到之处，总能大度包容。假如换一个怪性的人，不要骂我两个眼睛太不识人吗？

"我向来虽没有在江湖上结个冤仇，无如那班自诩为好朋好友的，他不是专替我一味揄扬，却因我有这一二百名徒弟，年纪轻而名气大，资格小而身份高，他们却生了嫉妒心肠，把我越说得高，越要激怒远方好手，来下我一个金钟罩，名为将我抬到极高，实则是要我跌得稀烂。

"那个净性，虽然在气功上有了几分火候，却不算个东西，平白无故来逼着我下他面子。果然我真个是一位仁义过天的人，就不该冷嘲热骂，叫他捏着鼻子吃粪。我得罪了他不打紧，我的忠厚名誉就从此扫地了。就有你们清江一位了不得的人物，他听得净性在我那里碰了一鼻子灰，还受了我的老大奚落，就看轻我是个懵懂，到我那里来，将我指教一下。入门便向我的徒弟问道：'你师父在家吗？'我徒弟瞧不起他那个老气横秋的人物，回他说是不在家。他便仰天笑了一笑，说：'好大的松香架子，我劝他不要搭吧！你们前去禀告一声，就说北方有一个俗家，来替南方的和尚找他说话。要指教他一下子，看他是出来会我不会呢？'

"我徒弟便来禀告我，我问那是个什么模样的人，我徒弟回道：'也没有三个头、六条臂膊，不过他一对儿眼睛太厉害，棱棱地射出紫光来。左眼上看是有并肩似的一对儿瞳仁子。'

"我听了徒弟的话，心里就吃惊不小，他既有这样惊人的异相，本领也很可观，这种人到我场里找我，哪里还容我有躲避的余地？说不起，且出来会他一会。

"他一见了我，只向我望着发笑。我便坐下来，想和他客气，先问他一句道：'你老兄这是打哪里来的？'

"他高坐在客席上，理也不理，随手在腰间拔出一支宝剑来，只顾把在手里呆呆地看着。我当时便放下心来，觉得他的能耐同我差不多。他如果有真本领要来伤人，还愁手脚的功夫伤不了吗？要看这支剑做什么呢？他有这支剑同我为难，我家中未尝没有藏着一支宝剑。但见他那支剑黯而有光，剑柄上安着一朵绸质的红花，远远嗅来，剑尖上好像有一股血腥的气味。那他眼中棱棱的电光射着那黯黯的剑光，那剑光便晶莹得眥睛耀目。

"我心里又纳罕起来，卑躬屈膝地又来请教他。

"好半会儿工夫，才听他用极和缓的声调向我问道：'你眼睛里还有人吗，怎么这时才出来会我？这也难说，你是有孙家祖传的沾衣法，算得孙家后起的英雄，哪把我这躲在清江不出头的角色看在心里？谁知我眼睛里也瞧不起你这个后起英雄，我从清江动身到这里来，并不是为天台山和尚打不平，无论那天台山的和尚提起名儿，我都叫不出。他到你这里下了面子，总由他自己鲁莽，本不用怪你，但你的本领比他大、程度又比他高，你在江湖上徒盗虚声，大家都说你是个仁义过天的人，我也打算江南有你这个人物，替武术家争一口气，也算得是气字门中的一根擎天玉柱。那和尚疑惑你受伤便来给你医治，虽然你本领好没有受伤，他却未曾叫你捏着鼻子吃粪，他在明处伤你，你在暗中用沾衣法伤他，这也不能算得什么，却又何必那么地羞辱他？你的忠厚行径何在？老实对你讲，你若是一味不懂道理，没有这般大的名誉，我何必辛辛苦苦赶到这里找你说话？无如你的名气比那净性大，不像那东西是个蠢材，我才存心想来斗一斗你。别人怕你孙家的沾衣法，我是不怕的。是好汉，就值价些，快快地跪下来，受我的教训，省得我亲自动手，把你这脑袋扭下来！'

"我看他说这话的面容并不严峻，简直把我吓得心里都开了花。不过要使我在这大庭广众之间，没有和他较量几手就被他慑服住了，跪下来向他叩几个头，我宁死不能塌这个台；若不遵命办理，又难免一场恶斗，倒把我难坏了。

"他见我脸上的神气凄惶，半晌间没有回答，便站起来匆匆地走到台基下，招呼我和他比剑。我看他那种雄赳赳的样子，心里委实害怕极了，纵有吃虎的胆，也不敢斗一斗这个强龙。然因他站的姿势并不在行，转疑他的功夫是吓得人杀不得人的，就把那已死的雄心重行鼓舞起来。我几个徒弟固然仗着我有沾衣法能胜人，且知我的剑法在他们眼中看来，也算是看家兵器，就不待我吩咐，早有一个徒弟一口气跑到场里边，把我那支剑拿出来，递我手里，就向他吼了一声道：'定要和这老东西较量较量，他既到我们这里来找人，想用剑法伤我师父，没有这般容易。'

"我那时也不好对他再说回头话，早撑开了门户，看看他用什么剑法杀来。却见他故意迟疑了一会儿，把那支剑收入鞘里，抬头看我门内粉壁墙上挂着一面金字招牌，那招牌上面系着一幅三尺来长的红绫布，却向那绫布笑道：'这东西可当作宝剑使用。'边说，边去从那招牌上解下那幅红绫布来。踅到原处，把那绫布先卷起来，像似一根丝带，分在手中，只一使劲，那幅布便竖得直挺挺的，又像一方较大的挡箭牌模样，竖在石阶上。向我点点头道：'你有本事，只管杀来，休要对我讲交情不肯伤我。你如果就不拿出真本领来杀我，就难怪我手里这件兵器不讲交情。'

"我那时被他羞辱极了，也懒得对他再说废话，一挥手中宝剑，向他劈面杀来。他只闪避了一下，便不住地在场中跑圈子。我见他足迹经过的地方，有一只只足印陷入石中，足有一寸多深。似这么跑了一会儿，再看那足印旁边凸起的石头,也被他踏得平了,变成一个圈沟。他的身法、步法皆极快,不要说我把剑迎头劈下,就是在圈子里赶他也赶不上。却见他陡然展开绫布,随手一抖,即好抖到我的腿上,我登时觉得那小腿上仿佛被千万把刀子扎了一下子,便也站立不住,一脚跪下,双掌按地,好像不由自主地在地上叩了一个头。

"这时,他早已把那绫布收回,在手中向上一招,却又卷起绫布,从容笑道:'我若用真剑伤你,你早已升了仙了。我用这幅绫布,是和你讲交情的。'

"我登时爬起来,觉得伤处疼痛难忍,且起了疙瘩。他便也趁势在我腿上揉一揉,却也平复到旧时的模样。我这时直羞得满面通红,看他把那幅绫布仍系在招牌上,这一来,更使我无地自容。便对他苦笑了一声道:'好的,气功真好到极顶,我们再来空手比试一回,看你可怕我孙家的沾衣法?'

"这不过是我说的一句遮羞话,和气功好到极顶的人空手较量,和用东西较量,不是一般的吗?他用一幅绫布已胜过我一支宝剑,他要踢我一脚、打我一掌,我虽有几分运气的功夫,怕不要将我踢打得筋碎骨断吗?谁想我一班不懂得好歹的徒弟,他们都以我孙家祖传的沾衣法是一等一的武术,不拘有什么本领的人,总逃不了我孙家的沾衣法,遂不约而同地向那人叫道:'定要用沾衣法打伤这东西,他既胜我师父一下子,白白地叫他跑掉了,不要把我们肚肠都气坏了吗?'

"我那时虽猜着这班徒弟的心肠,因为我不能塌下这个场面，想我使沾衣法捞回本来，却看错了我的意思。然而他们替我扛起这逆风旗，我转而有些踟蹰不敢再说要脸的话。

"他拱手向我一笑道：'兄弟实在只有这样小小的能耐，老哥若和兄弟用东西厮杀，你不如兄弟，若只凭这一双脚、一对儿拳头打起来，你有你的沾衣法，兄弟却不如你。但兄弟这次来的意思，是因你的名儿太大了，树大容易招风，名大容易招尤，兄弟劝你以后纯行豪义的举动，不容有丝毫虚伪掺杂其间。就是传徒，也要传几个资质聪敏、心术可靠的人，却不能把交朋友、传徒弟当作好耍的事。良言尽此，兄弟是得罪了你，是开脱了你，你自己该明白。'

"他越是这样地把面皮转过来，一句句好话都送到我的心窝里，我越是羞惭无地，越觉太难为情，得罪了天下的英雄。便向这些徒弟丢了个眼色，扑地翻倒身躯，向他拜问姓名。

"他将我一把拉起，说道：'大凡有真本领的人，绝不轻易露泄姓名，好名的人，不是一根木头就是一块顽石，你明白吗？'说罢，又把手一拱，才一眨眼的工夫，已不见他的踪迹所在。据我一班徒弟说来，只见一道电光打我们眼睛里闪了过去，便闪得不知去向了。

"我从受了他这番教训以后，把一班的徒弟遣散了，收了场子，场中的朋友就送他们几个盘川，请他们另择安插之所。心里是忘不了他这个奇人，便由句容到清江来，访问一番。不意路过贵村，看两位都是不群的人物，特地借话拜识一回，好从此访问出那个奇人。承蒙招待，竟叨扰了哥们的好酒。"

徐嘉禄在旁听完这话,很诧异地想着:"谁呀?我们清江地方,哪里有这么一个人物?四哥的本领已算得天字一号的英雄,不是神仙所做的事,四哥都可以做得出来,我就不相信有本领比四哥再大的人,又近在我们清江。我们怎不知道?四哥敢是遇仙了吗?他不是个仙人,却怎的有那样惊人的能耐呢?"

孙海鹏道:"他们有真本领的人并没有常到江湖上走走,徐兄不认识他,本也难怪。若说他是个仙人,我就不相信世间果有仙人。"

陈锦龙笑道:"四哥且请吃酒,若要会一会这个人,今晚就备三匹好马到城里去走一遭,保得住他能会四哥……"

徐嘉禄不待锦龙接说下去,便跳起来急道:"你别说这藏着骨头露着肉的话,你就说那人是谁就好了。"

锦龙道:"还有谁呢?就是东门城外开烟纸店的那个陆剑鸣。"

孙海鹏听完这话,喜得把心肝笑出来。

欲知后事如何,且看下回分解。

第三回

痛国耻陆沛涵绝粒
弄禅机僧峻嵩化缘

话说孙海鹏本为寻访那异人起见，一路访问到清江来。恰问不出那异人姓什么、叫什么、住址在清江什么地方，心里好生怏怏不乐，不意在这小小的村镇和徐嘉禄机缘凑合，一见如故。又由徐嘉禄领他到陈锦龙的酒店里，在杯酒倾谈之间，孙海鹏猛地听陈锦龙说这异人在清江东门城外，开一爿烟纸店，并知他的姓名叫作陆剑鸣。

孙海鹏听完这话，便喜得把心脏都笑出来，哪里还有心肠吃酒？便放下酒杯子，向嘉禄、锦龙二人说道："我们就去会一会那个异人吧！"

嘉禄、锦龙看他的神态，好像一刻会不到陆剑鸣便一刻吃不下酒去，忙令堂倌收了杯盘，雇好马匹。

孙海鹏急止道："我们此去访他，不但用不着骑马，使他疑惑我藐视天下的英雄。并且要不露锋芒，装作买东西人的模样，相机而入，慢慢地去请教他，好吗？"

二人同时点一点头，就此一齐出了酒店，迎着刮倒人的东北风，直向清江东门而去。当由孙海鹏在前，嘉禄、锦龙在后。看海鹏走的脚步，并不是尽力奔跑，却同腾云驾雾的一样，两边的景物转瞬间就一般地退后去了。嘉禄、锦龙走得和他不即不离，却不像他行若无事地走着。一会儿走到东门，便走入"陆盛泰"店里去。

孙海鹏看那店里并无宝贵物品，无非是卖些酱油盐醋、烟果纸张之类。店堂表面有一个年纪未满二十岁的小伙计，在那里打算盘。孙海鹏便掏钱买些果品。

这里锦龙却向那小伙计招呼着问："你们陆老板在家吗？"

那小伙计便放下算盘，说："原来是陈大哥，我听得大哥吃官司，很有些担惊受怕，做梦想不到大哥会安然出来。这真叫作善人不遭横事。"

锦龙道："我只问你，陆老板在家不在家？倒累出你许多的好话来……"

话犹未毕，便见徐嘉禄向外面指着一人说道："这不是陆老板回来了吗？"

海鹏、锦龙各自掉头一看，海鹏便向陆剑鸣躬身一礼说道："陆老板，你访得我好苦呀！"

徐嘉禄看着陆剑鸣那左眼里果然并肩立着两个瞳仁子，电也似的露出紫光来，年纪虽然还少壮得很，却并没有看出他是个会把式的，行止举动之间，又活像一个小本商民的模样。同时陆剑鸣也向海鹏回了一礼，只不说什么。

大家一齐走至后堂，茶话之间，孙海鹏在未见他以前心里打算有好多话，在见面时说出来。但因他行踪诡秘，不肯轻易对人露出马脚来，倒有些碍口，不便当着嘉禄、锦龙面前说出。不料陆剑鸣看孙海鹏的神态，早已料着八九分了，正要向海鹏诉说什么似的，这当儿，便从门外跑来一个十四五岁的童子，低头向陆剑鸣附耳说了几句。陆剑鸣便向他们三个人一齐说道："请三位恕兄弟无礼，兄弟有要紧的事，不能和三位多聚谈一会儿，改日再奉陪吧！"说毕，径自随着那童子走了。

当时海鹏、嘉禄、锦龙三人也只得走出后堂，看陆剑鸣已匆匆出门去了。

海鹏问那伙计道："你家老板到哪里去了，可有什么要紧的事？"

那伙计正在那里打着算盘，已被厘毫丝忽弄得头昏，并没有见陆剑鸣和小童走得出来，便向锦龙回道："敝东家不是陪着三位在后堂谈话吗？我没有见他是到哪里去。"

徐嘉禄又接着问道："那小童是什么人，你可见他走进来没有？"

伙计道："那小童是常到我们店里来的，方才我也看见他走进内堂。他们有什么要紧的事，我不知道。"

海鹏、嘉禄、锦龙三人因在那伙计口中探不出实在情形，便也匆匆走了。

那伙计忽叫："陈大哥转来。"

锦龙便也停住脚步，那伙计笑道："大哥店里生意可好？要买油醋，只要大哥赏光来买，我这里是特别欢迎。"

锦龙笑了一笑，也略和他敷衍了几句，随着海鹏、嘉禄二人一齐走了出来，仍然回到那座小小的村镇。

锦龙便留海鹏、嘉禄在饭店睡歇一夜，第二日，又来探问陆剑鸣。那伙计回说是没有转来。

　　锦龙扯谎道："我那里有一笔生意，要等你老板回来我才好向他接洽，不知他究竟几时回来？"

　　那伙计又回道："他在这里开店开有三个年头，知道我老实可靠，每一去多日不回，把店里责任都推在我身上。在先临去的时候，还得向我叮咛一番，以后要去就去，却不用来告诉我。陈大哥要接洽生意，等他回来时，我便送个信儿到大哥那里，何敢常劳大哥们的大驾？"

　　海鹏、嘉禄、锦龙三人又扑了一个空。锦龙很诚恳地把海鹏款留在家，海鹏看他和嘉禄二人都算得一个热血的英雄，却和他们在神座前拜了把兄弟，海鹏比嘉禄小得六岁，锦龙又比海鹏小得四岁，他们盟过心志，交情便渐渐地更加深厚起来。每日除去讲论武术，却照例到城里去走一次，看陆剑鸣究竟回来没有。接连访了三个月，已是寒尽春来的时候，那陆剑鸣一去，就像石沉大海，消息全无。

　　这天，他们兄弟三人又走到"陆盛泰"店铺以外，却见那店门已关锁起来，便去问及左邻右舍。他们都说："这姓陆的原是直隶人，那伙计也由姓陆的带来，在这里做生意已有了好几年，却能说得一口清江话。昨晚他们宾东两人将店里的货物交给城里慈善团收为公费，并对我们说，他们在别省地方已有事做，不在这里做买卖了。"

　　海鹏三人听完此话，只顾你望着我，我望着你，只不知陆剑鸣是到哪里去了。

　　海鹏就此要拜别嘉禄、锦龙二人，发咒要走遍海角天涯,去寻访陆剑鸣。嘉禄也愿陪海鹏一路去。

锦龙道:"你们两位哥哥去了,叫我独自住在店里,有甚趣味?我也收了这个劳什子饭店,和两位哥哥一同去吧!"

不表海鹏三人准备结伴同行去访问那陆剑鸣。诸君要问陆剑鸣究竟是到哪里去了,就请先将陆剑鸣的历史铺叙一番。须知他是本书中的主要人物,不得不给他做几回短篇小说,接连牵出一班的儿女英雄。归根断脉,仍然贯到本回的事实上去,把书中的离奇情节,一串串穿了起来,就使那一班的怀抱国仇、富有肝胆的多情剑侠,忠魂冤魄,永远漫漶在楮墨之间,好激起我们中国同仇的义愤、提起我们中国尚武精神,这才不负在下著书的微旨。

闲话休烦。且说直隶保定乡下有一个明室的遗老陆沛涵,是明崇祯时代的进士,少年得志,本是一件极写意的事情,无如他读书比别人读得多,见识肝胆又比别人来得深挚,他在明督师袁崇焕营中住了一年,尽挂了一个咨议的虚衔,很能运用智谋,替国家做事。

后来袁督师为明廷的权奸谋害,陆沛涵深恨明怀宗偏听谗言断去明庭一根擎天玉柱,国事从此便不可挽回了。他本预备和程更生、祖大寿这一班人殉烈而死,但他所见者大,知道"天下兴亡,匹夫有责",不肯殉沟渎小节,轻身自杀。迨至李自成直逼燕都、怀宗出走、史可法奔走国乱,欲把这乾坤翻转过来,那时沛涵也到史可法的幕下参赞军事,因吴三桂把满人请进关来,沛涵曾劝史可法不要用这外交手段引狼入室,史可法不肯听。沛涵便辞别了史可法，飘然归隐，在保定乡下买了二十亩薄田，躬耕自食。

及见清人定鼎中原，沛涵便绝粒不食，把儿子陆雨亭唤到床前，嘱咐不要贪食清廷的官俸，做那清朝犬马。雨亭涕泣受命，沛涵便从此咽了气。

雨亭能继父志，著书立说，大半都提倡爱国精神，不遗余力。其书都藏在深山古寺之间，不敢公然刊行于世。

雨亭死，其子陆春田，能传诵父书，怀抱大志，尤能勤苦耐劳，就撑下了数千亩的良田，在保定境里，算他是首屈一指的大农户。早年生下一子，取名剑鸣，原是剑鸣的母亲在临盆的前一夜，梦见梳妆台上放着一支宝剑，陆夫人看那剑柄上系着一朵红花，不由喜得心里发笑，把剑拔出来一看，那剑忽然鸣动起来，像似猿啼虎啸的声音。在这一鸣惊人的时候，陆夫人便从睡梦中醒来，出了一身香汗。来日剑鸣诞生，陆夫人遂将昨夜梦中的事对春田说了。春田暗想，此子将来不凡，绝对是一个生气虎虎的英雄，就给他取了一个名字，叫作剑鸣。

剑鸣生有异相，广目重瞳。在五岁的时候，有一个老和尚到陆家化缘。其时适逢春田的母亲病在床上，春田忙着侍奉汤药，有好几个月不曾安眠。忽听得门前敲着木鱼的声音，便有一个小厮跑进来，说有一个游方的和尚，腰系葫芦，手击木鱼，盘膝打坐地坐在大门口化缘。春田最可恶的和尚、道士这一类人，却因母病垂危，没有闲工夫听这些废话，便向小厮斥说了几句。

小厮碰他主人一个钉子，没有地方泄气，便也转到大门口，向那老和尚发作道："你化缘没带着耳朵吗？我家主人最可恶的是和尚,老太太病得那个样子,最忌讳的也是和尚。我多久就劝你别处去募化些金钱,修补你的五脏庙,你偏要我去禀告主人,却叫我平白地受一顿痛骂。你这秃驴,没有两个耳朵,难道驴眼睛也被驴蒙布蒙起来了吗?怎的这样地不识相!"

那老和尚听了,并不生气,只向小厮笑了一笑道:"老僧有好几年不吃酒,嘴里要淡出什么来,不能替你家老主母念一藏经。你家既不肯化给贫僧的金钱,多少请你方便些,弄一葫芦水酒来,便没有肉化给贫僧,也要烦你捞几根肉骨头,好修补这五脏庙里横梁直柱。"

小厮听他这话,转可怜他没肉吃、没酒喝,便养得骨瘦如柴。看他那葫芦并不甚大,只盛得几杯的烧酒,他又瘦得这种样子,如何能吃得多少肥肉?便也大发慈悲,将他带到厨房。先从一只酒坛子里汲了半勺的酒,向那葫芦口里倒进去。看似没有盛满,便又添了一勺,仍然像在前的一般。接连添了好几勺,那葫芦还没有满。小厮急得把葫芦口向下倒去,却是点滴全无,心里诧异得很。回头看那老和尚在那里呒舌咂腮,说:"好一阵酒香,喉咙里要痒出虫子来了!请你再添几勺,也算你借花献佛,在我们出家人身上做些好事。"

那小厮却不禁把头上一根青筋都急得暴了起来,使起性子,将那葫芦掷在地上,下死劲用脚向上一踏,把那葫芦踏得稀烂,兀自大笑起来。

老和尚生气道:"你准许化给老僧一葫芦酒,却点滴都没有,倒反踏碎了老僧一个葫芦,你须得把葫芦赔给老僧……"

话犹未毕，便听得里面喊着："陆保！"

那小厮听得主人叫他，哪有工夫和老和尚厮缠，不由得想跑到里面去。

老和尚哪里肯依，扯着陆保的衣裳说："你有多大的胆量，敢不赔老僧这个葫芦？"

陆保被他缠得光起火来，忍不住竖起拳头说："你这头上没有毛的东西，是从哪里跑来的？平地生花，冤赖老子踏碎你的葫芦？"旋说旋举起拳头，向那老和尚当头顶上打来。奇怪，老和尚头上没有打着，陆保那个拳头登时便酸痛起来，直痛到膀臂上，那只手伸了出去，早缩不转来。

陆保看自家的拳头和膀臂上红得像花一般，手上肿得像个饭碗，臂上又肿得像个吊桶，却吓得眼泪鼻涕都哭了出来。便向地上一跪，向老和尚叩了几个头，把头都磕得咚咚地响，仰着脸不住地哀告道："老师父是个活佛，不要和我们一班蠢牛认真，请活佛慈悲我这只蠢牛，医好了这只手吧！"

老和尚笑道："也罢，老僧也不要你赔偿一个葫芦，却懒得听你念这倒头经。我身边还有二百钱，也买得几斤肉吃，却不赖在这厨房里，硬要捞几根骨头。"说毕，掉转身躯要走。

陆保方欲再用那只手去扯住他，忽听里面又不住地叫着陆保。

陆保哪里肯去？口里只乱嚷着："活佛，求你佛菩萨可怜我，我一死不足惜，只抛不下家里七十岁的老娘。"

老和尚听了，却现出很慈悲的神气，说："老僧在这里等着你，你去见你的主人，说老僧有这法力，能医好你主母的病。待老僧把你们主母的病医好了，随后再给你医吧！"

　　陆保便去见他的主人。陆春田看他这个样子，真是哭也不能，笑也不能，却不禁吃了一惊。

　　欲知后事如何，且看下回分解。

第四回

法华寺小侠客拜师
太行山奇女子卖艺

话说陆春田见陆保左手臂上红肿得甚是厉害,握着那个饭碗般的拳头,像似要打人的样子,不禁吃了一惊,说:"我叫你两次,要你去把医生请来给老太太医病,却想不到你仍是那样野性,和人三言两语不合便厮打起来。于今受了这样重伤,看是怎么好?"

陆保不敢隐瞒,把老和尚的神通本领对春田说了一遍,并云:"老和尚曾被下人央告得心肝软了,他要先治好老太太的病,随后才给下人治伤。"

陆春田听了,暗暗纳罕,他虽然鄙薄一班的和尚、道士,是因为那些披袈裟、穿鹤氅的世间废物,都是不耕而食、不织而衣,在芸芸人类中,全没有丝毫用处。却听陆保说这老和尚有那么大的神通本领,又能医好他母亲的病,便向陆保说道:"你去对那老和尚说,只要他能够把老太太的病及你的病势都治好了,随便花他多少钱,都使得。"

陆保领命而去。忽然陆母在床上吐出苍缓无力的声音,叫陆保转来。陆保忙停住了脚。

陆母便向春田说道:"你去对那老和尚说。老和尚既有这样的能耐,必有些来历,非得你出去请他不成功。"

陆春田只得亲自走到厨房,看老和尚拾着地下的碎葫芦,在手中凑了几凑,恰好又凑成了一个葫芦,仍然系在腰里,看去却没有丝毫的痕迹,就相信陆保所说的话一句不假。便向老和尚拱拱手说道:"下人们无辜地开罪老和尚,我来赔礼,求老和尚慈悲,饶恕这一次吧!"

老和尚合掌笑道:"解铃还是系铃人,他受老僧的重伤,若不给他医治,殊辜负我佛慈悲之意。但老僧和他有言在先,要医他的重伤,就得先去治好老太太的重病。但施主须化给老僧一个大缘,老僧自然在施主面前不打诳语。"

陆春田道:"老和尚要化什么呢?只要我家里有什么,便化给什么。"

老和尚道:"施主家里没有,老僧来募化什么?老僧医好老太太的病,就想把令郎化去做一个徒弟,施主究竟肯不肯化给老僧呢?"

陆春田是个天性纯孝的人,因他母亲得了一个膈病,水米有好多日没有沾牙,想他母亲的病是不能好的,连棺材衣殓等物都措办得停当了。明知叫陆保请一个医生来是医不好他母亲的病,但想万一能吃点儿汤药下去,从此得略进一点儿饮食,总算他做儿子的尽一点儿孝心。想不到一个游方的老和尚有这本事,能医好他母亲的病,却要募化他五岁的儿子去做徒弟。就因要全母亲的病,也不能不硬割下这一块肉化给了老和尚，连忙又向老和尚施礼说道："老和尚但能医治我母亲的病，准将小儿化给老和尚做徒弟，任凭把他带到哪里都使得。"

老和尚道："施主这话有更改吗？"

春田道："丈夫一言既出，誓不反悔。"

于是春田带老和尚走到内堂，请老和尚给他母亲切脉。

老和尚摇头道："老僧看老太太的神气，就知老太太不吃饭已有好几个月了，却不用给老太太切脉。"一面说，一面令人取一个大面盆、一大碗肉上来。

春田不敢多问，只得遵命办理。

老和尚尽心吃那肥肉，顷刻间已把碗里吃得空空如也。老和尚便装出要呕的模样，就哇地哕了一声，把腹中的酒肉都呕到面盆里去，盆里已呕得满满的。

春田和众人在旁，闻得那一阵酒肉臭味，比什么都难受，只不敢发作老和尚。却听他母亲在房中嚷道："好一阵的酒肉香，比什么灵芝玉液还香。春田，可能把酒肉弄点儿来给娘吃喝？"

春田觉得奇怪，暗忖：我母亲病了数月，不但不进一些饭食，凡见有什么可吃的东西，她老人家都让把这东西搬开一边，不要使人见了讨厌。如今老和尚呕出这么多酒肉来，比什么还臭，她老人家却说比灵芝玉液还香。其中的缘故，真非我们一班不懂得医理的人而能够心领神会。想到这里，便亲自把那酒肉送到陆母面前。

春田看他母亲把面盆中的肉吃了好几块，咕嘟咕嘟地又喝了些酒汤，心里格外惊诧不小。

忽听他母亲又叫他的名字，说道："春田，娘的病是好了，娘的病是好了！你快点出去谢一谢那个活菩萨。"

春田便走出来，再看老和尚已不在内堂了。连忙向陆保问道："老和尚到哪里去了？"

陆保伸出手来回道："老和尚在下人手上只揉搓了几下，一时红退了，肿消了，谁看见老和尚到哪里去了？"

春田即走到自己的房，忽见他妻子泪流满面地急得顿足哭道："方才剑儿抱在怀中睡了，却走来一个和尚，把剑儿夺去了。你是在外边来的，可见那秃驴跑到哪里去了？"

春田便把老和尚医病化缘的事对他妻子说了一回，又说："假如我母亲死了，哪里再寻出一个母亲来？儿子虽被那老和尚募化去了，凭我们这样的年纪，还可以再养几个儿子。"

再说那老和尚夺了剑鸣，在剑鸣头上轻轻拍了一下，便如急风闪电般出了保定境界。

及到剑鸣醒来，看不是睡在娘的怀里，分明是睡在一个竹榻上，看这房并不像自家的房，榻边坐着一个老和尚，那种欢天喜地的笑容，简直像似一尊欢喜佛。剑鸣光翻两个豆大的圆滚滚的眼珠，不住在老和尚上下一打量，好像在哪里看见过的。

剑鸣生来便聪慧绝伦，在四岁的时候，已能认得几百个字，说出话来不类小儿，什么人情物理都能懂得。于今虽看老和尚露出满面的笑容来，但想起自家的娘来，不由哇地哭了一声姆妈。老和尚忙向前去哄他一番，好容易才将他哄得住了哭声。

就此剑鸣便住在老和尚寺中，老和尚教他读书，闲暇的时候，领着他在寺内外山上闲逛。似这么过了两个年头，剑鸣已交七岁，才知这山就唤作嵩山，老和尚法名唤作峻嵩。那山门上是写着光灿灿的"法华禅寺"四个金字。寺内的和尚有十来个，一不诵《法华经》，二不念《梁王忏》，都像似无事闲游的和尚。

山门对面，也有一座观音寺，寺中住的都是尼姑，住持的尼姑唤作悟能，时常到法华寺中和峻嵩老和尚对面谈话。但来时必在更深夜静山门关闭的时候，日间悟能却不便到法华寺来。

这夜，剑鸣趁着老和尚和悟能谈话的时候，抽点儿空，兀自想游逛一会儿。却见山门关了，寺里的大小和尚都已酣然入梦。剑鸣却走到最后一间经堂里，看堂里设着神龛，神龛里供着一尊阿弥陀佛，竟有二尺多高，全身灿烂，映着那殿中间一盏琉璃灯，越发满室光明，白日无异。剑鸣是个小孩子的性格，一眼却又看到阿弥陀佛的一对儿眼珠子光明滑润，像似两个小小圆珠，便端过一张圆凳，借势爬上了神龛，一举手将那阿弥陀佛左目上一个眼珠子移动了几下，好像抠不下的样子。

忽听得咔嚓嚓响了几声，剑鸣不禁把手缩回了，翻身想爬下神龛，哪里还来得及呢？那神龛便登时移动，向左边倾斜下来。剑鸣身不由主地在那神龛上打翻一个筋斗，翻下去有几丈多深，好像似坠入一个小小的石洞里面。再看上面又没有一条缝罅，四面黑洞洞的，更看不清什么。剑鸣不由得怕起来，忙定一定神，方才仔细看见前面有一条又窄又狭的石路，尽可容一人出入，便沿那石路向前走去。约走有二百多步，像似由上面向下走的样子。忽见前面有一座广场，广场中间有一间小小的石屋，像从窗子里射出一道灯光来。

剑鸣走近了一步，向窗子里伸头一看，却见石室里有一个小小的书橱，都藏着些书籍，中间没有灯火，不知这灯光是从哪里发出来的。猛地却见室里东北角上高高地挂着两支宝剑，那宝剑上系着两朵红花，那两个剑鞘也挂在一边，才恍悟方才在室外所见的灯光，便是那两支剑上的剑光射出来的。

这当儿，便听得脚后有些风响，回头一看，却是峻嵩老和尚站在那里，翘着胡子向他一笑。剑鸣不由喜得心脏都跳出来，便向峻嵩问道："老和尚是打哪里来的？请老和尚带我出去，我的命没有滑在西瓜皮上呢！"

老和尚道："奇呀！你能到这里来，难道我不能到这里来吗？你在神龛上抠那阿弥陀佛一只左眼，我岂有不知道？你是陆雨亭的后裔，既自由自性地窥破石室里的秘密，总算不辜负老僧辛辛苦苦地把你由保定带到这嵩山来，收你做个徒弟。但你到这里来了，从此就在这石室内学些本领，把你祖父的书籍细心温习一些，将来我教给你剑法成功，出山也可干些事业，好替我们中国人慢慢地把这大好的山河恢复过来。这才不埋没我收你的美意，不辜负你祖父那时著书的苦心。"

一面说，一面把着剑鸣，从窗子里跳进去，先把陆雨亭当日所藏的书籍取了一册出来。每日老和尚到那石室去一次，把那书中的意思面命耳提地讲给陆剑鸣听。

陆剑鸣是何等聪明的人，读书读了五个年头，他祖父所著的书籍是提倡中国尚武精神，激起中国人同仇的义愤，一齐打倒满清，好将这心血洗出一个光明世界。其书已由雨亭口授春田，上回书中已经表叙过了。但所授的只是十分之一，不能不无遗憾。峻嵩却将剑鸣化到嵩山来，教他的五年书，已把那橱中的书都教完了，然后再教他运用气功、学习剑术。

当日峻嵩在陆家耍的那个玩意儿，原是气功的作用，略掺杂一点儿神通。据说气功练到极顶，能吸取河中的水，无形中使人看不出来，这气字门的功夫奥妙无穷，大有起死回生之妙。今人但谙习一些大力衫法，便自诩是气字门的作用，无怪我们中国的武术样样都落在古人以后，这也不用絮烦。

再说剑鸣在武术门中练了六年，凡有山峰剑、少林拳，以及白日的迷踪艺、黑夜飞行法，无不精通娴熟，常在峻嵩面前，求放他出山，峻嵩总是一味地坚拒下去。却被他求得没法，才把他领出地穴，由石屋那边一步一步地向上走去。约走了二里多路，已走到外面的方丈室内，这剑鸣看室中床榻下面有一个小小的扳机，料想他师父走进那地室中去，必由这里进去的。

在临别的时候，峻嵩便送他两支宝剑。这两支剑是一雌一雄，剑柄都系着一朵绸质的红花，是在那石室里取出来的。

当下峻嵩便向剑鸣嘱咐道："我送你这一对儿雌雄剑，

须知你的一生事业完全在这两支剑上，前程不远。愿你不用倚仗着一点儿能耐，看轻天下真有本领的人，古语说得好：'强中更有强中手。'果然你遇到真本领的人，谁把你这点儿武术看在眼里？"

剑鸣再拜受教，便辞了寺中的僧侣，一路向直隶保定而来。路过山西太行山下，在山中浏览一遭，觉得太行山的景物和嵩山比较起来，一个像似崚崚风骨的英雄，一个像似翩翩多姿的少女。在山中玩了数日，便要回保定去，好像有些依依不舍的样子。

这日，走到一个山村，看村前围满了许多的人，像在那里看把戏的一般。剑鸣也随意挤进去一看，却见一个十七八岁的貌美女子，兀自在场中献艺。古小说书上形容美貌男子是什么面如冠玉，唇若涂丹，两眉如新月，双眼若流星。今若将这般的形容词不给男子做专利品，转来形容那卖艺的女子，却一丝也没有走板。那女子的容貌却能从妩媚之中露出刚健的神态，婀娜之间露出英锐的气习，随意在场中舞了几趟拳架子。那些看热闹的人且不问她是什么拳术，却因这女子的容貌比别人生得俊，不住地在那里争着掏钱。

那女子看他们掏的钱已是不少，不由随口向众人说道："我在这里耍拳耍了一会儿，劳动诸位掏了不少的钱，实在诸位看我拳法不能卖钱。"

瞧热闹的人，有的问她这是什么话。

那女子笑道："诸位如果知道我的本领值得钱，就该赏光和我比试一下，再赏给我的钱，那才算是本领卖得钱……"

话犹未毕,场中早挤进一个三十来岁的男子,剑鸣看他满脸的邪气,不是个正经相,两眼间像火一般地露出凶光来。走进场内,就显出雄赳赳、气昂昂的样子,向那女子笑道:"我来赏光陪你比试一下,但你打败我怎么样,我打败你怎么样?"

那女子道:"你打败我,我就得把这许多钱给你拿去;我打败你,就得赔我这么多的钱。"

那人忽地翻着眼珠子,向女子笑道:"你这话怕没有道理,依我的意思,你能打胜了我,就收我做老公;我能打胜了你,就收你做老婆。"

这一番话,真把女子气得涨红了脸。

毕竟那女子又说出什么话来,欲知后事如何,且看下回分解。

第五回

铁榔头困斗女英雄
赤砂手力服群恶痞

话说卖艺的女子听那人说是"你能打胜了我，就收我做老公；我能打胜了你，就收你做老婆"，便不禁圆睁杏眼，倒竖柳眉，向地上啐了一口道："呸！哪里来的东西，敢在我面前放肆？狗咬吕洞宾，太也不识相了。"

旁边瞧热闹的人听到这里，大家都笑起来，说："王大哥王天虎，今天可是过着辣口了。"

王天虎把个头一伸，几乎要伸到那女子的唇边，说："好姑娘，我是一只狗，也要把姑娘吃下肚子去。"

那女子见他越说越不像个话了，轻轻从嘴里吹出气来，直吹到王天虎的嘴唇上。王天虎觉得唇上仿佛被什么东西打击了一下，登时便红肿起来。

这时，场中恼了一人，这人正是村上的一个恶霸，唤作铁榔头宋胜，手下很有一班狐群狗党，不三不四地都懂得一些拳功刀法。这王天虎却也是宋胜的把兄弟，诨号唤作无头太岁，他们在这山村里自大为王，外人因村中的恶霸太多，就唤作恶蝎村。叵耐这一班恶霸都在江湖上做些没本钱的买卖，一年只做三五次，但在太行山一带地方，却不动一草一木，倒也算得好汉，山中人却也得安居乐业。不过畏怯恶蝎村的人多势大，遇事总得让他们一脚，省得吃他们的眼前亏。凡有走马卖解的人到恶蝎村来打场子，必先到铁榔头宋胜那里拜谒一番，这个名词，在他们江湖上人说是打招伙。

　　这卖艺的女子在先却未到宋胜那里打招伙。若在寻常卖艺的人，那村中的一众恶霸，大家哗闹起来，就不由分说，早到场中把这卖艺的人先行捶打了一顿，再用绳捆索绑地把他绑到宋胜那里，责骂他为什么吃这碗江湖饭，不懂得闯江湖的规矩。这个名词，在他们江湖上人，就叫作戳蹩脚。

　　那卖艺的女子并未到那里打招伙，宋胜和一班党羽不但不来狼声虎气地戳蹩脚，反而穿起长袍短套，到场中来，拼命地向她舍钱。却有两个原因：第一个原因，且不说出；第二个是因这女子生得比别人俊，千个里也挑不出一个来，惹得一众的恶霸没有个不把狗眼睛睁得圆鼓鼓的，望着那女子，就如火上倒了一瓢的冷水，把他们的燎天气焰都已挫息下去了。

　　如今宋胜因无头太岁王天虎被女子把他唇上吹得肿了，那王天虎本生就得一副鬼脸子，唇上又红红地肿起来，就肿得像个猪八戒般。实在宋胜眼里看不下去，不禁气得三尸神暴发，铁头上放起一把火来，早挤进了围场，吩咐一个恶霸，把王天虎负开一边。他在场里一跳有一丈多高，指着那卖艺的女子说:"老子倒也来问问你,难道你是从王爷家里来的?你到我们村上卖拳,也不探听探听村上有几尊大佛、几十个罗汉,先去烧一路好香,竟有这吃虎的胆,就这么扯手拖脚地卖起拳来,你还有理开口骂人?吹牛皮一样的,又吹伤了我们自家的人。告诉你一声,你站稳了,我们这村就叫作恶蝎村,老子就是村上的一尊大佛,叫作铁榔头宋胜便是。"

旋说旋将卖艺的女子一把揪住,说:"兄弟们快来快来,快将这小妮子捆起来,送到我那里去!"

陆剑鸣见宋胜凶横异常,欺负人家异乡卖艺的女子,依他的性子,就得挤进围场,一股脑儿给他们个当面开销。却因这女子的本领断不至于败在他们一班的恶霸手里,且再看下去,如果卖艺的女子敌不过他们,就帮着动手;敌得过,杀鸡也不用自家一把牛刀。

其时,卖艺的女子见宋胜那一手来得非常沉重,又用头在她身上乱撞乱碰,扑通扑通地碰得价响。一班的恶霸早已一窝蜂地涌上前来,将卖艺女子团团围住,各个使出蛮力向卖艺女子打来。

那卖艺女子见众人围拢来,并无半点儿畏色。那些花拳绣腿打在她的身上,仿佛打在石头上一样,纷纷被逼退回来。那些恶霸仍不知死活,故伎重演。

此时,却恼了一位老英雄。只见他身形一纵,早已跃入场中,二话不说,伸手就是一拳,直奔宋胜打去。

那宋胜平日横行乡里惯的,哪里会把区区一个老者放在眼中?及至老者一拳打出,尚未及身,他已感到此拳非比平常，若要挨上，非死即伤。暗想：不好！想我堂堂宋胜，一世英名，莫非要栽在一个老头子手上吗？转念又想：常言道："好汉不吃眼前亏"，我何不来个三十六计——走为上计！说时迟，那时快，只见他一个纵身，一声哟喝："弟兄们，快撤……"语音未落，已不见人影。

一班恶霸正在打得兴起，看见宋胜仓皇逃窜，知道今天遇了劲敌，也纷纷作鸟兽散。

此时，蒋平见一班恶霸各个抱头鼠窜，便也作罢。回过头来，对女儿道："桂儿，过来，为父有话对你说……"

蒋平刚刚对女儿说了这句，转念一想：不对！如此轻轻饶过这群恶霸，恐怕他们还要继续残害其他无辜。何不就此寻到他们的老穴一探究竟，再作道理？主意已定，遂与桂姐一路跟踪，便访到恶蝎村来。却见有一座很大的石坪，就有许多人在那里哗噪，七言八不齐，要把人的耳朵都噪聋了。忙走近几步一看，果见有好些彪形大汉，围坐在几块大石头上讲话。

原来那些彪形大汉，为首的便是铁榔头宋胜，其余如三脚虎张横、无头太岁王天虎、飞烙铁李勇、飞行夜叉汪豹、火星菩萨栾雄、银叫子时大鹤、赤须龙莘江、扑天鹰沈超、狗头虎米得胜、一支镖潘奇、金钟罩祁国柱、一声雷秦虬、独壁虎彭彪、满天飞邵兴、千里独行眼韩大铎。他们这十六筹好汉，预先不知在哪里弄来十来条石磙，每条约有四百斤重，准备轮流在那里舞弄。旁边还夹着许多的外村人，伸头咂舌地看着。

论起他们十六条好汉的本领，一个个都能把石磙子举过头来。就中却算宋胜、张横、李勇、栾雄、莘江、祁国柱、秦虬七人最有气力,能提起石磙的那一头,这一头却高高地已举过了头顶。王天虎、时大鹤、米得胜三人最是脓包不中用,尽能把石磙举在空中,却举得汗流气喘,很像有些吃力的样子。他们舞弄一番以后,就惹得许多的闲人不约而同地都喝起一阵彩来。

那宋胜更是手舞足蹈,对着一众的闲人大吹其牛皮,就得意得了不得。

这时候,老者便忍不住显出一种冷冷的神气,向着宋胜等笑了一声道:"这声彩喝做孩子似的响,你们的功夫,真个没有味儿,全叫些孩子们在这里喝彩。"

宋胜等十六条好汉听得蒋平说出这些话来讥讽他们,不由各个怒目而视。

老者也不去理会他们,横身插入众好汉当中,故意向一个最大的石磙望一望,摇摇头笑道:"我年老筋骨衰了,怕没有本领把这么大的石磙举起来。"

众好汉转听他这般老弱不中用的话,莫不哈哈大笑。

老者不由哧喝了一声道:"大家不用鸟乱,你们尽能把这些石磙子举过头来,这算得什么屁力?看我一脚把它踢起来。"

旋说旋又搬过一条石磙,把自家的手指搁在那石磙上,矮下了半截身躯,却兜地一脚,把这一条石磙踢起来,踢有五六丈高方才落地,却好落在那条石磙上,砰的一声响。

宋胜等一众的好汉及外村的闲人,在先见他把这条石磙踢得高飞起来,各个都捏着一把汗,就吓得真魂出窍,生怕这石磙飞落在他们的头顶上，不要把他们都打成了肉饼吗？如今听得砰地作响，看这石磙正打落在那石磙上面，就怕这老头子干姜一般的手要打得骨碎肉扁。却看他仍用那只手一托，把那石磙已高高托起，手上却没有一些损伤。一个个又都吓得面色如土，伸出舌头，半晌缩不进去。

这时，又见他把石磙托在手上，试了几试，随手一扬，那石磙已脱空而去，向宋胜顶梁上打来。宋胜只吓得一颗心跳出口来，哪里还闪让得及？便是众好汉也替宋胜担惊受怕。说时迟，那时快，却见他这只手把石磙飞脱出去，忙穿进一步，那只手已抓着磙柄，应力而举，仍然口不喘气，面不改容，把那石磙轻轻放下来，向宋胜笑道："适才原是同你闹玩笑的，大家都在江湖上走走，没有和谁是冤家对头。我瞧你们这样的神情煞是可怜，不如就告别你们吧！"

其时，宋胜等一众好汉哪里肯放他走？却团团地围拢过来，争问老者的名姓。老者便告诉他们，自家是湖北赤砂手蒋平。他们在先虽未和蒋平会过一面，但提起姓名来，都还晓得，就排山也似的一个个跪倒下来，向蒋平叩头说："我们一班小朋友实在不知是老英雄驾到，务望老英雄原谅则个。"

当时一班看的人见了，个个欢呼狂笑，那一阵喝彩声音，真似排山倒岳一般，以后宋胜等就极力挽留蒋平父女住下。蒋平因见这十六筹汉子并非十恶不赦，又因宋胜等受了重伤，遂动了恻隐之心，便叫桂姐将他们抢救过来。

桂姐道："这些东西，大半都是些脓包货，女儿却不愿伤害他们的性命。唯有那猪八戒样的恶棍，无论女儿愿不愿救他，他的脏腑已经伤裂，也解救不来。这也由他自作的罪孽，谁也不能怪。"

蒋平道："难不成就没有解救的法子吗？"

桂姐道："女儿虽不曾剪去这三千烦恼丝，也算得佛门的弟子，如何肯在阿爷面前打诳语？那东西是受了女儿的重伤，这伤由咽喉直裂到心肝五脏，除去神仙，哪里还有解救的希望呢？这班人是没有受了女儿的伤，就没有性命的危险了。"

蒋平道："他们没有受你的伤，这伤是打哪里来的？"

桂姐道："他们都是做硬功夫的人，拳腿上都有千斤的气力，打在硬功夫相差的人身上，这人就委实担受不起；若遇到学软功夫的人，这千斤的气力打出去，被人家逼得退了回来，那股气力，却回击到他们自家的身上，如何不受伤呢？他们的气力越大，受的伤势越重。"

蒋平听了，知道宋胜等所受的伤是他们自己气力回击的伤，要治这样回击的伤，仍须把气力回到原处，这伤势便渐渐地退消了。蒋平有了这个计较，他也谙习推拿的法术，遂不用桂姐替他们医治，就轮流在宋胜等十五筹好汉身边按着穴道，各自给他们推摩了几下，宋胜等逐渐都恢复原状，一齐都扑地近前，向他们父女拜个不住。

再看王天虎已直挺挺地躺在那里，早已咽气多时了。

欲知后事如何，且看下回分解。

第六回

蒋桂姐中途逢怪侠
苏天锡丱角显英名

众人见王天虎已无生还之望，各个兔死狐悲，黯然神伤。良久，宋胜方止住悲伤，吩咐将其厚葬。

蒋平父女见他们十五个已被救治过来，遂于当夜不辞而别。

在下趁蒋平父女离开的间隙，叙说一下蒋平这赤砂手的来历。诸位，你道蒋平这赤砂手因何得名？

原来，蒋平这一双赤砂手，自非一朝一夕所能练成。他先从绵掌练起，把绵掌的功夫练到了火候，掌到处击石如粉；再练铁砂掌，先将铁砂烧得红了，那手却在铁砂中乱搓乱擦，不怕火烫，不怕铁熔，百炼钢化为了绕指柔。铁砂掌练成，任你用千斤重量的东西压在他的手上，却不能损伤他一块油皮，任你是练就了一副铜筋铁骨，他那一双赤砂手，却有捶铜削铁的功用，能够在五尺内致人死命。所以江湖上人，因他练就这一双比铜铁还坚硬的手，随口给他编个诨号，唤作赤砂手。

蒋平练就了这一双赤砂手，却又生就得比铜铁还坚硬的肝胆，做强盗做了三十个年头，但没有乱盗人家的一草一木，很在江湖上做了些偷富济贫、行侠尚义的勾当，一朝洗手，毫没有积下一点儿家私。在四十岁上下，只生有两个女儿，在二月里生的名唤杏姐，在八月生的名唤桂姐。

　　蒋平在江湖上很有声名，方内外一班奇人异士，蒋平也能认识几个，但他是个外功的专家，那些方内外的奇人异士精习内功的居多，内功家和外功家不能十分融合，这是我们中国武术界的通病。蒋平也犯了这个毛病，他虽知内功家的武术比自己好，却不肯虚心下气地学习内功。偏是他这杏姐、桂姐两个女儿，意旨却迥乎和他不同，蒋平却不忍违拗桂姐、杏姐的意思，就将她姊妹送给嵩山观音寺尼姑悟能为徒，学习内功，桂姐的天分资质都比杏姐高，但天真烂漫，贞静不如杏姐。悟能因桂姐在寺中练习三年内功，也学得自家十分之七，长此延迟下去，恐误了桂姐的资质。

　　那时法华寺的峻嵩老和尚常和悟能秘密谈话，看桂姐的内功很好，便偷闲到观音寺中，教给她气功、剑术。桂姐的大姊姊杏姐，也因峻嵩的本领比悟能大，就请桂姐替她在峻嵩跟前介绍，愿请峻嵩教给她气功、剑术，这事被悟能知道了，就索性使杏姐再拜老和尚为师。日后杏姐、桂姐都听说老和尚曾收了一个男徒弟，是保定人，姓陆，名唤作剑鸣。她们又听得剑鸣生有异相，左眼上并肩似的立着两个瞳仁子。

　　桂姐却因过不惯寺中的寂寞生活，常在峻嵩老和尚面前说要出山干一番事业。老和尚问桂姐要干什么事业，桂姐道："师父不是常对徒弟说什么那满人是我们中国的世仇，占夺我们中国的山河，盗取我们中国的资财，杀戮我们中国的豪杰，驱用我们中国人为奴。师父所说的话，徒弟一件件、一句句都听入心坎儿里。这回徒弟下山，除去收纳海内的英雄，把满人驱逐出关，还有什么事业可干？"

峻嵩老和尚笑道："你的志愿倒很不错，但你这样的行径是去不得。古语说得好：'真人面前不说假话，假人面前更不能说真话'，这两句口头禅，你能心领口诵，便可去得。"

桂姐听毕，思索了一会儿，把头点了点，便拜别峻嵩、悟能两位师父，又向杏姐告辞，就此回到樊城，见了她父亲，禀明主意。这是在几月前的事，尚未到恶蝎村来卖艺遇见她的师兄陆剑鸣。

其时蒋平听桂姐那一番话也很欢喜，但因这么大的事业不是女孩儿家能干出来的，她既要去干一下子，又如何能禁得住？桂姐见她父亲不阻拦她，很是欢天喜地，想踏遍天下名山，寻访高人奇士，因为一班的高人奇士大半都隐匿深山，尤以峨眉、昆仑两山为高人奇士的出产地，她便一路来到峨眉山上。访问了数日，固然访不出什么高人奇士，连一个真能懂得武艺的人都没有访到，心里好生纳闷。

那夜，正在山顶上徘徊眺望，忽听得东北方半天间有破空的响声，仿佛如响箭一般，就不由得吃了一惊。再抬头仔细一看，只见一道白光，比闪电还急，直向这山顶射来。桂姐的一双眼睛是何等的厉害？已看出那白光不是飞鸟，却是一个练气飞行的人，暗想：这人定是一个奇雄魁伟的人物，偶然到此，并非有意和我寻仇而来，也不用存着防范的心思。仰面见那人渐飞渐低，渐低渐近，只距离自家有一箭多路，在山那边飞落下来。

那人落下山头，把身上白色的飞行靠紧了一紧，却是一个十八九岁的美貌少年。那人一眼看见山头上站立一个女子，像似怕被自己识破她的行藏，就露出很惊讶的样子。他们一班做剑客的，胸怀磊落，本不用避什么男女嫌疑，便走到山顶上，向桂姐打量一番，疑惑她是山狐野怪，便低问了一声道："姐姐深夜到这里来，不怕虎狼吗？"

桂姐听了笑道："这也奇怪，你说我深夜不怕虎狼，难道你就怕虎狼不成？"

那人看桂姐体态间虽艳如桃李，神气上却冷若冰霜，便估定她是个千里独行的女侠，不是一个女侠，怎会夜静到这地方来？不是一个女侠，如何这样地胸怀磊落，不怕面生的男子？便也向她笑问道："姐姐到这山头上干什么呢……"

一言未了，桂姐在月光下忽然向他凝神一望，似乎见他右眼上面并立着两个瞳仁子，不由诧异起来。这时，桂姐尚未和他师兄陆剑鸣会面，暗忖：我曾听师父说，我有一个姓陆的师兄，左眼上并立着两个瞳仁子，并说陆师兄生有异相，管许在江湖上要干出一番事业出来。如今似乎见这少年右眼上面却也并立着两个瞳仁子，想着再仔细向他一看，真个的确无讹。又想，莫非我师父说错了，把右眼说作左眼，或由我自己听错了，把右眼听作左眼？我怕这少年便是师兄陆剑鸣了。但剑鸣尚在我师父跟前学艺，有甚事体到峨眉山来？不过我若冒冒失失地去问他一声，假如他不是姓陆的师兄，或者他是另一派的人物，我又何苦把我师父、师兄的行藏轻易对人吐露出来？想到这里，就把一双秋波不住在那少年眼上看着。

那少年反被她看得不好意思起来，便向她问道："我细看姐姐这样装束，定许是嵩岳派，我也算是嵩岳派中的人……"

刚说到这里，忽然桂姐不禁向那少年问道："师兄，你不是陆……"

那少年道："我姓苏，我是苏天锡，镇江人氏。嵩岳派峻老和尚是我的师叔。"

桂姐怕他言中有诈，便在那里盘问他的家乡履历。

原来这苏天锡和陆剑鸣两人是本书中两个主要角色，在下一支笔，虽在这里忙着要急写陆剑鸣的事实，却不能不兜转一个弯，一笔弯到这少年的身上。照着小说家回文开花的回旋笔势，按次再回到剑鸣的本文上去。

那苏天锡本是镇江人氏，他父亲苏曙东，是一位归休林下的黄堂知府，为人仁慈和蔼，夫妇年近六十，枯杨生梯般地生下一子，取名天锡。天锡生而能言，五岁教他读书，颖悟非常，只消两个月时间，把一册《大学》都读完了，并将书都背得十分烂熟。苏曙东夫妇都把他看得同掌上珍珠一般，希望他将来成个金马玉堂的人物。苏曙东是喜欢诵《高王观世音经》的，每天清晨起来，跪在佛菩萨面前，高诵着《高王观世音经》，必须诵过十遍以上，才肯去喝茶吃早点。

苏天锡因他父亲每天跪在一张纸糊的女菩萨面前，在那里乱打着外国的梵语，早有些不耐烦起来，问他父亲念这《高王观世音经》有什么好处。

苏曙东道："你是个小孩子，知道些什么？为父的一生功名事业都在这一部《高王观世音经》上苦诵而来。"

苏天锡又问："《高王观世音经》上说些什么？"

苏曙东道："大半是佛菩萨的名号。"

苏天锡又问："称颂佛菩萨名号，是什么意思？"

苏曙东被他一句问住了，只说："有什么意思不意思，称颂佛菩萨的名号，就是敬重佛菩萨。"

苏天锡听了，记在心里。第二天，更比他父亲起身得早，抢先来到佛菩萨面前，吩咐家人点起了大香大烛，便跪在蒲团上，两手合掌，高诵着："苏曙东，苏曙东！"

苏曙东刚从门外走进来，见天锡跪在佛前，乱叫作自己的名字，暗忖：这孩子怎的这般模糊起来？忙走近天锡面前发作道："你可是发起疯癫病来，乱叫些什么？"

苏天锡才从蒲团上爬得起来，说："这也是儿子敬重爷的意思。"

苏曙东被他一句提醒过来，暗忖：我读了一辈子书，知识不及一个孩子，数十年的威信，却被他一句打破。什么《高王观世音经》，我口口诵着佛菩萨的名号，句句却得罪了佛菩萨了。幸得这孩子聪明提醒了我，真叫我惭愧死也。想到其间，转喜得把五脏神都笑出来，一把将天锡按在怀里叫乖乖。

苏天锡不但小时候聪明绝伦，知识高出成人以上，并且生有神力，在七岁的时候能举六十斤的沙袋子，高高地举过头来。身体又十分矫捷，并未随从任何人学过武艺。他家门前有一对大旗杆，有两丈多高，他能由平地跳到那旗杆上，再由这边的旗杆能穿到那边的旗杆顶上，就像飞鸟一般快。

在十岁的时候，苏天锡那天散学归来，身上只穿有一套单裀裤。因和一班儿童玩着，把臂膊袒开来，看去就像有无数的小耗子在肌肉里乱钻乱动。这时候，却好迎面来了一人，不住地向苏天锡瞧着。

苏天锡觉得有人瞧他，便向那人笑道："你两个眼睛只顾盯在我的脸上，难道我脸上有字吗？"

说至此，却一眼看见那人的左眼睛里有椒丸大的一粒红痣，便笑着问道："这也奇怪，你是生的一只什么眼珠子？"

那人也不由得笑道："我这眼珠，是生得特别与众不同。你那只右眼，在镇江地方再也寻不出第二个来。"

原来苏天锡右眼里面，左右立着两个瞳仁子，那眼光白如电、黑如漆，虽是个未成年的孩子，若在寻常胆小的人，一瞅着他两个眼珠，莫不退避其锋，不敢仰视的。

话休絮烦。其时苏天锡穿好衣服，听那人说话的声音叽里咕噜，叫人有些不懂，却又看得那人身边佩着一支宝剑，剑柄上系着一朵绸质的白花，心里委实爱它不过，把剑摩挲了一会儿，像有依依不舍的意思。

那人早觉天锡不懂外省的话，便操着不三不四的镇江土音向天锡问道："你是喜欢我这支宝剑吗？你家在哪里，领我去见一见你的家长，将来你也可得到我这样的宝剑。"

　　苏天锡便笑得呵呵的，扯着那人的手，向一众儿童说道："你们且在这里玩一会儿吧！"边说边同那人回得家来。

　　那人一路上告知天锡，说他是四川的伍鼎，他本为访友而来，看苏天锡生有异相，便要天锡带他去见家长，好住在苏家，乘机教授天锡的武艺，好做个剑侠人物。

　　那时伍鼎随着苏天锡见过他父亲苏曙东，具述远道拜访的意思。苏曙东看伍鼎的相貌不俗，款待得甚是殷勤，彼此讯问一番。伍鼎在苏曙东面前，称说苏天锡袒臂时的形状，说苏天锡是个虎虎的英才。

　　苏曙东听他的话，不禁长叹一声，眼中早流下泪来。

　　欲知后事如何，且看下回分解。

第七回

飞虹惊电月下看飞梭
置腹推心灯前谈解数

　　话说苏曙东当下向伍鼎说道:"并非老夫重文轻武,看轻天下马上的英雄。但老夫在宦海中混了多年,看一班豪杰之士不是流血沙场,便遭时王的猜忌,大半没有个好结果收场。我家祖代单传,老朽也只有这点儿骨血,万一学得点点本领,败则为木奇鲁,成则为年羹尧,家宗的血统恐因此而斩,天下最伤心惨痛的事,莫有过此。老朽初因此子的先天独厚、资质很是不凡,满心想他读书成名,好耀祖荣宗,做个驯良的官吏。不指望他在小时候便有不群的勇力,专喜欢舞拳耍袋,反把读书的心肠渐渐地懈怠下来,这都由老夫的家教不严,索性让他顽皮嬉笑,以致惯养到这个样子。"

　　伍鼎听完这话,未及回答,苏天锡即从旁插着说道:"古来礼乐与射并重,桑弧蓬矢,多为士进身的阶梯,可见武术也未能偏废。假使我们国中的人一个个都不懂得武术,这国便不能保存。假使全世界人一个个皆不懂得武术,这全世界人便没有容身的所在,不是要成一个病夫世界吗?"

苏天锡这一段话说得头头是道,不是小孩子的语气。苏曙东是没有这舌锋能抵驳他的。

伍鼎即接着笑道:"不学武术,便不见得不能够耀祖荣宗,学成了武术,又不见得没有个好收场结果,像小少爷这样的根器、这样的体质,在武术门中苦练几年,怕不要成个金刚不坏的身体吗?"

当时伍鼎又和苏曙东谈论好久的功夫,苏曙东听伍鼎所讲的武术完全是从根据上得来,不是那些骑马做官的能说得出,便将伍鼎款留在府,待以上宾之礼。

苏天锡心中惦记着伍鼎的一支宝剑,每晚都要和伍鼎同榻而眠,好贪看他那支宝剑。

这夜,苏天锡睡到三更时分醒来,却不见了伍鼎,很是诧异不小,便也穿起衣履,推开窗槅,向外面仔细一看,这夜的月光晶莹皎洁,顿现出一个光明世界。猛抬头,仿佛见有鸟雀大小般的黑影在月光下上下飞动,飞成了个"大"字形。又仔细望一望,却望见那黑影在先是或上或下地飞动,忽又或左或右地像飞梭一般飞起来。

他记得六七岁的时候,在三春天气,和一班顽皮孩童月光之下到城头上放风筝,那风筝在月光下摇荡着,抬头一看,也像有这么的黑影。但此时在凉秋天气,哪有孩童放风筝呢?何况风筝没有这么长的线,能放得这么高,风筝在月光下左右上下摇动起来,也不像飞得这么快。

他正想到这里,猛然那黑影便不见了。再凝神一看,那黑影却由南边飞到北边,转过来再由东边飞到西边,就像飞虹闪电一般快。倏地，又见那黑影在月光下摇摇晃动，慢慢坠落平地，一眨眼，这黑影已飞到窗里去了，仿佛有什么东西在他身边碰了一下。苏天锡回过头来一望，却见一个人站在那里，态度甚是从容。

天锡不由笑着问道："伍兄，你为甚更深夜静，到外面去飞动些什么？"

伍鼎也随口回道："你问我不在这里安睡，你为何也站在窗前看我上下飞动呢？"

天锡笑道："你我要好，多少总有一点儿缘分，不是随随便便就容易结合得来。我在平时听得一班说平话的，说古书上那些剑侠，有种种武艺、种种能耐的人，我都相信，只不信有真能飞得这般高的人，纵跳的功夫好到极顶，也不过能跳五六丈高，却不能在空中飞动。这并算不了什么，像伍兄这样一飞冲天的英雄之士，怎么不令我佩服得五体投地呢？伍兄这般飞得高的功夫，是由怎样学得来的？望伍兄有以教我。"

伍鼎道："我虽是个真能飞得高的汉子，并不屑以本领夸示于人。其中的缘故，这时也无用对你说穿出来，事后你自然明白。你若将我这飞行的行径对第二个人说出来，结果弄得大众皆知，我只好是赶紧走路，你自问也对不起我了。我将这飞行的解数告给你知道不妨，你千万不要轻易吐露出来，使我在你这里不能安生，你明白了吗？"

苏天锡回道："这个我是领会得来，我的口是紧得很，不拘什么人，想在我口里探出一句要紧的话，是决意办不到的。"

伍鼎道："你只领会我的意思就得了，你坐下来，我将这飞行的解数告给你吧！"

苏天锡当时便同伍鼎并坐在床沿上面。

伍鼎道："我却来转问你，燕雀怎么会飞得起来？"

苏天锡道："燕雀不是长着两个翅膀吗？"

伍鼎道："有两个翅膀，便能飞得起了。鸡鸭也有两个翅膀，为什么飞不多高便落下地来？凤凰也是两个翅膀，为什么又比燕雀飞得高、飞得快呢？"

苏天锡恍悟道："燕雀翅膀重而体质轻，所以能飞得起来；鸡鸭翅膀轻而体质重，有翅膀未尝不能飞，却飞不多高，就因鸡鸭体质重的缘故；凤凰我是没有见过，但知它要比燕雀大得百倍，又生有两个翅膀，体质总不及翅膀那么得劲，所以凤凰一翅能飞九千里，直冲云汉，燕雀哪能及得凤凰呢？"

伍鼎道："人为什么不会飞？是因人没有两个翅膀，人为什么会飞？是因人的两只膀子就像飞鸟的两个翅膀，不过人的体量和两腿都比膀子重，膀子自是膀子，翅膀自是翅膀，若能把浑身的气力一大半运注到两膀子上，留一小半看守本营，那气力愈运愈大，两膀子上一有了六分的气力，张开来便同飞鸟两个翅膀一般得劲。但在初时并飞不多高，积久便能在空间飞来飞去，却飞不多远，不及凤凰飞得那么快。一有了十足的气力，却能瞬息千里，如同腾云驾雾般，飞鸟有这么快吗？"

苏天锡听完这话，一句句都打入心坎里，说："伍兄，可能把这飞行运气功夫慢慢地传给我吗？"

伍鼎道："有什么不能？只看你的缘分便了。"

苏天锡道："究竟我和伍兄有缘分没有呢？"

伍鼎道："这个都由你自己的造化，无缘纵然对面若不相逢，有缘便远隔千里也自然结合。不过你和我大约是有……"

伍鼎下半句话还没有说完，便觉腰间那支宝剑有些跃跃跳动起来。伍鼎心里很是纳罕，把剑从鞘子里拔出来，用手摩拭了一会儿，却如新从炉冶中锻炼而来。把在耳朵边听了一听，却听那剑锋上有虎吼猿啸的声音。伍鼎连说："怪事怪事！"

苏天锡在旁见这形状，急向伍鼎问道："有什么怪事，就惹得伍兄这样地诧异起来？"

伍鼎道："这会子连我自己也不明白，让我出去走走，回来再告诉你。"边说边从窗槅间飞腾而去。

苏天锡打从伍鼎去后，诧异了一会儿，也就上床安睡，一时间意念纷纭，翻来覆去，只是睡不着。合上眼，便渐渐地睡熟了。

忽觉得身上十分沉重，蓦地醒转过来，耳朵里忽又听得哽哽地作响，伸手在身上一摸，却有一只脚蹺在肚皮上。苏天锡把那只脚撤开一边，那人已惊得醒了。

苏天锡便问："伍兄是几时回来的……"

一言未毕，伍鼎已从床上直拗起来，说："小少爷，你好好地睡觉吧！"

说罢，仍然睡下，把苏天锡向床里一推。苏天锡沉吟了半晌，已见他沉沉睡熟。耳边听得外间更鼓已敲五下，知道天时不早,便懒得睡了,悄悄走得下床。灯光之下,看见那边床沿上放着一支宝剑,便用手按住那剑柄上的绸质白花,把剑从鞘子里拔出来。却看见剑锋上鲜血斑斑,像似才杀过人的样子。苏天锡仍将那剑放入鞘中,回头看见伍鼎又睡醒过来,仍然向苏天锡说道:"小少爷,你好好地睡觉吧!"

苏天锡暗忖:方才他这支宝剑怎的会跳跃起来?于今看他剑锋上染着斑斑的鲜血,自然他在这夜用宝剑杀了人了。我才抽出他的宝剑,仓促间已使他惊醒过来,这是铜山西崩,洛钟东应的道理,却也不足为怪。但不知他今夜是杀了个什么样子的人,看他又睡得熟了,我又不便去再问他,好在他明天自会告诉我的,我何必去打搅他的睡眠呢?这么想了一会儿,转觉得心安神稳,上床沉沉睡去。

一觉醒来,已听那声声的鸣鸡一递一声地叫个不住,看窗前已吐出鱼肚白的颜色。苏天锡下床梳洗一番,见伍鼎真个醒转过来,便向他问明昨夜的缘故。

伍鼎却不慌不忙地悄悄把那夜的事向苏天锡说了个梗概。原是扬州平山堂里有一个道士,唤作李养鱼,为人天性慈爱,不茹荤酒。李养鱼有个女儿,花名唤作湘云,今年才交一十九岁,生得花一般的容貌、铁一般的心肠,李养鱼平素储蓄好些款子,放在典铺里生息,又仗着平山堂收入的香资,一家数口,生计上也觉得宽绰有余。

这位湘云姑娘天生聪颖,十一岁到女塾里读书,读了六年,却能写得一笔好字,做得一篇好诗,打得一手的好算盘,真是巾帼的雄才,不栉进士。她父亲看着她很欢喜,她母亲许夫人更由此钟爱非常。

诗文这样东西，在平常人会的不算稀奇，唯有方外的僧道、闺阁的名媛，只要略通一些文墨，人家就喜欢替他鼓吹，说是诗僧、才女，文人学士、老师宿儒，无不喜欢揄扬。

这湘云是庙祝人家的女儿，诗文却不落寻常家数，面庞又生得比别人俊，那肌肉皮发之间，是处都表现出她的一种女儿美，所以推崇鼓吹的人更加的多些。

湘云有个表弟，比湘云小一岁，是个新进的秀才，姓冯，表字唤作雨生，是李养鱼的外甥。李养鱼因自己的妹妹、妹夫都死得早，只留下这个外甥，便将他收养在家，看待得同亲生儿子一样。

这冯雨生小时候便聪明过人，七岁在书房里猜谜，先生就称他是个神童。他和湘云童年丱角，两小无猜，月下弹琴，花前矢志。在长者看来，都以为是小孩子的游戏一般，哪知内中却赋有天性的真情。

雨生十八岁考中秀才以后，那夜和他的舅父、舅母及表姊姊湘云在一桌上吃饭，谈话之间，李养鱼偶然说出，他们表姊弟俩一个没有婆家，一个没有岳家的意思。

雨生听完这话，便睃起滴溜溜的眼珠，只顾在湘云面庞上滚来闪去。湘云被他看得不好意思起来，低着头憨憨地笑。

雨生道："像姊姊这样的人物，何愁没有良配？只是我的意思，若说起姊姊的婚姻，我倒有一个人家却配得过姊姊……"

湘云不待雨生接说下去，羞答答地插着回道："兄弟是哪里的话来？我情愿一世不离开我的爷娘，我不去嫁婆家。兄弟可别要再说这怄人的话。"

许夫人道："我的儿，你这话也足见孝心，然而你是个女孩儿家，终不能在家里倚靠爷娘一世。娘和你爷留点儿心，给你们表姊弟俩各拣择一门的好亲，我们也就放下了两条肠子。"

说至此，又向雨生笑道："你有怎样一个人家，能配得过你姊姊？说出来大家好参详参详。"

雨生道："舅父、舅母的意思，姊姊要配怎样的一门好亲呢？"

许夫人道："这扬州是我们的家乡，又是文人才子的出产地，只要是个读书明理的人，便得将你姊姊去嫁配他了。"

冯雨生听了，半晌没有回答。

许夫人又要逼问下去，李养鱼仿佛已看出他们表姊弟俩的神情，便从旁笑道："痴婆子，你我都好像发了疯魔似的，当着他们表姊弟俩，问他们表姊弟俩的婚姻。若被外人听见了，可不要把人家的大牙都笑掉了吗？"

雨生和湘云听完这话，两人心坎里各有说不出来的浓情蜜意。雨生在背人的地方，曾趁势向湘云求婚，湘云总是哧哧地笑说："呸！兄弟真是傻子，怎么对着我就说出要想娶我的话？好兄弟，你只当作我是你个表哥哥吧！"

雨生笑道："如果你是我个表哥哥，我也不用向你多说废话，你终是我的表姊姊。"

湘云被他啰唣不过，随手拍着他的肩背说道："好兄弟，你能下苦功读书，将来成名以后，姊姊就得随从你的心愿罢了。"

岂知雨生的性命，却断送在湘云这几句话上。

欲知后事如何，且看下回分解。

第八回

密语话深宵郎痴妾爱
风波生平地燕掠蜂狂

话说李湘云被冯雨生啰唣不过，暗忖：我若不许下他的婚姻，无论我自己是不愿嫁第二个人，准许他要疑惑我另有了什么意中人，他不是害相思病想死，也要得鼓胀病气死了呢。如果一口应许了他，看爷娘见我们俩的神情，未尝没有丝毫的意思，终不曾对我们俩把这亲事宣布出来，何况这些话，叫我又对他如何措辞？却禁他厮缠得没有法子，便拍着他的肩背，未开言脸上不由晕红了一阵，直红到鬓角上，说："好兄弟，你能下苦功读书上进，将来有这造化，名标虎榜，姊姊就得随从你的心愿，发咒不嫁第二个人。"

雨生听完这话，如同得了纶音佛旨一般，从此深居简出，没日没夜地抱着书本子吱吱呀呀起来。

那一天，湘云来到雨生的书室里，看他读书读到什么程度。适逢一个婢女送上饭来，雨生看见同没有看见的一般，睁着两个眼珠，只顾滚在那书本子上。那婢女一笑走了。

湘云笑着催道:"兄弟,快用饭吧!停会子饭冷了,吃下去要害肚痛的。"

雨生仿佛听得有人催他吃饭,却不疑是湘云,便拿着一支笔向口里便送,觉得这笔不是一双筷子,又没有拈着什么,自己也有些好笑。再看身旁立着一个美人儿,向着他拈巾微笑,不是李湘云还有哪个?

湘云又道:"兄弟,饭冷了,快些吃吧!"

这时,雨生才恍悟过来,一面吃饭,一面便把那一双眼珠放在书本子上。湘云是何等的聪明女子?看那人的神情,已猜着那人是安着什么心眼,知道雨生这番做作,不是在先那样书呆子的神气,早猜着他的意思,要在自家面前表示他读书的苦心。便来替他烹茶,把茶吊子放在炉子上,融融的火,烧得满室里暖烘烘。

忽地湘云假作惊慌的言语叫道:"兄弟快些,衣裳烧起来了!"

雨生便慌忙放下箸筷,回头看湘云仍在那里烹茶,态度转来得从容自若。便向她发作道:"姊姊乱嚷些什么,不要把人心胆都吓得碎了?"

湘云回眸笑了一笑,雨生看她这笑时的神态,是冷笑,不是热笑,是苦笑,不是欢笑,觉得这番矫揉造作竟被她拆穿了,脸上红红的,仍去吃饭。一会儿婢女前来,收过饭碗,湘云早送上一杯茶来。

雨生道:"这茶须不是泡的雨前叶子,我一闻就闻出来。"

湘云道："你怎知不是雨前茶，难道你鼻子里伤了风吗？"

雨生道："一点儿也不香，哪里是雨前的叶子？姊姊不信，不妨品一品看。"

湘云真个把茶杯靠在那樱唇上轻轻呷了一口，觉得舌间满布着香气。待要故意向雨生发作一番，冷不防雨生一把将那只茶杯夺过来，一口气把茶吸个净尽，说："这一来就香了。"

湘云不禁展开了双眉，对着他吟吟地笑说："兄弟，快用功读书吧，不用再打趣我。"一面说，一面拿手帕掩着口笑出门去。

雨生打从湘云去后，便不见湘云再到这书室里来，知道湘云是怕分了他的读书心肠，须与这婚姻关系要发生什么障碍，便加倍用苦功研究书史，每日夜平均只睡两小时。雨生的身体本来不强，又因用功过度，呆坐不运动的时间过久，两小时的睡眠不足缓解日夜的辛苦，渐久便心肾不适，脾不思食，又感冒了些风寒，所有恶寒发热，遗精盗汗，内伤外感诸症都添完了。

雨生病了，湘云的心飞了，眼包着泪，夜间兀自走到雨生的房里，看雨生两颧骨上红得像喷出火一般，知道他的书痨病要上了床了。伸手在他头上一摸，不好了，雨生头上的热直烧到湘云心里，在一盏青油灯之下，望着雨生出神，说："兄弟的病，须是做姊姊的惹出来的。"

这时，雨生心头热火烧得有些昏昏糊糊起来，早已蒙闭了心窍，他在那里，好像觉得有个强盗拿着一把大刀在他头顶上一拍，便不禁惊得从床上直跳起来，说："强盗来了，捉强盗，捉强盗！"

湘云吓得心肝五脏都要分裂开来，泪汪汪地走近床沿，执着雨生的手问道："好兄弟，你心里觉得是怎么样？"

雨生又仿佛见有个强盗来抓着他一只手，便一脱手，在湘云的粉腮上打了一巴掌，说："狠心的贼，我叫你认得……"

湘云不由哇的一声哭起来了，就在这哭声中间，李养鱼夫妇来了。原是养鱼怕雨生一病不得回天，在先却也东请先生西配方药，总觉药不对症，雨生的病就一天一天地重起来了。李养鱼夫妇都急得无法可想，早晚跪在神灵面前高诵《三圣经文》，想神灵来解救雨生的病，在那科学未昌明之际，求神解病本是一件很平常的事。

养鱼忽听湘云在雨生房里痛哭起来，老夫妇这一惊都非同小可，一齐来至雨生房中。看雨生睁起两个圆鼓鼓的眼睛，在那里说着满口的谵语。

许夫人便扯着湘云劝道："我的儿，你兄弟病得这么样了，你越哭，他心里越难过。"

湘云只好勉强擦干眼泪，养鱼便来慰问雨生。

这时，雨生也有些清醒过来，看他们一家子人都在这里，便向湘云哭道："姊姊怎么到这会子才来？好狠心的姊姊！"

养鱼道："当初你姊姊不常到你书房里去，是怕分了你的心肠；于今你是病了，你姊姊总有些害羞，又不大到你这病房里来。这一点，要求你原谅。"

雨生道："什么害羞不害羞的？她就算是我的一个姑表姊姊，听得表兄弟害起病来，人心是肉做的，也该每天早晚来看看我。可怜我们聚一回是一回了。"

说至此，不由哇地吐出一口红块子来，吐在榻板上，簌簌地跳动。又向湘云招一招手。湘云含羞似的把眼睛揉了几揉，走近床前，他却转动两个眼珠，向湘云愣了一愣。

忽地湘云觉得脚下几乎要滑了一跤，低头一看，粉腮上又不禁流下两行泪来，说："爷、娘，你们来看看，这是什么？"

李养鱼夫妇早见雨生又吐出一口血来，怕雨生知道，要使他心中焦躁得六神不安。于今因湘云来逼问他们，各暗暗向湘云飞了一个眼色。

湘云会过意来，便扯着说道："兄弟痰里总有些热腾腾的，可见他心坎里烧得难过起来。"

雨生道："哪里吐的是痰？这分明是我呕的心血。"

说至此，又向养鱼夫妇央告道："舅父母且请到那边去坐一坐，我有几句肺腑的话想同姊姊谈谈，舅父母其许我。"

养鱼道："雨生，我们都算是一家子人了，我夫妇虽未明白地将你表姊姊许配你，然而我们心坎里都承认你是个女婿了。你有话，不妨就在我们老夫妇面前说出来。"

雨生道："承舅父、舅母都是疼爱我的，给我攻书上学。我考了这个秀才，都是你们两位老人的恩典。姊姊又待我好，我常对姊姊说：'姊姊的家，须终不是我的家。'姊姊是何等的聪明人？像我说这话的心思，岂有听不出的道理？她便安慰我道：'兄弟只用功读书，其余的话，姊姊都明白了。我父母都算疼爱我们，女儿和外甥不是一样的吗？我的家怕还不是兄弟的家吗？'

"姊姊这一席话，喁喁入我耳朵，点点记我心头。于今我病得这样，好像死期就在眼前，总算我对不起舅父母、对不起姊姊。唉！我早知今日结局得快，又何必同我姊姊山盟海誓起来？姊姊这样的才貌、这样的人格，还愁不配得一对儿好姻缘？却无端地生出我这个人来，要我姊姊不嫁第二个人，这都是我的糊涂主意。

"我想到这里，就同拿刀剜我的心肝一样。唉！不幸书生命薄，一病不得回生，可怜我和姊姊，事实上却又未曾凭媒做证。

"我死以后，纵然我姊姊不肯负我，然而叫她这未字的贞娘，苦雨酸风，孤灯倩影，究有什么生趣？我想到这断肠之处，一颗心也被刀剜得碎了。

"我劝姊姊万不可抱着女孩儿的见解为我守贞不字，我到九泉之下，犹得保佑我姊姊得个乘龙佳婿，好光耀我舅父母的门楣，我才欢喜。"

李养鱼听完这话，不由心酸一阵，哽咽得说不出话来。湘云更忍不住放声大哭，猛不防一个转身，晕倒在地。许夫人一面哭，一面去扯湘云。

此时，家里用的几个婢女齐打伙把湘云救醒过来。湘云那时便到雨生身边，哭说道："兄弟，你的病乃是我害你的，我难道是个猪狗，你要我的心，我就拿刀剜出来给你看。"说罢，便一把握住雨生的手，转有些要晕厥的样子。

忽地雨生又有些昏糊起来，口里又说作谵语道："该死该死，姊姊竟嫁了人了！"

湘云听了，心里更是一阵阵地疼起来，那肿得像红桃子般的一双泪眼，早流下丝丝的红血，便向养鱼夫妇哭道："爷娘都在这里，雨生兄弟的病是没有回生的希望了。爷娘是疼女儿的，我这兄弟万一死了，女儿情愿和他一块儿死。一则赎以前愆；二则也叫死去的兄弟英魂安慰。"

许夫人道："儿的话，怕没有道理，雨生的病势或者有挽救的余地。儿若心里有些对不住他，由儿自己到神灵座前许下心愿，能够神灵可怜他，把他的命根子从阎王老子案前牵了过来，总算是我儿的造化了。"

湘云听完这话，记在心头，当晚，在雨生房中哭了多时。五更以后，湘云便带了一个婢女，来至东岳案前，由婢女点好了香烛。湘云跪在神前，咬开手指，写了一道血疏，就神案前焚化了。疏中的意思，是情愿把自己的寿算借给雨生，这都由那时女孩儿的迷信，其实祷告神祇，究有什么用处？

其时，湘云俯伏在地，哭祝了一番。

猛地起了一阵吆喝的声音，接连便有人在那里喊："李养鱼！"

那婢女便吓得面如土色，急向湘云跌脚道："怎么好，怎么好？府里大人来行香了，原是每逢朔望，照例到这里来行香，却不料今夜来得更早。小姐快些走吧！"

湘云正伏在那里痛哭，直哭得一佛涅槃，二佛出世，像那一阵吆喝的声音，以及婢女跌脚所说的话，拢共没有一句贯入耳朵里。

那扬州知府卜鉴泉，领着一班戴高帽子的差役，到平山堂里行香，恰见一个年轻女子伏在神前痛哭。那李养鱼又没有传到，就急得把他胡子都翘起来。一会儿，李养鱼来了，卜鉴泉便撇开那二八京腔，向养鱼发话道："怎么你这老猴，听本府来行香，也不赶一步来迎接，给本府点好香烛。又容得这个女子在神前号啕痛哭，越使本府心里烦恼。你是什么道理？"

李养鱼抖抖地回道："小……小……小道有点儿事耽搁住了。"

卜鉴泉冷笑道："奇呀！你好好的，为甚装出这怪模样来？本府是朝廷的命官，你敢藐视本府吗？"

李养鱼又抖道："这……这……这个小道不敢。小道有个外甥，是黉门的秀才，一病已有数十天了。昨夜有些沉重起来，小道却在后边念诵《三圣经文》，想给他求些寿算，却不防大人的驾到，所以来迟了一步。望大人高抬贵，饶恕了小道吧！"

卜鉴泉又问道："这女子是哪里来的？大清早上，在这里哭的什么事？"

这时，养鱼听府大人说话的神态，不似在先那般恶阎王的面孔，便也恢复呼吸，从容向卜鉴泉禀道："这是小女湘云，因她表弟病了，特到神圣案前爇起一炉真香，愿将自己的寿借给她表弟冯雨生。"

说至此，便向湘云拉了一把道："府大人驾到，还不给我走进去。"

这时，湘云哭醒过来，一眼看见一个堂堂的府大人，两个眼睛只顾盯在她泪容上，心里不由有些害怕起来，便扶着那个婢女，踉踉跄跄向后面躲去。忽地卜鉴泉叫湘云转来。湘云吓得停住了脚步，站在那里不敢抬头。

卜鉴泉忽又翻转了面皮，向李养鱼说道："本府是个青天，你敢在青天面前掉枪花吗？你这女儿，敢是和姓冯的秀才干下歹事来了。你把她装起幌子来，和诱人家初成年的男子，你也串同和诱，念什么经，借什么寿。你们做下这伤风败俗的事，王法在所不容，还求神圣的保佑吗？"

一面说，一面吩咐差役，把养鱼父女锁起来，送到江都县里去，重重地办他们串同和诱的罪。

原来卜鉴泉久知湘云的诗名，又打听她生得像一朵泪芙蓉般，想谋纳湘云为妾，因玉容有主，却有些不便下手。他屡次到平山堂行香，却因惦记着湘云，想见湘云一面，好慢慢相机行事。这番卜鉴泉前来，情急智生，在他的意思，总算抓住他们的把柄，也没有行香的必要，早打轿回衙去了。

就中却苦坏了湘云父女二人，披枷戴锁，待质公堂。

欲知后事如何，且看下回分解。

第九回

卜鉴泉漫使拿云手
尤伯符巧试杀人心

再说李家的婢女见主人、小姐都被官里锁得去了,一直望后面经堂里走去。一眼看不见许夫人,便又兜转到雨生房里。

原来许夫人听有人把她丈夫唤得去了,便来到雨生的房中,看雨生却又清醒过来,许夫人忙向雨生安慰了几句说:"这可是神圣的保佑了!"

这当儿,猛不防那个婢女一跤跌了进来,说:"老夫人,不……不……不好了!老爷和小姐都被府里捉得去了。"

许夫人不禁失声问道:"凤来,你口里乱说些什么?"

凤来便哽咽着回道:"夫人哪里明白?老爷和小姐已被捉到江都县里去了。"说至此,便将适才的情形又哭诉了一遍。

许夫人猛然听得这一篇话,一跤早跌在地下。凤来一时手快,忙将她又扶得起来。

这里雨生睡在床上,凤来所说的话,一句句都刺到他的心坎里,他那颗心就像用小刀子乱刺的一样,便拉着许夫人哭道:"舅母,你是疼我的,可怜我心里是跳得慌,可叹你老人家白疼了我了。我一个人死不打紧,又无辜害我舅父、姊姊待质公堂,难道天上是没有菩萨?"

说毕,那心里又像油一般地煎熬起来,耳边听得一种声音,如猿啼,如马鸣,如风雨夜至。再仔细一听,却是他舅母哭泣的声音。

许夫人看他病得像似不中用了,一心一意地来看护他,反把天大的祸变暂撇一边。一会子,雨生便提起那低缓无力的声音,待要向许夫人诉说什么似的。陡见几个公差,拿着铁索,凶神也似的抢了进来。就有一个公差,伸手把雨生从被窝里拖出来。雨生在奄奄重病之下,身上只穿了一套裇裤,但他并不怕冷。

许夫人见公差这样情形,知道他们含有敲诈的意思在内。她虽是个妇人,倒还懂窍,便捧出二十两纹银,交给他们摊分。

那些公差见了银子,十来只狗眼,没有一只不看着那银子发笑。便由一个年纪稍大的公差,伸手把银子接过来,笑着说道:"这个我只好替他们多谢李太太了,也怪我们吃这碗当差的饭,公事在手,便会得罪人。"

众伙伴听了,且到外面雇一乘抬轿来。不一时,抬轿已到,轿夫把雨生用被裹得严严的,放入轿里,随了几个公差,颠着屁股,抬到江都县衙门去了。

却说那江都县尤伯符,这日清早起来,便接到府大人的一封私信。尤伯符拆开一看，便将信在火上烧了，立刻升坐二堂，便由差役把李养鱼父女牵到堂下。伯符略一讯问，便将养鱼父女分别押交羁押所，严加看管。

那时，湘云曾在堂上怒目回道："没有这般容易，我们父女一不是强盗，二又不曾杀了人家的人，平白无故地加上我们一个罪名，被告又不知是在哪里。国家的王法虽然尊严，我们的名誉也不是一文不值。"

尤伯符听她这话，把惊堂拍得连天价响，哪里还容他们父女分辩？简直同对待强盗一般，喝令公差一齐动手，就这么将养鱼父女分别押到羁押所里去了。

尤伯符暗想：府太爷信上的意思我已明白，若要平地栽花，硬栽他们父女一个和诱的罪名，公事上太敷衍不去。旋想想，把个眼珠翻了一翻，不由得计上心来，便在公案上拿了一根签子，用笔画了几画，立刻交到一个公差手里，就提了一名盗犯上来。

那强盗原是旗人，叫作祁铁枪老五，因犯了一件刀伤事主的案，被捕役们捉到官厅。那祁铁枪倚仗他是旗籍，驻防营里统带千总大半是他的好友，他虽陷在县牢，外边的声气甚是灵通，早有人在江都县给他说项。

尤伯符实在拗不过那些人的情面，准许遇有机会，便将祁铁枪释放出来。于今祁铁枪提到公堂，劈口便向他问道："本县只问你，你说那案是李道士外甥秀才冯雨生做的，本县想雨生是个年少的书生，如何不畏王法，敢做出那些杀人放火的事？都是你这厮信口吹的空气。你因平素和人家有仇，嫁祸人家，快快从实招来，免得皮肉吃苦。"

祁铁枪听了，只摸不着一点儿头脑，忽然明白过来，知道这是尤知县有意开脱他的，便接着尤伯符的话供道："太爷明鉴万里，小的前日不是向太爷申明过吗？小的在安靖帮里，招摇生事是有的。但此番的案子，是小的朋友冯雨生做的，这案的党羽虽多，但造谋起意，实系雨生一人。论理雨生既同小的是个朋友，原不该将他招了出来。但小的为地方图谋安宁，为自己保全性命，若使小的无辜代人受罪，却放着雨生逍遥法外，他是个少年的秀才，谁想到秀才会做强盗？将来的患害无穷，所以小的不得不将雨生供出来。太爷不信，请将雨生押到堂前，自然有个水落石出，须不能将强盗的罪名硬坐在小的身上。"

这一节话，说得很有识窍，把个尤伯符喜得不住点头，遂又取了一根朱签，令几个差役："火速把冯雨生拘来。"

那几个差役像得了将军的令箭般，各自出了二堂，飞也似的去了。

这里尤伯符等了一会儿，才见几个差人把雨生架上堂来，尤伯符当向他问道："你可是冯雨生吗？"

雨生已是唇僵舌硬，只回答不出一句来，只把头点了一点。

尤伯符又问道："冯雨生，你怎么在外做盗？"

雨生又把头摇了一摇。

祁铁枪忙跪近冯雨生面前说道："兄弟，好汉做事须爽快些，你既做下那么一桩案件来，又何须抵赖，枉叫我老五吃苦？"

雨生这时耳目间已有些模糊起来，却看不见祁铁枪是谁,又辨不清他的声音,只有"兄弟"二字听得明了。疑惑是湘云向他问话,却又不能转问是说的什么,心里一阵难过起来,也只勉强把头点了几点。

尤伯符看这形状,便有了计较,把祁铁枪问雨生的话,令招房填造了供词,便令一个差役,就势拉着雨生的手,在供单上打下一个罗记。可怜雨生在差役抓他手指的时候,病里已昏沉得不省人事,还疑是湘云前来慰问他的,哪知自家已认下强盗杀人的罪。

其时尤伯符一面将祁铁枪从轻释放,一面又令将雨生抬进死牢,便修了详文。大意说冯雨生是个大盗,江都县的血案,不待说是这强盗做的,外府、外县做的盗案也很不少。府里兵力单薄,防守不易,不便解押省垣,唯有临时就地解决,使他的党羽措手不及,不致发生意外的祸变。这一道详文申详上去,便将雨生从牢里提出来,押赴刑场,就此将雨生斩决了,可怜可怜。

再说许夫人在先赶到县衙,探听雨生已认下盗案,好似满口衔着黄连,只说不出一个苦字。便到女号里去看她的女儿湘云,却又用了数两银子,把看牢的人买通了。

那时,湘云在女监里哭了半日,水米没有沾牙,想到雨生病时的状况,比刀割心肝还痛,哭了一会儿,也就昏昏糊糊地睡去。忽然耳边有极悲怆的声音呼唤着她的名字,湘云醒来一看,不是别人,果是她生身的母亲,蓬松着头发,泪流满面地立在那里。湘云急唤了一声:"娘呀!"便想举手揉揩两眼的泪,却忘记自家戴着手铐,不能揉眼。

许夫人看了这可惨的情形,更忍不住辛酸泪落,便将湘云一把搂抱在怀，哭道："你们都到这地方来了，我也不如和你同坐在这牢监里面，要死同死，要活同活，不愿回家去了。"

湘云哭道："这如何使得？雨生奄息在床，我父女都蒙冤待质。娘请回去看护雨生，我父女是行得正、坐得正，不怕这暗无天日的官府。娘呀！女儿身子是清白的。"

许夫人哭道："我的儿，你可是在这里做梦呀！你的表弟已经拘押到堂，那尤知县将他定成强盗杀人的罪，押入死牢里去了。"

湘云眯起一双眼睛问道："这是谁说的？"

许夫人道："是我亲眼见几个公差将他用抬轿抬到公堂，却被尤知县容容易易地将本城一件刀伤事主的案栽在雨生身上，却开脱一个强盗。"

湘云猛听这几句话，哭道："娘呀！我的心是到哪里去了？"边说边倒在许夫人怀里，只是咽着泪哭个不住。

许夫人和她对哭了一会儿，狱卒便进来催促道："出去吧！停会儿管狱老爷来时，我们就担当不起。"

许夫人听了，便硬着心肠，不由放下湘云，退后几步，想再拿些钱送那狱卒，要求搂抱着湘云多哭一会儿。伸手向衣袋内摸去，一文也没有了，只在那里发愣。忽然砰的一声响，铁栅门已关了起来。许夫人虽有些难分难舍，无法想，也就含着眼泪，一路哭到平山堂里，去寻那扬州的一班绅士，到府县衙门里去说情。无如那班绅士势力上吃不住这两个狗官，就有一二面子十足的绅士，又和官里是呼同一气，都推说："这是盗案，我们不便到官厅去干涉。"

许夫人急得无法，又带了十两银子，要去看看雨生、养鱼二人。一路上便听得人声嘈杂，接连响了三声大炮，便有人一传十十传百地传说扬州城里的盗案已经破获，祁铁枪老五已经释放，盗犯冯雨生已经出斩。

许夫人听了这许多人轰雷惊电的话，吓得真魂从顶梁上冒出来，进退不知所往。只好赶到法场，抱住雨生的尸首大哭一阵，遂替他在棺材铺子里欠了一口棺材，把雨生的尸骸收殓起来，暂厝在平山堂里。

说也好笑，那时有冯雨生几个同学的朋友，同科的秀才，知道雨生犯了强盗杀人的罪，在刑场上杀了头，就怕城门失火殃及池鱼，要干涉到他们身上，不约而同地在家里检点检点，如有和雨生的只纸片信，都交到火星菩萨面前去了。还有雨生的那个授业先生吴鞠秋，更是细心小胆，遍告一众的学生，说雨生并没有从过他上学。

闲话休烦，且说许夫人当夜又赶到县衙，拿出十两银子，向一个狱卒手中一塞，哭着求道："仰托爷爷积些功德，许我和丈夫李养鱼能会一面，我死了都情愿。"

那狱卒收了银子，进去好一会儿工夫才出来，说："已经说通了管狱老爷了，恐怕你今夜和李养鱼会面是办不到。管狱老爷说，冯雨生是强盗，李养鱼是窝家，窝家和强盗是一样的，什么和诱不和诱，这话都不用过虑。"并说："这案是府大人的主张，尤大老爷都不能做主，我们当狱官的有几个脑袋，容得你进去看李道士？不拘你用多少钱也办不到。管狱老爷却指你一条明路，你有钱也不必到府里用，只要你懂窍，去请求府大人，这案却能办得活。"

那狱卒说着，脚上早像揩油似的，一溜烟跑了。许夫人明知再去会一会湘云，也办不到，只好含着眼泪，仍回到平山堂里。在雨生灵前，哭了一个整夜。

第二天，许夫人听说雨生的授业先生来了，有要紧话面谈。许夫人暗想：雨生的先生吴鞠秋，听说他见雨生犯了砍头的罪，竟不承认雨生是他的学生。我就不信他是这样的凉血，他是个读书的人，见识要比寻常人高到十倍，难得他不请自来，我正好去和他商量商量，多少却总有些关顾。

想着，便走出房来，向吴鞠秋哭道："先生来得正好，请你设法救救他们父女吧！"

吴鞠秋道："你不要悲伤，世间没有不明的冤屈，一颗石子打上天，迟早还有落地的时候。我今一早就赶到这里，我不是来替你家想法子，谁愿此时还来见你？这案的详情，我已明白，昨天在本城张士麒张孝廉那边，因张先生在府里有点儿面子，想求他去说情，张先生说：'我平日很器重雨生，得到了这个消息以后，很愿替雨生帮忙。却因雨生的大案已定，死题目做不出个活文章来。但是你家李翁和湘云小姐，张先生却有设法的能力，解决救他们一齐出狱。'"

许夫人道："只要张先生有门路可通，能救出他们父女二人，随便用多少钱，我心情愿。"

吴鞠秋道："这话怕不是正当办法。张先生说，府太爷做官不肯受人钱财，若用钱到府太爷那里行贿，他既是个不爱钱的官，一行贿就糟透了。我怕你们请人到府里去用钱，有理反弄成无理，所以特地赶来，指示你不用这么办。"

许夫人露出很诧异的样子说道："先生的话叫人有些不懂，府太爷既是好官，为什么无故把他们父女锁到县里去呢？"

许夫人这几句话，直把吴鞠秋说得噤住了。

欲知后事如何，且看下回分解。

第十回

舌底生锋奸言甜似蜜
袖中怀箭恶计辣于姜

话说吴鞠秋那时噤了半晌，忽地长叹一声道："如今的府县官员，有几个上得《循吏传》的？但府太爷不爱钱，是因府太爷的家财极富，要钱是没有用处的。他们做官的人，岂可以和他们讲道学的？张先生对我说，他有一个主张，却叫你家不用一钱到府太爷那里说情，虽不能替死者申明冤屈，生者倒可以逍遥法外。我问张先生究竟是一个什么张本，张先生不肯说。"

许夫人终是个没有智虑的人，听吴鞠秋这一派话，暗忖：平日有和我丈夫与外甥交情最厚的，见我家遭了这样的凶祸，都是袖手旁观，不肯替我家帮忙。张先生和我家并无交情，居然使我家不用一钱到府里去讲情，这张先生才是我家的救星呢！智虑薄弱的人不想到什么则已，一想到什么，她总以为自家的思想是不会错的。当下便请鞠秋领她去见张士麒。

谈话之间，张士麒忽向许夫人问道："那姓卜的知府，为什么平白地把他们父女锁押在县？那尤知县又为什么硬栽你外甥一个强盗杀人的罪？这其中的缘故，你心里可还明白？"

许夫人道："他们做官人任意要办人的罪，还怕没有题目吗？"

张士麒道："话不是这样说法，湘云本来生得十分秀气，又能做得几首好诗，江都的文人学士，哪一个不知湘云是个蛾眉才子？那卜知府也早闻得湘云的诗才不俗，他最喜欢的是诗人，总说哪里有一个诗妓，这诗妓仅能做得几句歪诗，他便要和那诗妓结不解缘。但湘云是个千金的闺秀，又听得湘云有了意中人，所以他平白地和尤知县呼同一气，使出这样的杀人心来，总为图谋湘云起见，这东西可恶极了。我只因他钱多势大，不容易栽他一个跟头，我真要惭愧死也。其实我并没有什么办法，我虽和卜知府没有什么交谊可讲，我只仍得极力代你家洗刷冤屈，前去拿道学话劝劝他，劝得来，是你家的造化；劝不来，无论如何，我偏不许你上他的当，写卖身字给他，把湘云卖给他做妾。"

许夫人听完这话，便给他叩了几个头，请他到府衙里去。

张士麒道："你在这里坐一坐，我和吴先生去一会儿便来。"说毕，便拉着吴鞠秋匆匆走了。

许夫人心中暗想，真难得张先生如此帮忙，卜知府那里有他出面求情，料想这事可了结了。她兀自坐在张士麒家里，一心想等张士麒回来，当有好消息。足等有半天工夫，方见张士麒、吴鞠秋两人都皱着眉头走进来。

许夫人忙含泪问道："老先生此去是如何的？"

张士麒摇头叹道："这个真出人意外，我指望你丈夫和湘云二人，不拘卜知府使用什么恐吓的手段，他们总未必肯上圈套。却想不到竟是两个糊涂东西，一步立不稳，都在尤知县那里说通了条件。你丈夫是个本分人，能有什么担当？那湘云却是个聪明孩子，怎的能做下这样糊涂的事，竟愿嫁给仇人去做妾呢？

"卜知府对人说：'那雨生虽是强盗，做的案子不小。'但据李家父女在县里所供的话，实不知雨生是个强盗。卜知府想湘云是个才女，必不愿嫁强盗，窝藏的罪可以从轻，和诱的罪更不能成立。卜知府又说，他为自己的嗣续计，为湘云的终身计，欲延他祖宗一线之续，很爱敬湘云是个完女，满心想将湘云纳为偏房。

"湘云在先是不承认的，后来经许多人在牢监里向她劝解，说冯雨生已经死了，他是个强盗，为强盗守贞，还咬紧牙关不肯嫁人，岂不是大笑话？湘云驳不过那些说话人的舌锋，加之他们又说卜知县是何等的有钱有势。湘云终是个意志薄弱的孩子，糊涂油又迷蒙了心窍，她转说这'节义'两个字经明媒正娶，才及得上守；未经明媒正娶，如何能说到贞操的话？便把这事允诺下来。你丈夫在表面上虽不以这话为然，其实他在湘云身上还有极大的希望呢。

"这是卜知府的幕友暗地告知我的，我并不曾会到卜知府。那幕友又说：'府太爷这里条件已和湘云订妥当了，但李家必须在江都县递两纸辩诉状子进去，一纸是辩诉不是窝家，一纸是辩诉湘云和雨生并没有婚约的关系，方好将他们父女释放出来。'

"我听了幕友这话，料知会见卜知府也是无益，只得回来同你商量，是如何办法。"

许夫人听毕，急得顿足哭道："我好苦呀，我好恨！"

张士麒道："急是急不出道理来的，我倒想起一个办法，就写这两纸状子递进江都县去，先将他们父女办出来了，结这两场大案，以后湘云回来，再将这三贞九烈的道理解譬她听。湘云经几番解譬以后，自然看雨生死得太惨，必不愿嫁仇人做妾。那两个狗官看湘云已开释了，公事上的手续已刷得一干二净，如何再寻到什么把柄，仍将他们收禁监狱呢？似这么将计就计，倒是死棋腹中一个仙着，但不知你的意思以为怎样？"

许夫人听完，如同醍醐灌顶，恍然醒悟过来，不禁向张士麒又叩了几个头，把头都磕得咚咚地响，说："难得你老人家想的主意不错，我这时方寸已乱，一切均听你老人家主张吧！"

张士麒急命鞠秋写下两纸状子，一纸由吴鞠秋念给许夫人听，许夫人却听出是一纸辩诉状子，辩诉不知冯雨生是个强盗，就不能算窝家，听毕，便在那状纸上按下一个指印；一纸由士麒念给许夫人听，许夫人也听得明白，知道这又是一纸辩诉状子，辩诉湘云是个完女，没有和雨生干出什么伤风败俗的事，许夫人又在这纸辩诉状上按下一个指印。士麒便叫鞠秋送进江都县去。

许夫人感激得什么似的,回到家中,等了一天,仍未见他们父女被放出来。却有一个公差到来,说:"李小姐有话,要问老夫人,请老夫人就去。"

许夫人问:"小姐是在什么地方?"

那公差回道:"还不是关在那铁窗里吗?"

许夫人听了,暗暗诧异,便随着那公差赶到县衙,踉踉跄跄奔至女监里。监狱官却并不需索分文,给她面会湘云。

湘云一见许夫人来了,捧着手上戴的两只手铐,要向许夫人搂头打去,忽然又把手缩回来,便哭了一声:"娘呀!你的心肠比生姜还辣。方才县里大老爷把女儿带进后堂,拿出娘的一纸辩诉状词,及卖女儿的卖身字给女儿看,女儿看那辩诉状上,是辩诉实不知雨生是个强盗,就不能算窝家,我家固不算是窝家,难道雨生就是个强盗吗?可怜雨生的大冤要沉到海底去了。又将女儿卖给人家,真好狠心的娘。"

许夫人听完这话,那心肝五脏就像刺得粉碎,才知自家是上了两个文贼的当,便一跤跌在湘云面前哭道:"我恨张士麒和吴鞠秋两个丧尽天良的东西,假意殷勤,做出十分关切的样子。其实是拍着卜知府的马屁,设成圈套,骗娘上当的。娘这时才明白,娘果是有些智虑的人,就想到士麒和我家并无交情,平素和雨生及我家有深交的何止数十人,独不见有一人肯替我们帮忙,而是没有关系的张士麒,又不索诈我家一个钱,却肯尽力援助,和府县官为难。他的话越说得好,越说得近情,他的心却越毒,手段亦越辣。我直到此时，方想起他使吴鞠秋做的两纸辩诉状子，一纸是辩诉我家不是窝家，由吴鞠秋念给娘听，那些话却是真的；一纸娘即猜出是卖身字，却由他念给娘听，乃辩诉我儿是个完女。这话分明由他信口捏造出来，却怪娘信以为真，竟打下了指印，他便使吴鞠秋将这两件东西送进江都县去。

"儿呀，他说你和府太爷已订下了条件，因府太爷钱多势大，反愿嫁仇人做妾，只需把两纸状子递了进去，你们父女都得释放出来，就得和府太爷那边结成婚约。他并责备你们父女的心肠都靠不住，预备将计就计，先用这两纸状子将你们父女办了出来，了结这两场案件，然后再劝解你，把脚跟立定了，偏不上府太爷的当，看他们再寻出什么题目来，再打你们一个翻天印。

"娘一时误把他当作好人了，却把我儿的性命要断送在这牢监里了。"

湘云哭道："娘哪里知道，昨日尤知县将我们父女提到二堂，说雨生犯了盗案，在本府就地解决，却硬说我家是个窝藏大盗的窝家。女儿听这痛心的话，本不惜一死，好追随雨生同到泉台，但因雨生的大冤未雪，却又不忍轻身一死。

"今日在下午的时候，女儿刚在这里痛哭，忽见管狱娘子哈天扑地地笑着进来，向女儿说道：'小姐真好造化，转眼就可出这地方了，我先来替小姐贺个喜。'说着，便顺手向女儿请了一个安。

"女儿听了，好生诧异，便哭问那管狱娘子有什么好消息。

"管狱娘子只不肯说，被女儿逼得没法，她只说：'我还想有这造化，到府太爷那里吃杯喜酒。'

"女儿听她这两句刺心的话，已经明白了。府太爷是朝廷的命官，竟想强迫女儿做妾，杀了我家的人，又把我家父女都寄监收禁，设成了局诈，骗我娘写下一纸卖身字，女儿的性命已算断送在眼前了。雨生的阴灵不远，请他在泉下等一等女儿吧！"

说到这里，又附着她母亲的耳朵说道："现今第一机密的话，娘快到省里各大衙门告他们一状，将他们的毒辣手段一一呈诉出来。无论生者死者的大冤，能够申白与否，那么女儿便死在泉下，也感激娘的恩典。"

许夫人听了，那眼泪便流得像泉涌般。早有两个禁卒，见她们母女附耳谈说机密话，便催促许夫人出去。

许夫人待向口袋里掏钱，湘云生气道："他们因催娘出去，就是弄几个钱，娘不要理他，有钱到别处去用。他催娘出去，娘就赶快出去好了。"

许夫人只得忍着眼泪，准备照着湘云的意思到省里告状，也不到养鱼那边去，匆匆走出江都县来。

再说那两个禁卒，因为湘云现出怒容满面的样子来，就怕她将来嫁到府太爷那边去，在府太爷枕边说他们的坏话，他们的饭碗便有些靠不住，预备走到湘云面前，好好招陪她几句。冷不防湘云猛地飞起两脚，那两脚上一对儿十斤的大镣，就飞到她自己的顶梁上面，只听得咚的一声响，眼见她流着红的是血，白的是脑浆，两手向两边一分，两腿又向下伸了几伸，身躯踉跄着，向后便倒。就吓得两个禁卒手足不知所措，再看湘云，已咽了气了。

早有管狱官闻风而至，看见这样形状，慌忙前来禀告堂上。

尤伯符得了这个噩耗，吩咐不许声张，便差人速去暗告卜知府。那差人到府衙门里，接得卜知府的意旨，不一会儿，便赶来禀告尤知县。

尤伯符因事情坏到这一步了，心里并不畏怯，也就照着卜知府的意旨，略为改革一番，一面将监视官收禁，一面将李养鱼提出来，按着在先斩决冯雨生的办法，略为申改了几句，禀详上宪，就将养鱼绑赴刑场，就地解决。

原来李养鱼自从雨生惨死以后，被尤知县提到二堂，用严刑逼他招认窝藏大盗的罪。在先却未便申详上宪，于今见事情弄糟到这样地步，也只有将他陷置死地，把他们父女的尸骨都抛到郊外草葬了。

再说李家的婢女凤来，听说她主人、小姐都已死于非命，就连夜悄悄赶到郊外，痛哭了一会儿。月光之下，忽见面前闪来一人，手里提着一把风飕飕、寒闪闪的大刀，向凤来喝道："贱妮子，你认得我铁枪祁老五吗？"

凤来吓得索索地抖，疑惑他是强盗前来打闷棍的，便从手腕上除下一副银镯来，颤抖着说道："这……这……这个且孝敬了爷爷吧！"

祁铁枪笑道："好宝贵的东西，老子也没有屁眼瞧得起的。你不认识老子吗？老子却认得你是李家的凤丫头。你主母是跑到哪里去了？老子这番前来，是奉府太爷和县大老爷的命令,结果你主母的。你须得把你主母的踪迹说了出来,便得留下你这条狗命。说多了总是废话,谁稀罕你这好宝贵的东西。"

凤来听完这话,把心肝都惊碎了。

欲知后事如何,且看下回分解。

第十一回

剑飞血溅午夜掷人头
烛闪光摇三更惊虎帐

话说凤来本是咬紧牙关，宁死不肯说出实话。及看祁老五要把自家裤子褪下来，凤来暗暗一想，杀头我是不怕，这裤子是万万褪不得的，他什九是知道我主母到省垣去了，我就回他个不知道，他仍是个不相信，少不得他仍要追到省垣，结果了主母。听他的口风，不是专为寻我而来，却在这所在无意遇见了我，事急没有办法，也只得把许夫人动身上诉的事向祁铁枪说了。并云李家父女惨死的情形许夫人不知道，却求祁铁枪要完全她女孩儿的身体。

祁铁枪笑了一笑，哪里肯准许她的要求？早将她一把按到地下，便使劲向她身上一伏，在这月光灿烂之下，居然云雨起来。凤来只在那里骂不绝口，却毫没有抵抗的能力。及至铁枪头上被她骂出火来，怒道："老子得不到你一个高兴，就得打发你回去了。"旋说旋爬起身来，用刀在她肚子上一划，说："老子有好多日没有杀人，挂点红也好。"说毕，即挖了一个小小的圆坑，将凤来掩埋入土，揩去身上血迹，藏好佩刀，一路渡过江去。

约离镇江有十里的远近，见前面有个酒村，酒幌子高高挑了出来，便在那酒店里问讯一番。再前行约有一里多路，前面已是一片竹林，仿佛见竹林之下，有一个妇人伏在那里痛哭，声声哭着雨生。

祁铁枪暗想，大约这便是李养鱼的老婆了。一面想，一面飞也似的跑到那里一看，不是许夫人是谁呢？原来许夫人在先曾投到那酒店里住宿，因那酒店里没有地方下客，便走到这林下痛哭起来。

祁铁枪当下见此形状，把五脏神都喜得跳出来，一刀向许夫人搂头砍下，一颗头却砍成了两半颗，兀自仰天大笑一会儿。

这当儿，仿佛两嘴巴上被什么东西打了几下，霎时头不能俯、足不能行，只是耳能听、目能见、口能言，祁铁枪暗叫了一声苦。却见林子里拔地起了一阵旋风，见有男女四个鬼魂，在阴惨惨的竹林子里团团地把他包围住了，他的心脏转吓得分裂开来。

转瞬间，那男女鬼魂却不见了，暗暗听得有人叽叽喳喳地说道："替我们报仇的人到了，我们赶快回扬州去。"

祁铁枪听完，更是吓得魂不附体。忽地从林外飞进一人，手里握着一支宝剑，那剑柄上系着一朵绸质的白花，这人正是伍鼎。

原来伍鼎那夜睡在苏曙东家，和苏曙东的儿子苏天锡同榻而眠，忽觉得那支宝剑跃跃自动起来，像有无数虎啼猿啸的声音。伍鼎很是诧异，握着宝剑飞出窗来，忽听得一阵阵鬼哭的声音从耳边递向东南而去。伍鼎早施展了飞行法术，向着那哭声所在飞去。一会儿，听那哭声已停止了。

伍鼎放眼向下一看，看见前面有一片竹林，那竹林外面打起一阵旋风来，猜想其中必有冤情，便在林中寻了个遍。恰好见到那祁铁枪仍做出那杀人的姿势，一把刀兀自掼在地下，有一具鲜血淋淋的尸体躺在那里。

伍鼎急向祁铁枪喝道："我是上界玄武使者，专在下界铲除恶霸，看你这东西满脸邪气，平白地杀了人家人，特来取你首级。但你若将自己亏心的事说明，总算你自己出首自己，罪律从轻，或者仍得留下你这颗头来。"

祁铁枪在先见有好几个鬼魂向他索命，已弄得他痰迷了心窍。于今又听得玄武使者的这样神话，更是吓得真魂出窍，就像鬼使神差般，把李家前后的冤屈一桩桩、一件件，拢共都供了出来。

伍鼎怕他言中有诈，但因他已说出这条线索，管许到扬州城里，也能探听出来，急挥起一剑，把祁铁枪的脑袋割下。伍鼎怕被人看见这男女两具尸骸，要疑惑其中有什么奸情，便将许夫人的尸骸掩埋入土。眼看时间已是不早，仍然插好了宝剑，伸开了两只膀子，一会儿，已飞到镇江苏府，仍和苏天锡同榻而眠。

早晨，苏天锡便向他问明缘故，伍鼎在先尚延挨不肯轻易说了，被苏天锡逼问不过，悄悄便向苏天锡说了。苏天锡听了，记在心里。

当日，伍鼎便向苏曙东告辞。苏曙东明知这种人的行踪甚是诡秘,也不用向他多说闲话,只好去止由他自便。

伍鼎去后半月,那扬州城里却闹出天大的祸事出来。这消息早风传到镇江来,说卜知府夜间在花厅上,和江都县及绅士张士麒共座谈话,忽见一个飞将军从天而降,卜知府喝问:"是谁?""谁"字刚才出口,卜知府和尤知县、张绅士的三颗首级,早咚咚咚地滚在尘埃。爷们还在那里喊着捉人,只见剑光一闪,那飞将军已不见了。

同时,又有一个吴秀才,在一间斗大书室里,握着一支飞花的笔,点头簌脑地给人家撰着离婚状子。忽见灯光下闪来一人,问:"你可是吴鞠秋吴先生吗?"

吴鞠秋不禁应了一个"是"字,吴鞠秋的妻子也坐在那里,看鞠秋写下一纸状词,便得到人家五两银子,比做授业的先生声价要高到百倍,叫她如何不喜得五脏神发笑?却见无端地闪进一个人来,和她丈夫只问了一句话,那人早抽出宝剑,在她丈夫面前一闪。再看那人,已不见踪迹,她丈夫这一颗圆滚滚的尊头,已和身体脱离了关系。那婆子早吓得哭起来,到府县衙门里去叫冤,谁知府太爷、县大老爷早已身首异处,那婆子有冤也没处申了。

苏曙东的耳目最快,早闻得扬州城里闹出这几件很大的命案,不知要杀却多少人头,高高地挂在扬州城门之上,这案才得消除。谁信天下事真出人意料之外,这几件很大的命案,苦主并不十分追究,总督也不飞发文书严缉凶手,十日以后,好像这案已在无形中取消了。

那时伍鼎回到镇江,仍住在苏曙东家里,和苏天锡在一张桌上吃饭、一张床上睡觉,两人的交情如同现今寒暑表靠近火炉旁边,热度已达沸点。伍鼎肺腑间话,大半对苏天锡揭说出来。扬州城里这几件命案在苏曙东始终不知道其中的缘故,苏天锡却十分明白。

原来江浙总督林海珊,为人清廉慈爱,算得个循吏,却不能算个良吏。那天,林海珊接到扬州的文书,连夜秉烛检阅,总以为这案子大了,须要从中细细披阅一回,方好批复。林海珊在上房检着案卷,两边的戈什哈一个个都执刀佩剑,现出英风凛凛的样子。这时候,忽从人头上掠下一道电火光来,闪得那烛光摇摇不定。

两边的戈什哈仿佛见有武装模样的人,一手握着宝剑,搁在林海珊颈项上,一手抓住林海珊的衣领,向着他脸对脸地望了望。林海珊是个不怕死的好官,胆量比寻常人大,态度比寻常人镇静,他见两边的戈什哈有的抱着奋勇,握刀提剑而前,有的不禁要提高嗓音,喊着:"捉刺客,捉刺客!"

林海珊把手摆了几摆,意思是禁止他们胡闹多事,却换了笑容,向那人从容问道:"阁下尊姓?这时到敝署来,有何见教?"

那人随口诌了一个名字,说道:"姓卞,名伯熊,这回特到大人台前投案。不瞒大人说,江都县里四件命案,都是我卞伯熊做的。"

林海珊问道:"阁下做盗吗?"

那人摇摇头。

林海珊又问:"阁下和他们有仇吗?"

那人又回说:"没有。"

又问："阁下可好嫖吗？"

那人回说："我行年二十四岁，尚是童男的身体。"

林海珊便笑道："敝署不是寻常的人可以跫得进来，阁下的性命也并非一文不值，阁下如有什么见教，请坐下来面谈不妨。"

那人也笑了一笑，便和林海珊并肩坐了，把剑柄上的白花抖了几抖，里面却抖出一封信来。

林海珊将那信看了一遍，便向那人拱手道："一切均照尊命办理好了。"

那人道："大人出言谅无反悔。"

林海珊方要回答，一眨眼，那人已临空而去。

林海珊平心想了一想，当夜转觉得魂安神稳，回房安歇。来日，会同本城各大衙门的主任官员商量办法，便将这案游移下去。接任扬州的府县官员都受了总督的面谕，暗地差人告知各苦主，劝他们不必追究，就渐渐把这四起的命案在无形中消灭了。

看官要知这案是谁做的，不是伍鼎还有哪个？

闲话休烦，且说伍鼎在苏府住了五个月，虽不自居师尊的地位，这五个月中，每逢天锡文课闲暇的时候，略教他一点儿拳法。天锡本来生就得一副神筋骥骨，又得伍鼎锻炼之功，开口乳却吃得好些。

这天，忽有一个六十来岁的老者到苏府来，同伍鼎说了几句去了，伍鼎即向苏曙东父子告别。

苏天锡当问："伍兄又到哪里，那人请伍兄去干什么呢？"

伍鼎不肯说，只言："日后有缘，也许和小少爷有相见的机会。"说着，便把手一拱，兀自去了。

苏曙东父子只摸不着是什么缘故，只觉他们来得稀奇，去得古怪。后来，问及家中的小厮，才知那姓伍的临行时候，对他说的几句话是："你家主人名虽敬重我，实不懂得武术，我不在这里了。"

那伙伴问道："小主人待教师可还好吗？"

那姓伍的回说："小主人虽然聪明识窍，但不经过一番磨砺，不能成才。"

那伙伴听了，也不在意，却不料那姓伍的竟飘然而去。

苏曙东听完这话，很是惊异不小。不上两年工夫，苏曙东死了。又过了两年，苏天锡的娘也就一病病到鬼魂朝天的世界去了。

苏天锡打从父母逝世以后，也有些家财，但他素性挥霍，把银钱看作粪土般，对于之乎者也那些八股文章，也就一齐束之尊阁，却喜结交江湖上三教九流的人物。如走马卖解等人天锡便留在家里款待；也有江洋大盗犯了案，被官里追捕得不能安生，跑到苏家来，说出实在的情形，求天锡保护，天锡也不顾案情重大，自己能否担当得起，总说他们是个侠盗，窝藏在家。

不到数年的工夫，就把祖宗的遗产吃净当光，家里的情形还是十分热闹，真个是座上客常满，樽中酒不空。天锡看看一天一天地有些支持不来，就东去拿借，西去告帮，无如那些人的眼光转换得比什么都快，在先总因苏天锡是个神童，期望他将来成个玉堂金马的人物，很在苏曙东面前称扬天锡是苏家的一根擎天玉柱。于今苏天锡是爷死娘不在，不但无志功名，并且同一班下流的东西做起朋友来，终日间的工作不是耍刀，便是弄枪，把祖宗的产业完全荡尽，还有这副脸到他们门上来请帮告助，谁肯把心力换来的钱供给苏天锡去挥霍呢？总是一口回绝了他。

苏天锡没有钱用，只好变卖家私过活。那些酒肉朋友也就鸦飞雀散，绝迹不到苏家门上来了。在先苏天锡是何等的养尊处优，于今却穷得精赤光光地连饭都没得吃。穷急没有办法，一对儿拳头便是他随身的法宝，他在镇江最热闹的广场之中，打开场子，耍几套拳法，多少也能赚几个钱。苏天锡虽吃这碗把式饭，但生成熊腰猿背，神采惊人，望去不像吃把式饭人的模样。他在镇江耍拳耍了几个月，却想一个有点子拳法的人下场来和他比较比较，恰没有这种机缘。

那时，镇江焦山驻防三营的兵卒，总带是四川万大力，新调到此，据万大力在酒筵前谈起来，他那一对儿拳头，不知打倒多少拳法著名的好手，这一点儿前程，就在两个拳头上打得来的。焦山后面有一块石碑，约有一丈多高，他曾在那块石碑上显过一回本事，伸开了拳头，一拳把石碑捣成了一个窟窿，石屑纷纷地落下地来，他那手皮上连红也不红一点儿，随后又飞起一脚，好气力，那石碑被踢得拔地飞起来，飞有四丈多远才落下地。

这日，万大力带了几个卫兵到镇江城里闲逛，遇见苏天锡在那里卖艺。万大力看苏天锡耍了一回拳架子，他虽看苏天锡的风采甚好，却不佩服苏天锡的拳法，伸手在皮袋里摸出二两银子来，交给一个卫兵，令他赏与卖拳的人。那卫兵拿着二两银子，扬给苏天锡看，笑道："这是万大人赏给你的，快过来叩头谢赏。"

苏天锡不是个没有志气的人，虽吃这碗把式饭，但无论人家赏他多少钱，只说出一个"赏"字，他总是不愿意收下。却听那个卫兵说出看不起他的话来，也就摇头笑道："我拿武艺卖钱，却不要人家的赏钱。"

万大力在旁听了，便挤进一步，向他问道："你凭什么武艺卖钱？"

苏天锡握起一对儿拳头说："我就凭这个卖钱。"

万大力又笑道："你弄错了，我不是看你拳法好赏你的钱，是可怜你穷苦，像你这样的拳法，如何值得钱？"

这几句话，把苏天锡胸脯都气破了。

欲知后事如何，且看下回分解。

第十二回

斗拳法吓退万大力
抖手铐气煞苏神童

话说苏天锡也现出鄙薄的神气,向万大力笑道:"总带既说我这拳头不值钱,好在总带是以拳功著名的好手,就请下场来和我比试比试,我打胜了总带,休说这二两银子,便是二百两、二千两,我都很愿意受下。万一我这拳头真是中看不中用的,被总带打倒了,我就发咒不在这镇江卖拳了。"

万大力听了,也只笑了一笑。

在场瞧热闹的人有好事的,向苏天锡笑道:"你这穷小子,不用糊糊涂涂的,万大人是何等身份的人?你凭什么本领,竟有这吃虎的胆,敢说要同万大人比试的话?凭大人这样了不得的英雄,要打死你这穷小子,比踏死一只蚂蚁还觉容易。"

苏天锡道:"我又不是三营总带大人,就被他打倒了,和你们有甚相干?"

那人听了,只咬着唇边一笑,就有许多人从旁怂恿着。

万大力倒看不出苏天锡只有点点把式，敢说这样的大话，不禁把浑身找扎一番，走进围场，立了个架势，一个猛虎扑羊，向苏天锡兜地一拳打来。苏天锡只一闪，已闪到万大力的背后。两下从此又打了一个照面，苏天锡随意舞着拳头，身手却非常迅快，一个铁牛耕地势，那拳头早打到万大力的胯下。

万大力没看过这种架势，来不及闪让，不由身躯向后一仰，就跌了一个跟斗，还没有起身，见苏天锡已把手缩回了，向万大力笑道："对不起总带，这二两银子便赏给了卫兵吧！总算我的拳法值得钱。"

万大力羞得满脸通红，站起身来，向苏天锡怒道："你的拳法真够了得，使我二十年英名一旦败在你手，你敢同我比试拳功吗？"

苏天锡道："拳功换一句说就是拳法，我不明白总带所说的是什么拳功。"

万大力早伸开了一只拳头，伸得笔杆也似的，直不由吼了一声道："我敢对你再说一句大话，我这拳头上立得人，膀子上走得马。"他一面说，一面向那卫兵打了一个暗号。

那卫兵便挤进来，一翻身便站在万大力的拳头上，把那只脚跷起来，直拉到耳边，做了个朝天一炷香的架势，又把这只脚在万大力的拳头上试了几试。万大力连动也不动一动。

接连又进来两个卫兵，各用一只手吊在万大力的膀子上，做那玩把戏人三上吊的架势，下劲扳住他那只膀子，各翻了几个跟斗。万大力那只膀子却丝毫也没有动弹。

三个卫兵一齐下来,万大力便又向苏天锡怒道:"你敢和我比试这个吗?"

苏天锡才恍悟过来,什么唤作拳功,他分明是要和我争力,便也伸直了一只拳头,和万大力两拳相抵。不知怎么样的,万大力陡然觉得拳头上酸痛了一阵,浑身的气力不知弄到哪里去了,如何能抵敌得住?就不因不由地倒退了几步。

万大力才知他的本领非凡,却又不肯说低头服输的话,皱眉点脑地向苏天锡说道:"好好,我用这两个拳头斗不过你,彼此再较量一趟家伙好吗?"

苏天锡明知万大力较量家伙也不是自己的对手,心想,他是个总带,我用这两个拳头将他斗败了两次,已叫他的颜面太难堪、名誉太不得过去,万一冒昧和他较量家伙,不是更使他没有面子、不能见人吗?古语说得好,'君子不欲多上人',我在镇江已显过好身手了,何必再争强好胜地和他妄结冤家?

苏天锡这么一想,便向万大力拱手道:"我是和总带作友谊的比赛,知道总带的拳法比我高,我的功夫万不及总带,这是不侥幸以巧取胜,算不了什么。说到较量家伙,我是个嫡嫡亲亲的门外汉,请总带手下留点儿情分,改日我到贵营谢罪吧!"

万大力听了苏天锡这番好话,明白天锡是替自家顾面子的,这回他并没有什么捞本的意思了,便也不说什么,带着几个卫兵走了。

从这日起，万大力便飞马到南京去，在统制那里请了一个长假，就皈依在焦山明谛长老的禅座之下，剃去了辫发，竟做了一个和尚。

苏天锡也曾到焦山去访问他，他曾对苏天锡说："你的本领真够，我不能将你荐到上司衙门，又实在对不起你，我并没有丝毫怨你的念头。这回披剃出家，是看破世间的一切虚荣都有些靠不住，并非因没有面子见人，逼我走上了这一条路。"

边说边从一个箱子里取出一百两蒜条金来，说："我是个方外人，这东西留着没有用处，请你收下去用，不要再吃这碗把式饭了。"

苏天锡收了那一百两蒜条金，辞别万大力，惘然回家。

在夜间二更时候，便有几个公差打开门来，为首的把手中的铐子抖了几抖说："县里的大老爷请你到那边去呢！"

苏天锡只弄得莫名其妙，说："我一不是谋反叛逆的人，二又不是个江洋大盗，你们是县里派来的，我犯了什么罪，应传应拘，当然传有传单，拘有拘票，若凭你们这几个猴崽子的威风，可休想请动少爷。"

他一面说，一面却有意要卖弄他的本领，顺手用五个指头向桌角上一抓，抓起一块木头来，两手只搓了几下，把木屑搓得纷纷坠落。

那公差当中有个捕头，看他当面现出本领来，便分外地堆着笑容说道："真菩萨面前烧不了假香，我们久仰苏少爷是英雄、是好汉，是个光明俊伟的人物，我们来请少爷，自然是有拘票的。至于你少爷所犯何案，到县里去当堂审质,自然有个水落石出。少爷总要原谅我们当差人的苦衷,不用和我们较量什么,辛苦到县里去一趟要紧。"

苏天锡道:"这是什么话呀?也罢,凡事都看你一点儿面子,若是换一个人,拿势力来压迫我,那就请得免开尊口。"

说毕,便将双手一伸道:"请你上起来吧!"于是一众捕役便替苏天锡上了手铐。

天锡因自家并没有犯罪,挺着胸脯,便随着那几个捕役进了县衙,好容易听得里面喊着"伺候",县太爷升了公堂,传上许多的人证讯问一番,才将苏天锡唤得上来。

苏天锡一眼见堂上一个强盗很是面熟,低头想了一想,不由暗暗叫了一声苦。

原来那强盗唤作毛毛虫秦猛,两年前在江湖上已犯了不少的案件,被官府追捕得严紧,没处躲藏,曾投到苏天锡家,求苏天锡设法保护。苏天锡看他那种鬼鬼祟祟的行径,算不得江湖上一个侠盗,就对他下了一道逐客令,不肯把他窝藏在家。秦猛因此衔恨苏天锡入骨,悄悄回阜宁去避避风头。

秦猛回得家乡以来,家里的亲戚朋友因他出外多年,好像发了一笔大财,都疑他是在贩卖烟土上得来,不知他是个做没本钱买卖的,倒也随例和他亲近亲近。

那夜,秦猛的邻家有一个三十来岁的妇人死了,那人家就穷苦得很,住的是一间斗大的屋,锅灶房间一股拢儿都在其内。夜间有四个人伴死尸,无非是赵大、钱二、孙三、李四之类,他们四人八目,在那里看护死尸,总觉毫无趣味，孙三的赌兴最豪，由他发起斗牌，四个人围满了一张板木桌子，放下一副牌来，屋内却只有五条矮凳，有两条凳搁住两扇板门，上面睡着一个死尸。赵大、钱二最是伶俐乖觉不过，各抢了一条凳，就两边坐了，李四也拖了一条凳，坐在板门对面，孙三没有凳坐，一屁股就坐在板门上，四人就一筒一索地斗起牌来。刚赌得正豪，忽然从门外走进一个人来，说："你们家里死了人，还这样地快乐呀！能挈带挈带我老秦，想不妨事。"

众人一见是毛毛虫秦猛来了，知道他平素好嫖，但对于赌钱一事，向没有这种嗜好，只是各人和他口头上应酬一番，也懒得招他入局。秦猛却坐在孙三身旁，回头看见死人的手正靠在孙三的屁股上，秦猛那时却有了计较，想拿这死人和他做一回耍子，便悄悄地将孙三的一条辫子在死人手腕上绕了几道，又打了一个死扣，在那里坐了一会儿，也就扬长而去。这四个斗牌的朋友也就不用向他客气，继续坐在那里斗牌。

不一会儿，孙三觉得下部尿急起来，一起身，那死尸也应时而起。李四一眼看见死尸从床上爬起来，好像牵住孙三的一条辫子，怕是尸变，就悄悄地先溜得走了。赵大、钱二也见势头不妙，脚上都像揩油似的，也就溜了出门。

那时，孙三觉得背后的一条小辫子似乎被人紧紧牵住，看他们三人却惊得走了。回头又看，那一条小辫子已被死人牵得住了，吓得孙三屁滚尿流，一颗心几乎从口里跳出来，便拼命地向外跑着。又觉那死尸在后面赶着，仍然牵住他的那条辫发，孙三跑得慢，那死尸也跑得慢，孙三跑得快,那死尸也跑得快,始终和孙三是不即不离,把孙三的心肝肚肺都惊得分裂开来,不禁向前跌了个寒鸦扑水,那死尸却又跌落在他的背上。

这时,孙三吓得被一个勾魂使者勾他陪着那少妇一路去了。

秦猛在家乡时,闹出了这场人命,怕赵大、钱二、李四到堂证明,这家乡的地方再也存身不得,便到嘶马去寻一个朋友。这朋友唤作土行虫成二虎,专做盗窃的生涯,见秦猛到了,算是平白地添了一个帮手,于是日间他们都去吃酒玩笑,晚间却做那挖坟掘土的勾当。

秦猛随着成二虎做了几次,多少都分摊一点儿油水。不料有一夜,四更天气,不知是谁家新葬的一座高坟,泥土未干,却被成二虎看在眼里,便请秦猛在远地立关把风。成二虎很是提心吊胆,用斧锉挖开坟上的泥土,将那棺材前面的木板上凿了一个大洞,伸手进去,想把那死尸拖出来剥皮。好奇怪,成二虎一双手方伸了进去,似乎被死尸下劲拖得住了,再也缩不转来,心里吓得什么似的。

这当儿,便听得毛毛虫秦猛高叫道:"风高了,风高了!"叫了两声便停止了。

成二虎知道有人到来,估量着秦猛已经走开了,吓得在那里索索地抖,两条腿更像摇铃一样。

原是有一个村农在路上行着,远远看有人在那里剥死猪,便悄悄到一座村庄上哗噪,把一班村农都惊得从睡梦中醒来,你抓着一条扁担,他拿着一根棍子,一窝蜂跑到那里,不由分说,早将成二虎绳捆索绑,拖到村中,把他吊得高高的，先捶打了一顿，然后报知这家的尸主。

原来这坟里是葬的一个秀才，生前有这聪明，考取一顶功名，死后还有这阴灵，一手捉住挖坟的贼。一时那尸主家得了消息，早前来验看一阵，于是聚集一众村农，公开会议，才将这成二虎活活埋在义冢边处死。实际情况不在话下。

再说秦猛那夜逃了出来，得了这个消息，一时惊定，就想给成二虎报仇。在这村上放起一把火来，烧他娘的一个鸡犬不留，才泄去胸中这口鸟气。无如见那村中的戒备森严，好像预先算到他要前来报仇的样子，秦猛也就没法，再兜到上江一带，做了几件红刀子案，混了几个年头，复又乘便回到镇江，打探以前在镇江境界做的几桩案子都已取消。他早知这镇江地方是个靠山吃山靠水吃水的码头，便又在那里聚了一班猪群狗党，做下一件采花的大案，失足吃官里捉住了，单单就捉了秦猛一人。

庭讯之下，秦猛熬刑不过，便也承认下来。知县又问他有多少党羽，秦猛不肯报出那班党羽来，便想起苏天锡的前仇，一口咬定这案是苏天锡领了朋友前去做下来的。知县立刻发下一根朱签，令行房写了一张拘票，便将苏天锡拘得来了。

当时因另有一桩案件，延挨了好一会儿，然后才把这案的人证一一传来。及至苏天锡到得公堂，看见秦猛已拷得体无完肤，他是赤着上膊，好像他两肩窝里已被捕头搛穿了两边的琵琶骨。他见苏天锡来了，说："苏少爷，你害得我好苦呀！我是个清水，你却一把将我拉到浑水里去。"

苏天锡被他一口咬定，一时却分辩不来，看那知县要用刑罚来拷问他，苏天锡一想不好，天生我这般铜筋铁骨，如何再吃他们的眼前亏？想到其间，两手用劲一抖，那手铐登时便解裂开来，一个蛱蝶穿花式，出了公堂，换一个鲤鱼打挺式，跳上了屋脊。众公差还不是白白看着他逃出去吗？

欲知后事如何，且看下回分解。

第十三回

天柱山英雄看活佛
福慧寺奇侠陷机关

话说苏天锡那夜运用着飞檐走壁的功夫,蛇行雀跃,一路逃出了镇江。他这时已无家可归,猛想起伍鼎是四川人氏,却不明白伍鼎在四川什么地方,只得准备游山览胜,便道访到四川。他仗着身边有一百两蒜条金,手头仍然像在前一般阔绰,游踪所到之处,凡遇江湖上的人物,无不倾诚结纳,但对人从不肯露出自己的行藏来。一班人见他生得风流俊雅,风度翩翩,只把他当作是个少年才子,谁知他竟是一位剑侠呢?

那天到了安徽怀宁,买了一只皮箱,他身边那一百两蒜条金,已用得剩有八十来两,便住了一个很大的客栈,照例结交江湖上会把式的人。在客栈里住了三日,因客栈内向他付账,准备开箱取出五两蒜条金来兑换。谁知天下事真出人意外,苏天锡开了箱子,那八十来两的蒜条金连一钱也没有了。苏天锡不由暗吃一惊,看这箱子上的封条,在先却丝毫未动,反复寻思,自己很觉奇怪,再也不明白这金子是谁人盗去。但想这盗金子人的本领也很不小，若是报官请缉，徒弄得两个小偷销案，越使盗金子人在暗里发笑。失掉了这八十来两金子，若要付给客栈里的房饭账，就只得拿皮箱抵押。身边没有金钱，也不用向那些会把式人作无谓的应酬。

客栈里账房看他一没有钱，就逼他先付后住。苏天锡没法，只得离开客栈。都听得怀宁人传说，天柱山上有一个福慧禅寺，寺上的老和尚法名苇杭，是一位戒律精严的老僧，在柱山附近的善男信女多有到山上福慧寺烧香，听苇杭讲经说法。

这时适值昆仑山的活佛到天柱山来，住了几日，已经坐化。苇杭特地搭起六丈高十丈围圆的法台，择定了浴佛日，把活佛的遗蜕盘在最高的法台上，四面都布些干柴烈火，准备火化活佛的遗骸，说是送活佛升天。一班山下的善男信女，莫不预先斋戒，准在那日到福慧寺礼拜活佛。大家凑集金钱，想在这寺后建设一座佛塔，要结活佛的缘，想活佛接引他们到西方去。

这天正是四月七日，苏天锡在怀宁城里，早听得有这样的消息，心里就诧异不小，他的胸襟是何等的豪阔，哪里信得这般迷信的事？但也随例到天柱山去瞧一个热闹。果见寺旁已高高地搭起一座法台来，有许多披袈裟穿法衣的光头和尚在台上铙钹宣扬，高诵佛经。台下的善男信女都罗拜下来，口里不知念些什么，台下却没有看见一个活佛。

苏天锡也懒得在那里贪看，觉得肚子里打起饥荒来了，随意在山村一家糕团店里填饱了肚皮，便举步走出门来。忽地有人将他一把拉回，天锡只不知是什么缘故，及听那人说明，才知吃了人家的糕团，没有给人家钱。伸手向衣袋里一摸，再也拿不出来，那衣袋里一文也没有了，天锡这才惶恐起来。

其时适有一个二十来岁行装模样的人从身边掏出一包蒜条金来，向柜上一掼说："这个便算还给店里吃糕团人的总账吧！"

那掌柜哪里肯受？再看那人已不知到何处去了。

苏天锡看那蒜条金足有八十来两，分明就是自家在怀宁客栈里遗失的蒜条金。他却因这金子事小，那盗用金子的人却不可不去探访个水落石出。出了店铺，已是黄昏时候，看西山日暗，天上已挂着半边月亮，布着点点疏星。在山前山后探访了多时，只访不到个盗用金子的人，再兜到福慧寺旁，已是四更时分，耳边又听得铙钹钟鼓的声音，眼中看那法台上灯烛齐明，如白昼一般，台上的和尚、台下的男女都念起佛来，那活佛盘坐在最高的法台上。

苏天锡的眼光最快，看法台上的活佛，不像已经坐化了的样子，却生得歪鼻塌眼，并不成个人形，只是他那两眼之中闪闪烁烁露出凶光来。

苏天锡分明已瞧到了二分。

一时宣沸的声音停止，那苇杭把锡杖一顿，台上下都寂然毫无声响。苇杭带领着僧侣下了法台，吩咐一班善男信女默念佛号，便由火工放火，台四面的干柴着了火焰。那一班善男信女远远站着，看火焰布天，霎时把一座很大的法台烧着坍毁下来，那活佛好像在火焰中冉冉而升，就如焰火上的纸人儿一样。

苏天锡这时分明已瞧到了四五分。

一会儿，那火也熄了，活佛也不见了，众僧侣和一班善男信女都到寺里吃素斋。

苏天锡却看见一道红光，像飞虹一般快，由当头顶上飞落到寺后去，倏然便不见了。苏天锡心里很是诧异，也随着众人到寺里吃了一餐素饭。便见那些善男信女，你也在缘簿上写三百两，他也在缘簿上写五百两，至少也得写三五十两。那苇杭打着算盘，算那缘簿上共捐有一万多两银子，不由把眉头一皱，意思是嫌大家捐的太少，不够建造一座活佛塔。其实活佛的骨头也没有一根，何用替他建塔？

这时候，苏天锡已瞧到了八九分了。

眼看东方已亮，山前后树枝上的乌鸦叽叽喳喳叫个不住，那一班善男信女也就从此作鸟兽散。

苏天锡正预备随着众人走出来，准备去访问那盗金子的人，慢慢再来探个究竟。忽地有一个小沙弥，拉着他的衣袖说道："我师父请施主去，有话要向施主商量。"

苏天锡不禁随那小沙弥一步跨进方丈室内。苇杭坐在云床上，见苏天锡来了，连忙站起来，向苏天锡招呼着，便拿出一册缘簿来，要求苏天锡在上面写助一万两的大缘。

苏天锡道："老和尚休要取笑，我是个异乡人，休说是一万两银子拿不出，身边连一个钱也没有了。"

苇杭道："施主太客气了，像施主这样的能耐，休说是一万两,就比一万两再多些,也没有办不到的。施主既到这地方来窥破老僧的秘密,不可谓与活佛无缘,却不肯捐助一万两银子,这分明是藐视老僧没有半点儿的神通。那么只有令一个小沙弥去请弥勒佛来,送施主到西方去。"

苏天锡见苇杭说这几句话的神气之间,陡然来得严厉,暗忖,我早知这老秃贼分明借着活佛的题目,哄骗善男信女的金钱,看台上那座活佛绝对是这老贼呼同一气的僧侣,尘世间哪里有什么活佛呢?他这一双眼睛是何等的锋快,一看就知我不是个平常的人,要在我身上捐一笔银两,这分明是逼着我去做强盗,把盗来的钱供给他修补五脏庙。他的本领,我绝不是对手,又何必吃他的眼前亏?

想到其间,便向苇杭笑道:"既然老和尚要我捐一万两,我就停会子取一万两银子来。"旋说旋拿起笔来要写。

苇杭摇头道:"不行不行,别人助缘,写一笔就当作银子用,施主要想出我这天罗地网,就非得拿出现钱来不为功。"一面说,一面令一个小沙弥到他身上搜检。

苏天锡实在耐不得了,便要抵抗一番。陡然觉得小沙弥一把抓住他的衣领,手势来得十分沉重。苏天锡看这小沙弥的本领不凡,估定那老秃贼的本领必在小沙弥之上。再看禅门已关起来了,心里好生纳罕,任凭小沙弥在他身上摸索了一会儿,真个摸不出一文钱来。

苇杭笑道:"原来是个银样镴枪头的角色,老僧听怀宁人传说,他在那地方结纳会把式之人,很像似一位豪阔人的模样。他既没有现钱,也就不用去搜检了。"

小沙弥听到这里,连忙一把放开了苏天锡,从禅房下取出一个石灰袋来,说:"这是弥勒佛,我就请弥勒佛送施主到西方去。"

苏天锡这一惊非同小可,他不是寻常没有本领的人,到了这种生死的关头,也不问苇杭和小沙弥有多大的能耐,便举起拳头,向小沙弥兜头一拳打来。小沙弥只说一声:"来得好!"一手捞住他那只拳头,要取石灰袋来伤他。再看手中石灰袋已没有了,那只手分明被什么东西刺了几下,登时便不禁地把手松开了,觉得那手掌肌肉之间,像有千百口绣花针在里面乱钻乱动。

这当儿,苏天锡已舞起那只拳来,向他打去。小沙弥来不及闪让,被苏天锡打得栽倒下来。

苏天锡看小沙弥被他一拳打伤了心络,登时气绝,即回过身来,看云床上的苇杭已不见了,便来拔开门闩,想就此逃出定慧寺去。他把手在门闩上抽了几下,陡听得吱呀吱呀作响,那地板便倏地四分五裂开来。

苏天锡在这时候,不由双脚滑了一跤,跌落有一丈多深,看地板上已自由自性地掩合起来。

原来这是一条隧道,两旁都竖着木杆,杆上面点着一例的灯烛。穿过这条隧道,便见前面有座很大的屋,像似五开间厅房。走近屋四面一看,看屋门已关掩起来,门额上点着一盏琉璃灯,照见门上写着"无上乐境"四个红字。东边有一个很大的圆窗,镶着红绿玻璃,分明是半开半掩。伸头向窗内一看,这一看,把天锡心里都惊得跳起来,原是一个云床上面,躺着一个光头和尚。这和尚一落到苏天锡的眼睛里,便认出是夜间焚化的那个活佛。他正按着一个年轻貌美的女子，一丝不挂，在那里参欢喜禅。室中的陈设艳丽华贵，望去就像个神仙洞。有十来个粉白黛绿的女子，一个个都是解开纽扣敞开怀，在那里歌的歌，唱的唱，弹的弹，舞的舞，大摆其风流阵。

苏天锡暗忖，我夜间见那个活佛，就知他是佛门中的地狱种子，却有这魔术假意坐化山门，又能避免火焰，直似一道红光飞到寺后去，什九便估着他是红灯教的余焰。红灯教中的僧俗人等，在先虽谨守教中的规矩，无如那些教徒大半不是正经人物，以后就违背教律，渐渐有些无所不做起来。想不到这秃驴色胆包天，竟和苇杭呼同一气，收敛一班愚夫愚妇的资财，供他们淫乐的用度。这里面的风流少女，谁不是良家的闺秀，却被他们弄来参欢喜禅。可惜我苏天锡陷落罗网，孤掌难鸣，除不了佛门中这个现世报，万一我有出头的日子，就得将这佛寺放起一把火来，烧他个一佛出世，二佛涅槃。

苏天锡正在这么想着，那活佛似乎觉得有人在窗外窥探，忙把那少女推开，一边提取一支宝剑，跳下床来。苏天锡见这形状，连忙把身子闪退了几步。那活佛已穿出窗来，向苏天锡哦喝了一声道："哪里走！"

苏天锡便又见得有一道电光在面前一闪，看是一个穿着一身白衣的小姑娘，手里也提着一支宝剑，飞也似的赶到这里来。那小姑娘见活佛一丝不挂，把脸飞红了，一展臂，已将苏天锡挟在肘下，惊鸿掣电般向屋后去了。

活佛随后赶来，便见迎面来了一人，也提了一支剑，向活佛砍来。活佛闪让过他的剑锋，觉得那人的剑风所至，遍体生寒，一些本领也使不出来。活佛暗叫不好，要使动他们红灯教的妖术，从口里吐出火焰来，好借着火遁逃走。谁知这火焰也被剑上的寒光逼得吐不出来，却被那人使一个海底捞月的剑法，那剑便刺中活佛的下阴。

那人见活佛到西方极乐世界去了，便收回宝剑，向屋后走去。恰见苏天锡同那小姑娘各持一支宝剑，和一群贼秃在那里厮杀。

这小姑娘原是那人的妹子，身边原有两支宝剑，她和自己的兄长到福慧寺来，其中却有一段缘故。现在且不用牵丝扳藤地接叙下去。

在先小姑娘把苏天锡挟到屋后边，便见有一个光头和尚在木杆上一个小小的铁钉上摇了几下，接连便听当当当作响，如同响铃一般。顷刻间，便有许多的和尚，各自握刀提剑，蜂拥而来。小姑娘忙将天锡从肘间放下来，一手又从裙带下翻出一支宝剑，交给了苏天锡，两人便和那许多的贼秃动手厮杀起来。那许多贼秃也都有一手的刀法剑法，且仗着以许多人杀两个人，但看他们男女两人的剑法非常厉害，女子犹比男子高。

正在杀得难解难分的时候，猛不防那人已如飞而至，舞起宝剑，加入战团。只听得咔嚓咔嚓作响，那圆滚滚、光滑滑的头颅纷纷砍落下来。一时鲜血纷飞，如同半空间洒下许多的冷雨。众贼秃当中，就有一二个胆小怕死的，准备要溜之乎也，但他们的两腿上却像似被什么暗器打中了，哪里还能跑得及呢？

欲知后事如何，且看下回分解。

第十四回

剑锋到处禅寺杀人妖
灯花黄时莲花生幻相

话说众和尚已被苏天锡等男女三人杀了个七零八落，就中有两个和尚，被那小姑娘打了一把梅花针，哪里还能逃跑？众僧侣死的死，伤的伤，死者尸首各栽倒一边，生者都掼下刀剑，一齐罗拜下来，向苏天锡等男女三人叩头求饶。那两个和尚也就随例跪在他们面前，把眼泪都哭出来。

依那小姑娘性起，就得一股拢儿给他们个当面开销，但看他兄长面上的神气不对，也只得提剑站立一边，和苏天锡站了一个对面。

苏天锡这时飞眼向那小姑娘面上一望，恰好和她一双秋波碰个正着，那小姑娘已羞得抬不起头来。苏天锡不好意思再望下去，便又向那男子飞了一眼，千不是，万不是，正是在糕团店里所见的那个盗用金子的人。

这时却不便向他追问缘故，看他向众贼秃哼了一声道："你们眼睛里还有我们八卦教吗？你们都是红灯教的教徒，仗着有一点儿法术,在这里奸盗邪淫,兴风作浪,胆敢把我们的女教徒弄到这里来?我且问问你们,你们有几个脑袋、几条臂膊,把我们女教徒藏到什么地方了?快点儿从实说来,若有半句含糊,你看我们的剑锋不快吗?"

那众和尚当中,有一个唤作达禅的,是福慧寺的知客师,当由达禅向那男子抖着说道:"这……这个贫僧是不……不……不……"

那男子听到此际,待要挥起宝剑。

达禅慌忙接着回道:"这个贫僧是不敢不说,我们这寺里的僧侣多是红灯教的教徒,但我们一班当执事的,完全听受方丈老和尚的指挥,向没有自由自性地妄做下无法无天的事。便是我们的方丈老和尚,在先也不愿和八卦教教徒为难,在八卦教教主面前翻几个跟头。这回来了一位活佛,他的法名唤作印昙,也是红灯教中的一个大拇指,他暗对我们方丈老和尚说,他在昆仑山上很是孤苦,却要和我们老和尚平分春色。他又在四川峨眉山上弄来一个少年的美女,送给我们老和尚。据说这女子唤作徐丽容,不但品貌超群,且学得一手的好本领。如今是绑在那血池地狱里面了。"

那男子听到这里,一把扭住达禅,便向他妹子打了个暗号。那小姑娘会意过来,舞起宝剑,就势挥动了几下,把其余和尚的头颅都割得下来。

苏天锡见了,暗暗喝彩。

大家随着达禅,一路向血池地狱而来。刚走近一座很窄狭的地方,达禅便告诉他们道:"你们看这地上铺着红白的方石，只可在红色的方石上走，若踏中了白色的方石，就得陷落到地网里去。"

那男子怕他言中有诈，先逼他在红色的方石上走去。达禅不禁有些害怕起来，哪有这胆踏上那红色的方石呢？

那男子笑了一笑，仍把达禅扭住了，毫无疑惑，照着那白色的方石上走去。

大家又走过二十步外，看见前面有一间猪圈也似的小小石屋，那屋门洞开。远远便闻见一股血腥气味，比什么都难闻。

忽地达禅怪叫起来，说："姓徐的姑娘却到哪里去了？"

大家走近洞门一看，看里面的血水积有一寸多深，知道这其间不知死去多少的贞节女子。

达禅诧道："难不成徐小姐死了化成血水了吗？她纵有那么大的本领，能逃出这血池地狱一步吗？就死也没有死得这样的干净，须剩些肉骨，断不至就化成血水了。"

达禅正在那里发呆，那男子心里已有了计较，便问达禅道："地网的机关，须从哪里走进去？"

达禅再也不敢哄骗他们了，在血池地狱门首，用脚轻轻踹了一下，眨眼间，顿觉天旋地转，砰的一声，地平石却自动地凌空高托起来。在那活动之间，接着又扑扑作响，那一面地平石裂了，却凭空在石缝中托出两个人来。达禅仍然用脚又轻轻地在那里踹了一下，居然又恢复到旧时地平石的模样，那两人都不约而同地要直跳起来。

那男子急喝道："止止！你们皆须站定脚跟，四肢不能乱动，须要照着这白色的方石上走去。"

苏天锡看那两人恰是一男一女，女的浑身血污，什九估着是徐丽容；男的好生面熟，身上也溅有许多的血迹，看他那剑柄上安着一朵绸质的白花，就是苏天锡一别多年不见的那个伍鼎。苏天锡不由对他叫道："伍兄！"

伍鼎道："什么伍兄不伍兄？那是我随口诌的一个名姓，我姓徐，我是徐石丹。这丽容是我的妹妹，这是我的妹夫左开山，这是我妹夫的妹妹左翠莲，外号唤作白玫瑰的。"

徐石丹说到这里，便负着丽容，直飞过红白方石的所在才落下地来。当由左开山押着达禅，大家一起走到无上乐境里去。

徐石丹便将那些女子唤来，各自讯问一番，才知她们都是人家的千金娇女，被苇杭弄到这地方来。徐石丹不由分说，各令她们穿好了衣裳，仍由开山押着达禅，大家左转弯右抹角地走了一会儿，像似一步高似一步，走到一个所在。恰见前面有一例屏门，达禅把那屏门上一个小小的圆洞用无名指掏了一下，呀的一声，那屏门开了，仍是在先的那一间方丈室。大家都走到方丈室里，由达禅仔细开了前门，鱼贯也似的又走了出来。

这时候，石丹便向开山问道："那苇杭可是被他用隐身法逃跑了不成？"

开山未及回答，翠莲急忙说道："哪里容他有逃跑的份儿？别人被他用隐身法掩住了身体，难道我们不会隐身法吗？早被我哥哥挥起了宝剑，把他杀死在禅床下了。"

苏天锡听到这里，便想起那时不见苇杭的缘故，急回向翠莲笑道:"那小沙弥曾请什么弥勒佛来,送我到西方去,怎的那石灰袋便不见了?"

翠莲也不由向他一笑道:"我救了你性命,你难道不懂吗?不是我夺取那灰袋,在他身上打了一把梅花针,你有多大的本领,一拳便打到他的心坎里?"

苏天锡才恍然明白过来,不知他们在先门不开户不破的,怎会到方丈室来。这其中的疑团,还有许多许多,仓促间却问不过来。

大家在寺里走过一会儿,并没有见到一个和尚。走近大门时,看大门已关起来了,便问达禅:"这大门可有什么机关没有?"

达禅回说:"没有。""有"字刚才出口,恰被开山挥起一剑,在达禅秃顶上直劈下来,一个圆头,顿时就劈成了两个扁头。这里开山、丽容、翠莲三人向徐石丹只说一声:"我们到峨眉会吧!"顷刻间便不见他们的踪迹了。

苏天锡看了,很是诧异。开开山门,当由徐石丹在前,苏天锡在后,押着那一大批的女子,走出了山门。山中人早看见和尚寺里走出这一串油头粉面的女孩儿来,不像似一班信女装束;大家都围拢上来,问个明白。徐石丹便对他们说明缘故,大家哪里肯信?及经那女孩儿当中,有几个脸老不害羞的向山中人哭说了一番,他们都暗叫奇怪,想不到清净高尚的佛慧寺,会是这样所在。这寺里的贼秃,阴险淫毒,平日间无法无天,可想而知了。

山中人有问把这一批的女子带到哪里去,徐石丹回说:"须带到怀宁县去,听县大老爷发落。"

山中人听了，欢喜非常。有几个好事者，随他们一路到怀宁县来，瞧个热闹。

那夜，怀宁知县王月江正在一家堂子里和一个粉头儿追欢作乐，得意时和那粉头胡调一阵，被她涂上一嘴的胭脂，不防差役们前来禀告，说："有个男子在福慧寺剿来一大批的女子，现在衙前听候太爷发落。"

王月江听报，大为诧异，迷迷糊糊出了堂子，坐上大轿，竟向县衙而来。坐上了二堂，烛光之下，众人见他脸上涂了一嘴的胭脂，莫不掩口而笑。他老实装作没有理会，少不得传上徐石丹、苏天锡二人，讯问一番。石丹、天锡约略说了一遍。

王月江拍着惊堂骂道："你两个刁恶的奴才，满口全是说些梦呓，那福慧寺的方丈和尚本是一位戒律精严的老僧，本县也是他寺里一位护法，你们怎说他窝藏良家的女子？"旋说旋将那一批女子传上堂来。

内中有个女子，忽然向王月江叫了一声："哎呀！"

王月江向那女子一看，早羞得满脸通红，忙将那女子带到后堂。原来那女子是王月江的女儿，花名唤作凤珠，三年前已失踪不见了。凤珠向她父亲哭诉了一遍，原是被那苇杭用法术将她拐到天柱山去。

月江听到这里，便出来一面感谢石丹、天锡二人，一面发下文书，将那一批女子分别送回她们的家乡去。就在天柱山放起一把火，好好一座福慧寺，竟烧成了一片焦土，倒省得山前山后的善男信女一笔大缘。

且说徐石丹、苏天锡在怀宁署中宿歇了一夜，如何再停留得住？夜间石丹、天锡二人早商议一番，遂不向王月江告辞，竟自回到峨眉山去了。在一个深深的山洞里，会见了开山、丽容、翠莲三人，石丹便领天锡拜见师父，原是一个小小石瓮里，盘坐着一位须发飘然的老者。天锡看那老者浑身的衣服极其质朴，然而神采惊人，两眼奕奕有光，分明就是到镇江去带回徐石丹的那个老者。

那老者姓季，名有光，道号唤作清风子，原是八卦教的首领，石丹、丽容、开山、翠莲四人都是季有光的徒弟。什么唤作八卦教呢？八卦教本先天八卦之义，创立教宗，教徒都略知乾坤的奥理，谙习种种法术，他们皈依八卦教人，大半都是血性的英雄、爱国的人杰，当清康熙时代，八卦教曾发荣在陕、豫、齐、鲁间，麇集许多的教徒，官私伙通，共举大义。无如满清的火焰正隆，什么天地教、三元教，都生息在满清的势力范围之下，助纣为虐，和八卦教为难。经过几番的蛮争恶斗，那些八卦教教徒大半都死在天地教、三元教的教徒手里。因为非本书笔墨范围所及，却不用铺张扬厉，把当日的事实补叙出来。

季有光是八卦教中的后起之秀，曾饱经世故，不敢明目张胆地和满清为难，却僻处在那深山穷谷之中，他主掌这八卦教的濒死余魂，因收揽教徒不是一件当耍的事，生平所收的教徒，只有石丹、开山、丽容、翠莲男女四位英雄，并传给他们气功、剑法。徐石丹又在镇江看中了苏天锡是个奇异的人物，很愿将苏天锡介绍入八卦教，无如苏曙东夫妇俱在，徐石丹却不忍夺人膝下的爱儿，将他荐到八卦教里。

　　苏曙东表面上虽和徐石丹是客气得很，其实不曾真把徐石丹当作奇人异士。及经季有光到镇江来，将徐石丹带到峨眉山上。季有光的意思，却因苏天锡这么一个人物，不经过一番困难，不能锻炼成才。日后有缘，自然和苏天锡有会合的机会。

　　这季有光的朋友甚多，他却未曾滥交一人，嵩山法华寺的和尚峻嵩、观音寺的尼姑悟能在先也在八卦教门干过一番事业，和季有光是剑字门中的同门师兄弟，芝兰契合，他们的气味都相投得来。峻嵩的徒弟陆剑鸣、蒋杏姐、桂姐三人却未曾入教，不知峨眉山上有这个老师叔，但峻嵩也常到峨眉山来，在季有光面前，曾说陆剑鸣是他一个高足弟子。季有光的神通不及峻嵩，道法却比峻嵩高，知道陆剑鸣是个盖世的人杰，将来在八卦教中也许要干出一番惊神泣鬼的事业。但因这时的时机未熟，不便将他搜罗到八卦教里干事。峻嵩却误会季有光的意思，怕他疑惑陆剑鸣及不上入教的资格，自以为季有光并无一点儿收纳陆剑鸣的意思，用不着多说了。谁知陆剑鸣和苏天锡两人正为八卦教中的两根擎天玉柱，本已要坍倒的八卦教，却赖这两根玉柱撑持起来。

　　话休絮烦，且说徐石丹的胞妹徐丽容，在先本和左开山是未婚的夫妻，他们俩同在八卦教中做事，胸怀磊落，用不着避什么男女嫌疑。适值徐石丹到别省去，从此便造出福慧寺中的许多奇案出来，不得不趁这当儿补叙一笔。

　　事情原是这样的，有一天夜间，徐丽容兀自坐在那山洞里，望着青灯出神，忽见灯花由红转黄，继而爆炸如豆，徐丽容很是诧异。再看那灯光，愈炸愈大，大得同莲花一般，却从花心间托出一个小小的和尚来。丽容不禁大吃一惊。

欲知后事如何，且看下回分解。

第十五回

深闺惊怪客星眼蒙眬
魔窟泣冤禽回肠荡结

话说徐丽容见灯花愈炸愈大,大得同莲花一般。转瞬间便见灯花里托出一个小小的和尚来,约有三寸多高,一般也穿着袈裟,戴着毗罗帽子,在花心间冉冉上升。徐丽容不禁惊诧起来。

再看那和尚已有一尺多高,招摇而下。站在那平方石上,已是三尺的身材。一眨眼间,这和尚却高有五尺,居然是一位四十来岁的佛门弟子。

徐丽容早知他是红灯教的余孽,像红灯教教徒,多有习用这样魔术的。看这个和尚来者不善,准备拔剑和他厮杀。却不妨他早从一个小小的瓶子里放出一股奇香来,这香气钻到徐丽容的鼻孔里,非兰非麝,沁人心脾,登时间头昏耳聋,四肢都是软洋洋的,眼上更有些昏昏糊糊起来,就如现今人吃了催眠药粉一般,就不因不由地把身子栽倒地下,竟到那大槐安国里,看淳于驸马招金枝公主去了。

那和尚心里如同开了跳舞会,肝肠五脏都在腔子里跳动起来，看丽容竟似一朵睡海棠般，星眼蒙眬，另具一种妩媚的神态，不由嘻天哈地地解开外面的衣服，把丽容掖在怀里，用丝带紧紧扎好，哧地一飞，已出了山洞。口里不知念些什么，伸开了两只膀子，一飞已到空中，竟像似腾云驾雾般，飞向安徽境界而来。

看官要问这和尚的来历，他的法名正唤作印昙，是个响马出身，在江湖上很做下许多的盗命案件，采花折柳，无所不来。因为案子做得多了，在山东本省地方存身不得，怕官里捉住要杀头的，就北走燕都，在万寿寺中剃发为僧，便道出关，恰遇到一个异人。

这异人便是昆仑山红灯教教主柏衍庆，道号唤作无闷子的，很在他面前显出一点儿红灯教的神通。

印昙正苦禅关寂寞，难得遇到了这位红灯教教主，就随柏衍庆来到昆仑山石洞之中，拜柏衍庆为师，学习红灯教的法术。印昙的软功、硬功本有了几层火候，在江湖上有白额虎的诨号，于今又习得红灯教的种种魔术，就如虎身上长起两只翅膀来。但红灯教教律甚严，上至教主，下至教徒，如果违犯红灯教的教律，如奸淫盗杀等事，这人简直可处置死地，没有丝毫缓和的余地。

红灯教教主在昆仑山独树一帜，不帮助天地教、三元教，甘为明朝的犬马，二不附和白莲教、八卦教，和满清为难，但柏衍庆自以为红灯教的法术比那白莲教、三元教、天地教、八卦教要高胜一截，却不将他们这四教教主看在眼里。宗教家门户之见，在当时事实上，本不能融合，红灯教既不屑和各教联络声气，至于各教的教主，也不肯攀龙附凤巴结红灯教教主的欢心。尤其是八卦教和红灯教这两派教宗，向来是桥管桥，路管路，谁也不去过问谁的事情。但印昙在山东称好汉的时候，曾在八卦教教主季有光面前栽过一个跟斗，于今一和红灯教习学得隐身法、束身法、借身法、献身法这几种魔术，就夜郎自大，把八卦教看作萤火般，固然一班的男女教徒不把来放在心头。至于那八卦教教主季有光，更算是一文不值，多久就想到峨眉山去，报复季有光前日的私仇。因在柏衍庆面前假托收集徒弟为名，请了一个长假，一路向四川峨眉山来。却因这几年在红灯教里被教律拘束得不能自由，这回难得离开了昆仑山，好似村学的蒙童离了书塾的样子，一路上栽花插柳，也很做下不少的风流案件。

那夜到了峨眉山，探访了好几日，只不知八卦教教主是隐藏在哪座山坡、哪个山洞。却行到一个山涧旁边，看那里有一个小小的山洞，深不见底，据山中人说，这山洞是山魈野魅的出入所在，兴妖作怪，吓得山中人不敢缒下去看个究竟。

印昙记在心头，疑惑这是八卦教的洞门所在，日间不便下去，到了夜间，在月落星明的时候来至洞口，在洞外望了一会儿，度量这洞中离平地约有二三十丈，即用束身法把身体束得如初出娘胎的乳孩儿一般，悄没声响地跳下了山洞。黑暗暗看不见什么，远远却听得石籁的声音。印昙便有了计较，又借用隐身法，把身体遮掩了起来，两脚不敢踹在实地，怕踹中洞中的油线机关，便使动运气飞腾的功夫，向那声音的所在行去。早就看见纱窗下透出荧荧的灯火来,从窗外便看见窗内一位十七八岁的绝代佳人,老远望着那一灯红豆害相思。

印昙一眼看见了这位绝代佳人,差不多一根根毛孔里都要钻出一个快活来,早把季有光的私仇抛撒到九霄云外。看窗门是半开半掩着,便悄悄踅了进去,借着他们红灯教里一种献身法,把身子从灯花上托了起来。这种矜奇眩能的举动,分明是迷瞒那女郎的眼识两障。那女郎不待说明,便知是徐丽容了。印昙因用献身法,不能迷瞒她的眼识两障,早放出一瓶熏香来,却这么毫不费力地将她掖出山洞。

印昙的意思,是因自己已违犯了红灯教中奸淫戒律,这回若返到昆仑山去,被本山同教中人察破行藏,去报告教主柏衍庆,那么他就死定了。何况在先入红灯教的时候,不过想学得红灯教的法术,好在江湖上为所欲为。于今已学得一身的好法术,何必再回到昆仑山自投罗网呢?他这时想起,安徽怀宁山上有一座福慧寺,寺上的苇杭老和尚是印昙的同教老朋友。苇杭曾在昆仑山上和印昙会过一次,看印昙这人很为懂窍,暗地曾告知印昙,说:"我在怀宁天柱山福慧寺中做住持方丈,寺中的和尚大半都是你我做响马时的一班好朋友。"

印昙牢牢地记在心坎,但因苇杭的本领比他大,不情愿随他到天柱山去。这番印昙违犯了红灯教的教律,不敢回昆仑山去,就想起天柱山的苇杭和尚来,预备到定慧寺去,稍混几时。

这夜,苇杭刚在那无上的乐境消受着温柔时光,恰听寺中的沙弥前来禀报,说有一个印昙和尚,腰间不知缠着什么,打开山门,要与老和尚说话。

苇杭听说是印昙来了,好在自己的行径也不用瞒着好友,便吩咐一声:"请进!"

小和尚去不一会儿,接连听得一阵哈天扑地的声音,有一个人笑着走了进来,说:"苇老这所在真好乐呀!肯挈带我占些便宜?想不妨事。"

苇杭抬头一看,见是印昙来了,也一笑回道:"你想享我的快乐,不是极容易极平常的事吗?你在我这里屈留几时,不用说那安徽的巡抚及不上我的尊荣,便是富有天下贵为天子的风流皇帝,也不及你我住这无上乐境舒徐自在。"

印昙听了,心里喜得开了一朵花,便解开怀来,抱出一个花样儿年华娇雪般白净的女孩儿来,便将在峨眉山经过的情形向苇杭说了一阵。

苇杭看徐丽容那样温和妩媚的睡容,在无上乐境的女孩儿当中,十个里也挑不出一个来。即向印昙议明了一个条件,须得将这峨眉山的女教徒让给他自己一人受用,这无上乐境里十来个粉白黛绿的女子却同印昙风月平分,共同享受那无上的乐趣。印昙心里虽不肯认可,但实在拗不过苇杭的情面,只好一口允诺下来。

苇杭又对印昙说:"我们这福慧寺田产无多,众僧虽有时到外面去做些买卖,所得的油水只可供应这许多女子的花粉费。香客的香钱能有几何?也只能在应酬方面,把这项收入花销了。眼看我这局面渐渐有些撑持不来,大家须要商量一个办法,维持现在用度。我这地方,方才可住持下去。"

　　印昙听完这话，便同苇杭编派一个办法，就这么招摇撞骗地演出活佛升天的把戏来。

　　闲话休烦，当夜苇杭留印昙在无上乐境里快乐了一番，苇杭便将徐丽容放在床上，吩咐小沙弥取一碗冷水上来，向徐丽容当头顶上喷了几下。丽容在梦魂里醒转过来，睁眼一看，便叫了一声："哎呀！"

　　原来见印昙左拥右抱，在一张云床上面，同几个少年貌美的女子俱脱得赤条条，连裤子都没有穿，在那里大摆其风流阵，丽容羞得桃花面上堆起朵朵的红云。再看那六十来岁的老和尚，那一嘴短促促的胡子要怕死人，站在她的面前，向她露出鸱鸺的微笑。

　　丽容恼羞成怒，待要拔出腰间的宝剑，原来那宝剑多久就被苇杭拔得去了，只剩了一个空鞘。徐丽容这一急非同小可，明知这些无法无天的贼秃都有一手的好本领。宝剑既被他们拔得去了，只想凭这只手空拳，先和他抵敌一下，敌不过他，横竖到了这种关头，一死更无大罪；万一敌得过他，那么再作第二步的计较。想到这里，便从云床上兀地拗了起来，走得下床，仍像似行若无事般，猛然飞起一脚，一个叶底偷桃式，向苇杭左腰眼里踢来。

　　苇杭只说一声："来得好！"轻轻把袍袖一展，早已将那三寸金莲接在手里。丽容的一只左脚已被苇杭接在手里，那一只右脚同时又倏地向苇杭右腰眼里踢来。苇杭把那只手一招，又将丽容这一只脚紧紧捏住。

　　丽容双脚已被苇杭接得住了，身体顺势却要仰跌在地板上。谁知丽容早运足了气功，把头直弯到了胸膛上，离地板上有一尺多高，简直如背后有东西托住的一样。苇杭觉得她那瘦不盈握的脚，在先如棉花一般软，此后又如生铁一般硬，便估着她运气功夫已有几分的火候，只得仍将她趁势放在那云床上，却防备她有飞虎穿心式，来伤自家的心络。果然丽容刚被苇杭放了下来，便倏地双脚齐飞，向苇杭胸两边踢去，说："去吧！明年今日，我来吃你的抓周酒。"

这时，印昙刚参过几次欢喜禅，看苇杭和丽容厮打起来，觉得苇杭的武术、法术两种是吃得住这个女教徒的。忽地看苇杭被她双脚踢得栽倒下来，印昙才吃了一惊，忙赤着身躯，飞得前来，却把个徐丽容羞得恨无地缝可入，就这么毫不费力地被印昙绳捆索绑起来。

那时，印昙疑惑苇杭吃丽容踢了两脚，要把心肝都踢得分裂开来。谁知苇杭从地上拗起身子，解开衣服一看，里面裹着一面古铜护心镜，有一尺多宽，六寸多长，已被踢得粉碎，胸腹间却没有受着丝毫伤损。便有许多女子，一齐围绕上来，逗着苇杭玩笑。

其实苇杭到此时辰，哪里还把她们看在眼里？便向她们都咬着耳朵说了几句。她们如同得了好差使一般，一齐都来劝解丽容。丽容听着她们那些腌臜不堪的话，我著书的是说不出、写不出、画不出，徐丽容羞恨的心思也就是说不出、写不出、画不出。

她们劝慰了一会儿，没有丝毫的效用。

苇杭便来指着丽容骂道："你这个贱骨头，换心丹却换不得你这颗心来,偏要活得不耐烦,敢在佛爷爷面前翻一翻金钟罩。你自己细想吧,佛爷爷乃是一个采花的太岁,远处不必说,就如这山前山后的少年妇女,何止成千上百,平日谁不想来烧香礼拜,沾一沾佛爷爷的福气?还要魂思梦想,捧着一笔金钱,贡献佛爷爷,想佛爷爷看她一眼尚不容易。如今你碰到这样的好机会,你这副贱骨头都是一口咬紧牙关,看你有这造化,能逃过佛爷爷的掌心吗?"

徐丽容听到这里,早已预备一死了事,死算得什么事?一个女孩儿家,比这样事小得许多,也会牺牲一死的。但想到左开山那么一位青年的壮士,肝胆相照,竟聘下我这个红粉的英雄,他的性格,我是明白的,他看这样一个破碎不完全的世界,处处招授结他爱国的思想、伤心的机会,预备久已摒弃一死,去和那北京的皇帝老子算账。无如他心头上就撇不下这两个障碍物,叫他死也不易一死。他对我说:"我不是舍不得我妹妹和你二人,我的脚骭骨早已翻出来打鼓了。"他说第一是舍不得他的妹妹,第二才是舍不得我,话虽如此说,但待我好比待他的妹妹还好,他的心思,我是体贴得出的,我和他虽未结婚,然而两颗心多久就厮并起来,握手沾唇,多少也算有此缘分。我看他不肯轻易冒险的缘故,第一是舍不得我,第二才是舍不得他的妹妹。我们生不能同日生,却愿同日死,却不料我这时失落人家的网里,生死的祸变便在眼前。万一他知道我是死了,他那颗心真比刀割箭穿的还痛。

想到这里,粉腮上早已流下两行泪来。

欲知后事如何,且看下回分解。

第十六回

沥血割心英雄诛恶虎
改头换面逆子变山羊

话说苇杭见徐丽容粉腮上直挂下两行泪来，疑惑她们女孩儿的心肠极软，便亲自拿好话来劝慰了一阵。

丽容只是肆口痛骂，声声痛哭左郎，句句骂着秃贼。苇杭被她骂得秃头上光起火来，便冷笑了一声，吩咐小沙弥拿着藤条在丽容身上排山也似的打下来。只打得丽容头上的血从发际滴下，臂上的血从袖管里淋下，那血水溅处，顿时打成了一个血人。但她曾学过一年的气功，精皮肤受这一顿打，倒也能熬得住，只是咬牙切齿，痛骂不已。

苇杭又来问她，说："你这会子可知佛爷爷的厉害吗？识相些，顺从了佛爷爷，便和你万事俱休；万一执迷不悟，佛爷爷便要打你一个臭死。"

丽容听了，仍然是骂不绝口。

苇杭又怒道："贱骨头，你满口骂些什么？该打该打！"旋说旋令小沙弥取一屉盐卤上来。

小沙弥又舞起藤条，在丽容两膀臂上结结实实地打她一个下马威，打了一会儿，即将盐卤撒在她那血肉纷飞的所在，打上一会儿，即撒上一回，撒上一回，又打上一会儿。丽容也不禁失口叫了一声："哎呀！"只是这样损肉不损骨的打法，无论如何，丽容都是破口大骂。

　　苇杭没有法想，软功夫既哄她不得，硬功夫又逼她不来，就气得三尸神暴发，喝令将她抬出无上乐境外面，送她到那个血池里，活活地叫她饿死，没有丝毫宽容的余地。

　　原来苇杭在远省地方所弄来的千金少女，如果这女子扁扁伏伏地肯和苇杭结欢喜缘，苇杭即佛眼相看，将她收藏在无上乐境里面，消受那无上的乐趣。若有一些知道羞耻的贞固女子，把名节看得比性命大，不肯在他这佛爷爷面前爇起两瓣心香，苇杭就得将这女子押到血池地狱里处死。这血池中的尸骨，都是一班贞固女子的遗骸，在初夏时发出一班死人臭的气味，比什么都难闻。

　　丽容自进了这血池地狱，看见自家是绑在一个石凳上面，其罪本非常人所能受的，丽容虽被他们打得寸肉寸伤，气功却依旧未坏，日间安心在那血池里面，不敢稍有丝毫的妄想，到了夜间，从门缝里露出一些光线来，腹中虽然饿了，但并不觉得有半点儿饿。心忖：我失陷在这血池里面，横竖在性命交关的时候，与其老远死守在这里，随便他怎样地摆布我，就不如想个方法，翻出这血池的地方才好。但是身体已被绳索捆起来了，却有甚方法逃出这血池一步呢？想到此间，越发有些心酸肉痛起来。

猛地却听得当头顶上咔嚓咔嚓作响，石屑纷纷地坠落下来。丽容好生诧异，抬头看那石梁上，已凿出一个盆口大的圆洞，从圆洞上轻轻探出一个头来，丽容却辨不清那人的面目。再看那人已缘柱而下，两手使劲，把丽容身上的绳索一道一道地解开。

那人附着丽容的耳朵说道："妹妹别要害怕，哥哥是来救你的。"

丽容一听就辨出是他兄长徐石丹的声音，便问："哥哥是从哪里来的？开山可和哥哥同来没有？"

石丹道："这里不是你我谈话的时候。"

边说边负着丽容，仍然想从那圆洞里穿出来。但因那洞口凿得小了，仅可容一人出入，遂命丽容紧伏在他的背上，双足钩住了石柱，两手向前一伸，已摸着那两扇石门，又使劲向后一拉，便听得呀的一声，那石门却容容易易地开了。石丹这一喜非同小可，双膀轻轻一展，已飞出了石门，乘势在室内横飞出来，必须脚跟落地，方好使用运气飞腾的功夫，由平面飞到半空。谁知石丹一脚踏在那一块红方石上，踏中了下面的油线机关，便听得砉然一声，地平石顿时突有三丈多深。石丹便用运气的功夫，想把身子提到空间，已是来不及了。就不由得从平地上坠落下来，正不知坠落在什么地方，看上面已自由自性地掩盖起来，下面黑暗暗辨不出什么，耳边却听得咻咻的声音，连忙放下丽容。再凝神仔细一看，见自家兄妹二人分明关在一处铁槛里面，地下都铺着石板，旁边睡着一个白额的猛虎，气息咻咻，蜷伏在铁槛东北角上，像似睡觉的样子。忽地那猛虎翻醒过来，伸了一个懒腰，两个圆洞洞、光闪闪的虎眼只顾在石丹兄妹面庞上滚来闪去。

石丹竖起宝剑，令丽容伏在他的肘下。那猛虎便张牙舞爪似的大吼了一声，向石丹头上腾跃过来。石丹猛地用剑向上一搠，那虎便跃到石丹的背后，却仍伏在地上。石丹回过头一看，那虎把口张得像血盆一般，上下十来对儿虎牙，都龇裂开来，两前蹄向前一伏，两后蹄却跪在地上爬不起来。原来那虎已没有一丝的气息了。

石丹将那虎的身子扳过来一看，见它胸脯间果有一条剑伤的裂痕，心肝五脏都从裂痕中凸了出来，地下已流成一个血泊。石丹兄妹二人遂将那虎躯掼出槛外。

这当儿，听得一阵摇铃的声音，接连便见有一个和尚走到槛外。石丹见那和尚来了，忙将丽容挟在肘下，借用着隐身法术，把身体隐藏起来。

那和尚在槛内外一望，顷刻间便不见了，石丹便知他也会此隐身法。他闪动双目，那目光却同闪电一般，任你有什么隐身法术，也逃不过他一双神光映映的眼睛。

石丹仔细看了一会儿，哪里还有什么和尚、道士呢？看四面都是石壁，没有一线可通，槛外地平石上只有一个小洞通着空气，只不知这和尚是从哪里进来，又从哪里出去。兄妹诧异了一会儿，本想逃出地窖，只因没有逃出的道路，都急得出了一身的冷汗。兄妹一时却觉得饥火中烧，腹中都像有许多的蛔虫在那里开着聚餐大会。

石丹翻出槛外，把虎心、虎胆摘来，生吞活剥地用剑切成片片的肉，拿来充饥。兄妹谈嚼了一会儿，丽容觉得吃下了虎心、虎胆以后，浑身的皮肉都有些痒痒的，那头上、臂上的棒疮已渐渐地好起来。兄妹就此又倾谈了一阵。

原来徐石丹多久就听得天柱山福慧寺里有一个苇杭老和尚，在安徽芜湖地方，打开一个场子，竖起一块方木的招牌，说是相面算命，能决人生死祸福一切休咎的事，并不需索人家的分文半钞，只向人家化一钵豆腐充饥。每天请老和尚相面算命的人实在不少，老和尚说这人未来的事是怎么样，过去的事又怎么样，都能说得明如镜鉴，不爽丝毫。因此你也化给他一钵豆腐，我也化给他一钵豆腐，给老和尚吃。老和尚食量大得骇人，每天平均要吃二三百钵豆腐，随化随吃，吃下去好像还没有饱的样子，因此芜湖城里的人都相信老和尚是一位高僧，争着化白米给他。老和尚不肯受。

那时，城里有一个当役伙的，姓钱名小乙，人家都因他生得一副狰狞的面孔，都唤他叫作活阎罗钱小乙，家里有个八十岁的阿爸，他已经娶过一房妻子，却没有养个一男半女。钱小乙平日因性情躁动，吓得左邻右舍不敢上门，然而对他这个八十岁的阿爸，据左右邻居谈起来，并没有丝毫忤逆不孝的形迹。

这年因芜湖的淫雨为灾，乡间的收成不大丰足，到城里打官司人很少，钱小乙手头上便因此拮据起来，渐渐不能养活家中老小。人穷便起歹意，钱小乙并不是什么有骨气、有血性的好汉，他因穷得连一碗薄粥都吃不完全，心想，我不是阿爸和我这妻子绊住了脚步，孤独独一个人，随便到天南地北，总可以混到一碗饭吃，我妻子年纪小得很，仗着有她随身吃饭的家伙，是不愁养不活她。我何不把我这阿爸害死了，好出门去寻碗饭吃？

钱小乙一起了这个歹意，就跑到药材铺里，推说是毒鼠子，好容易买了一包砒霜，又在面店里欠了一斤麦面，把砒霜掺入里面。回到家中，向他阿爸说道："这里有面，你老人家自己煮着充饥吧！我和家小到岳家混一天再说。"说毕，便带着妻子走了。

他阿爸有好几日水米没有沾唇，眼见这一斤面，喉咙里便要痒出虫子来了，刚忙着烧火。忽地有一个戴毗庐帽披袈裟的老和尚，左手托着一只羊腿，走了进来，向钱老头儿说道："贫僧方才在外面化了一只羊腿，只是贫僧吃素，这羊腿化来没有用处。老施主肯将这面化给贫僧，我这羊腿就送给老施主。"

钱老头儿见一斤面能换一只羊腿，很是欢天喜地，便将那一斤面都化给老和尚。老和尚把面放入钵盂里，留下羊腿去了。钱老头儿多年未吃荤酒，仍将这羊腿搁在灶上，忍饥挨饿，等着他儿子回来煮吃。

钱小乙在夜间领着他妻子回来，估量他阿爸已吃下砒霜毒死了，好借着死老子的题目，向慈善人再骗些钱文，将来可当作出外的盘川使用。不料进门见他阿爸并没有死，一颗心转吓得跳起来。

钱老头儿却喜滋滋地向他说道："我直由卯时饿到戌时了，一点儿饮食没有进口。"旋说旋将老和尚羊腿换面的事又向小乙说了一番。

小乙向那羊腿看了一看,说:"我今年还没有吃过羊腿,口中要淡出什么东西来了。"

说着,即令他妻子把羊腿煮好了。他妻子向来是不吃羊肉的,煮好了羊腿,就得让钱小乙一人独吃。钱小乙刚吃几片羊腿,便喊了一声:"哎哟哟!"一屁股坐不稳,从板凳上直跌下来,口里不住地呼着痛痒,转瞬间,看他把衣服都抖尽了。突然长出遍体的羊毛来,却已变成了一只大肥羊,只是手足没有更改,口里还能说话。

钱老头儿翁、媳两人都惊得号啕痛哭。

小乙便将买砒霜毒父的心事实说出来。

钱老头儿知道是那十字街头相命的老和尚显的神通,翁、媳二人只得把小乙牵到十字街头,向老和尚求情。那街上的人见他们翁、媳牵出一个羊身人足的怪东西来,大家赶来盘问。由钱小乙亲口一五一十地说明缘故,并求他们大家出力,向老和尚说情。

不一会儿,钱老头儿已将小乙牵到十字街口,老和尚一眼早望见小乙来了,便分开众人,让钱老头儿把小乙牵了进来。老和尚将钵盂内的面给大众看,并对钱小乙道:"你想用砒霜毒死你八十岁的生身老父,才有这样现报。这是上天降罚你,借你这个忤逆子,警戒世间不孝的人,却不干老僧的事,你去吧!"

小乙听了,口吐人言,向老和尚央告道:"我是不敢了,老和尚纵不看我这个忤逆子,也该仍看我这八十岁的老子。求老和尚做做好事,依然还给我一个人身吧!"

老和尚摇摇头不答应,那钱老头儿翁、媳两人又向老和尚叩头求饶。旁边那些人见了，心里虽暗暗好笑，口里都替他向老和尚求情。老和尚实在拗不过那些人的情面，说"人身易还，死罪难免。"边说边走近小乙身边，用指甲划破他的前蹄，随手使劲一挑，那前蹄上的羊毛便解裂开来，如同活剥仔猡的一般，把他身上的羊毛都剥得净尽了。小乙早在那里杀猪也似的叫痛，及至身上羊毛剥尽以后，小乙呼痛的声音已渐渐低微下来，再看他两手、两脚向地上一躺，两眼更睁得同铜铃一般大，却没有丝毫的光亮，已是呜呼哀哉，伏惟尚飨了。

　　从这日起，芜城的人一传十十传百地传说老和尚有这样奇怪的举动，不上几日，已轰动芜湖全境。大家都称赞苇杭老和尚是个圣僧，老和尚却也不在城中相面算命了，便破例到一班有钱的人家化缘。有许多信重佛教的人家，香花供养着苇杭圣僧，苇杭无论向这些人家化什么东西，化多少金珠，他们都是欢天喜地情愿输捐，苇杭便得满载而归。那芜湖的人家还有把老和尚事实街头巷尾、豆棚瓜架，当作一部《济公活佛传》谈着呢。

　　徐石丹在芜湖地方，听得苇杭这种怪异的举动，早知他是昆仑山红灯教的叛徒，因在外面做的歹事太多，怕柏教主对他大兴问罪之师，所以在芜湖招摇惑众，借重那个忤逆不孝的钱小乙，博得个圣僧的名誉，好掩饰自己的过非，顺便又在这里敛些资财，供他的挥霍。

　　徐石丹这一猜，倒猜透苇杭的心理，一路便向天柱山来，想会着他，向他责备几句，总算他们红灯教和我们八卦教同是扛着宗教家的牌号，在这世界上做人，就不该倚仗点点魔术，做出这样外君子而内小人的事情出来。

　　谁知这夜，徐石丹到了天柱山左近地方，陡见山空间有一道红光向山头上飞去。徐石丹再向那红光远远一看，不禁有些诧异起来。

　　欲知后事如何，且看下回分解。

第十七回

入古寺半夜陷牢笼
思往事中途逢剑侠

话说徐石丹看那红光在半山间向山头上飞去,他的一双光闪闪的眼睛能在黑漆漆的山窖里看指上螺纹,这回凝神看那飞过去的红光,分明是一个四十来岁的和尚,伸开膀臂,向前飞去,那和尚的胸腹间好像缠着什么似的。

徐石丹是个行走江湖上的人,像这和尚的行径,一落到他的眼角落里,便估定这和尚胸间所缠的东西,就奇怪得很。看他虽不是苇杭,却决定是苇杭呼同一气的人,然而做梦不打算他胸间是缠着自己的妹子徐丽容。

徐石丹望了半会儿,看准那红光飞落在一座禅林外面便不见了,遂用着隐身法,运用飞腾的功夫,飞到那红光坠落的所在,哪里还有什么红光呢?看山门已关起来了,只见那门楣上写着"福慧禅寺"四个金字。

徐石丹那时不把这事探访一个究竟,好像心里就有些神魂不安,便从平地间向上一纵,已纵到那屋脊上面,蛇行雀跃,缘椽飞壁地在屋上行去,恰没有一些声响。行到那最后一间方丈室上，伏在屋间悄听了多时，听不见下面有什么动静，遂取了一片碎瓦，向地下一掷，不见得有人在那里惊鸡打雀似的，遂飘然落在平地。在各处望了个遍，没有望见有一些灯光，又不见有一个和尚。

徐石丹便回到天王殿上，看殿门并没有关着，那殿上的一盏琉璃灯早已吹得熄了，但他有这眼光，看见殿上一尊弥勒佛捧着那个大肚脐，只是哈哈地笑，遂举步向殿上走去。却见那弥勒佛肚脐里面泄出一缕一缕的阴风来，好奇怪，在这阴风泄出的时候，随幻出许多浑身血污的女鬼，向着徐石丹叩头礼拜。

徐石丹定神细看，那一班的女鬼便没有了。徐石丹见了这种怪异的情形，目不转睛，望着弥勒佛肚脐出神，知道其中定有蹊跷，便如飞絮随风般上了佛龛，用眼就在佛肚脐上望去，也没有望见什么，心想，这不是活见鬼吗？这佛肚子里能包着多少蹊跷的事？因看那佛肚子又深又大，便就口向佛肚子上吹着玩笑，似乎听得里面发出喳喳的响声，只响得徐石丹有些惊诧起来。古语说得好，"艺高人胆大"，徐石丹虽听到这样很奇怪的声音，但他心中并不害怕。接连又听得托的一声，那佛龛便像歪倒下来。

徐石丹似在那佛龛上向下一跌，约跌有五六丈深，好像跌在一个石屋上面。若在寻常没有本领的人，吃这么跌落下来，头向下，脚向上，势必要跌得脑浆迸裂。徐石丹却如风吹落叶般，跌在那石屋上，毫无半点儿响声。

原来那石屋四面都散布着警铃，知道是一座地下室，听石屋里面像有许多人在其中呼卢喝雉地赌钱，四面没有可通出入的地方。徐石丹便从石屋上轻轻落下,看屋门是半开半掩,只能容一人出入,里面果有许多的光头和尚,每人面前都摆着几串子钱,赌着那花骨头耍子。

徐石丹生来性格,对于赌钱一事不大嗜好,向来不去过问。但已实逼处此,没有出路可走,只好仍仗着隐身法的神通,杂在一群和尚背后,慢慢地等着他们收了台面,看他们是怎样地出去,他便随着怎样地出去。无如那些没有毛的东西赌兴正豪,输家输了钱固然要赌,赢家赢了钱还想再赢,直赌有好几时的工夫,大家方才散了场子,便将那石桌放开一边。

石桌下有一块方尺的石板,掀开石板,那些赌钱的和尚都从那石板下走下去。徐石丹随后也跟着他们走下去,却见下面的灯火齐明,已现出一条隧道。徐石丹杂在众赌僧当中,他们都不猜想和尚堆中来了这个杀人不眨眼的混世魔王,仍行若无事般向前走去。却见迎面来了一个和尚,向他们发作道:"你们赌钱也不是这样的赌法,你们可知道这时候外面的红日已西斜了。"

众赌僧都向那和尚打着招呼,那和尚又说道:"今夜五更时候,弥勒佛发起神威来,老和尚只当作是有什么人前来陷入机关,却原来是殿前的风势直吹到弥勒佛肚脐子里,就如同哪里反了兵马厮杀的样子。你们以后须把那其中的活机按定了,再去赌钱作耍,也不为迟,省得老和尚要责备你们太不小心。"

众赌僧当中,便有一个人问道:"昨夜印昙和尚送给老和尚一尊活观音,不知老和尚在观音面前,烧好了香没有？"

那和尚回道："可别要提这话了，你道那女子是个什么人？她是季有光教里的女教徒，唤作徐丽容的便是。她是何等的尊严？印师把她当作寻常的女子送给我们老和尚受用，想和我们老和尚风月平分，印师倒会占便宜呢。如今那个徐丽容还不是饱受了一顿打，送到血池地狱里去化成血、化成水，不留点滴在人间，倒落得个干净身子。"

徐石丹听完此话，真比拿刀割他的心肝还痛，欲抓住一个和尚，问这血池地狱在什么地方，终有些不敢鲁莽。又随着他们走了一会儿，见众赌僧已分道扬镳地各自散了，只有后来的那个和尚仍在前面走着。

徐石丹一时情急智生，便低低说了一声道："师兄可知道吗？那徐丽容已不在血池地狱里了。"

那和尚猛地听得这话，回头却不见有什么人，很是诧异不小，前走几步，复又后退几步，自言自语说道："奇呀！这是哪个说话的声音？难道那妮子真有这样了不得的本领，逃上天去不成？好歹我去看一回再说。"旋说旋向斜刺石道间走去。

徐石丹不由心中一喜，随着那和尚向前慢慢走去。只距离那和尚有二三十步远近，看他走近一间圆圆的小石屋内，那石屋就好似一口瓮缸般，和尚在石屋旁边一个手指细的小洞里瞧了一瞧，便退得回来，自己对自己笑道："这是哪里来的鬼话？看徐丽容不是活活地绑在血池地狱里面？"

徐石丹听到这里，便使用运气飞腾的轻功，早飞上石屋。因为这时尚在日间，不便做事，约莫已等到黄昏时候，见仍有两三个赌僧在屋后监守着。又延挨了好一会儿，才见又有一个赌僧走得前来，用五个指头一撮，做着手势，意思是邀约两个赌僧同到那里赌钱。

徐石丹见他们已走得远了，便运足了身使臂、臂使指的气功，用指甲在屋上划开一个圆洞，就这么将徐丽容救出了血池地狱。复又陷入石窨中，杀了一只猛虎。因为以下这两种事，前回已经叙明，这番也只得从简说过。

那时徐石丹兄妹在石窨间谈说了一阵，石丹才恍悟丽容所以被苇杭带来的缘故，心里各踟蹰如何出这石窨，竟没有一条线索。石丹反懊悔日间不该放走了两个赌僧，这会子更向谁人口里逼出一句实话来？又想到方才那一阵阵摇铃的声音来了，一个和尚只有二十来岁，纵会得一些隐身法，究竟年轻人能有多大的本领，估着他是监守这石窨的机关，闻警而至，并不见槛内有一个人，只死了那一只猛虎，他是疑惑这猛虎是误触着机关死的，所以才行所无事般仍然出石窨去。就更懊悔自家胆量太小，没有显出真相给他看，将计就计，逼他前来厮杀一阵，好趁势觅出一条生路，冒险逃出石窨。

虽说徐石丹是一个不怕死的英雄，然到了这种关头，未免意念纷纭，一时伤心不已。兄妹都没有法子逃出重重的地网，就不禁在那石窨里面各自哭了一个整夜。

作书的太糊涂了，峨眉山石洞里不见了八卦教教徒徐丽容，这是何等紧要的事？作书的只在先虚冒一笔，突然叙出左开山竟到福慧寺来，这其中的情节，还须在此补叙一番。

原来左翠莲那夜走到丽容的房中，因为曾给丽容做了一件猩红色湖绉夹袄子，夜间赶来送给徐丽容。及至走近丽容房外，看房门是虚掩着，进房一看，哪里还有个徐丽容呢？只见地上有长方形的足迹，像似有个男人在上面走着的。这男人艺高足大，足迹所至，皆陷有一寸多深，看那足迹并不像他兄长左开山的足迹，心里便有些惊诧起来，遂退出房外，在石洞里寻了个遍，哪里能寻到个徐丽容？

那时开山听得丽容失踪不见，不由惊得心里一阵阵疼起来，兄妹两人都露出慌张的样子，去报知季有光。季有光听报，大吃一惊，连忙捏着指轮算了一番，道："不打紧，那东西有这法术，能拐去丽容，却不能怎样奈何丽容。无如他是红灯教的教徒，那个红灯教教主柏衍庆也算得一个热血的男儿，他的脾气却古怪得很，两个眼珠太不识人，所以才收下这般无法无天的教徒来。那东西虽违背了红灯教的教律，但柏衍庆毫不知情，如果有人把那东西的行藏去告知柏衍庆，却能使柏衍庆把那东西拘到昆仑山上处死，但是已来不及了。我又不便出面去拘获那东西，惹柏教主恼我和他们红灯教教徒为难，他的理由，要说那东西违背红灯教的教律，当由红灯教教主处置那东西的死命，他的颜面才过得去，却不喜欢我去结果那东西的性命，叫他面子上太难为情。只得由你们兄妹出来，到安徽怀宁，在那天柱山福慧寺里，先暗暗探试一番，趁机下手，好替方外除去一害，救出丽容，连带还可救出两个虎虎的奇士。你们兄妹都有这点点的能耐，倒可去得。"

开山、翠莲兄妹二人听到这里，知道季教主的算法最灵，一丝没有走板，但说连带可救出两个虎虎的奇士，只不知是两个什么人。他们兄妹都异口同声地问道："那两个奇士究是谁呢？"

季有光道："我的算法只有这点子灵效，若算出他们两个奇士究是谁人，我不是个活神仙了吗？你们不必追问下去，事到临头，你们就知我这点子算法不会走反。"

当下开山、翠莲听完这话，各自辞了季有光，运用那飞行法术，连夜向怀宁飞来。天光已亮，且在一个客栈住歇，翠莲因天柱山传遍活佛升天的事，遂夹在女香客当中，先到天柱山去探试一番。

其时开山和苏天锡同住一个客栈，那时见苏天锡的相貌英伟，和徐石丹说的那个苏天锡大略相同，又因苏天锡最爱朋友，所结交的都是江湖上的英雄好汉，很想在苏天锡面前显出能耐给他看，便施展他历年来学的法术，把苏天锡箱子里藏着的八十多两蒜条金搬运得来。无如苏天锡年轻，少在江湖上走，越是没有多大本领的人，越容易和他联络，越是有最大本领的人，越会在无意之中失之交臂。

苏天锡既看不出左开山是个异人，左开山却因爱妻困在那福慧寺里，也没有多少工夫和苏天锡厮缠，便来到天柱山头，见他妹妹也杂在一班女香客当中，向一座高高的法台上叩头礼拜，他暗地曾问翠莲，可探出丽容在什么地方没有。据翠莲说起来，这一天寺里的众和尚都在法台上替什么活佛念倒头经，寺里看不出有半点儿蹊跷的行径。

左开山听到这里，越发有些焦急起来，一时觉得腹中饿了，在那糕团店里吃了两碗糕，恰见苏天锡被店里人一把拉住，逼他还糕团钱。左开山见这形状，就觉得英雄末路可怜，拿了那八十来两蒜条金，交给了店主，意思是在苏天锡面前再显出自家的行藏来，日后相识时，断不会再失之交臂了。但左开山这时却无心和苏天锡厮缠，又赶来同他妹子商量，说："这回前来探听丽容，须要吃点儿辛苦，使用隐身的法术，不可再露出自家的本相来。"

左翠莲觉得他兄长的意思不错，他们看过活佛升天的一套把戏，便都运用隐身的法术，混在一班善男信女当中，进了福慧寺。

开山见天锡也杂在众人当中看着写缘，便悄悄向翠莲说了几句。翠莲点点头，两个滴溜溜的眼珠只顾在苏天锡面庞上打转。

及至苇杭把苏天锡请进方丈室里，他兄妹都先后混了进来。看苇杭满脸的邪气，对天锡恶狠狠的，吩咐小沙弥取弥勒来，送天锡到西方去。当时苇杭的眼光却也不弱，忽地看见有两个丝丝的影子在前面一闪便不见了，苇杭暗叫不好，知道有法术高强的人到来，暗中早已有了准备，也借着隐身的法术，想寻找一条出路逃走。

那时小沙弥却被翠莲打了一把梅花针，又吃天锡一拳打伤了心络死了。天锡在抽拔门闩的时候，哪知这时开山已飞起宝剑，向苇杭杀来。

究竟苇杭的隐身法，怎的逃不过左开山一双法眼呢？

欲知后事如何，且看下回分解。

第十八回

剑功武术侠士生涯
海阔天空美人肝胆

话说红灯教、八卦教教徒所使用的隐身法,却与武术家迷踪艺不同,迷踪艺是硬功,隐身法是软功,软功夫却没有硬功夫大得骇人,软功夫无非是驱神役鬼、移花接木的种种魔术,但遇到硬功夫高强的人,或是圣贤修道之士,就有一点儿软功夫,也使用不灵了。就因为硬功夫好的人和修道之士神气十足,那电也似的眼光,尤特别与普通人不同,一切神怪邪魔,如何避过他眼中的元神呢?

苇杭和左开山都是用软功的人,但左开山双目如电流、如明星,他的硬功夫却比苇杭要高到数倍。那时双方都运用软功,把身子隐藏起来,开山却闪动着一双黑莹莹、亮晶晶的眼睛,看苇杭分明自己躲到床下,便竖直手中的剑,剑光到处,苇杭不由栗栗抖战起来,顿时如清风过领般,那颗圆笃笃的秃顶,早和他身体宣告脱离。及至苏天锡陷落到地下室去,他们兄妹也就跟着先后陷落下来,就此救出苏天锡、徐石丹、徐丽容三位男女英雄,回到峨眉山洞。

这其中的情节，在先早已写明，却不用再不惮烦辞地补叙一笔，把人的眼睛要看花了。

于今一条线索，直挽到徐石丹带领苏天锡谒见八卦教教主季有光的事实上去。

当时苏天锡估着季有光是个不凡的人，把在先信仰徐石丹的念头移一大半到季有光身上去，很愿拜季有光为师，学习道法，但不敢冒昧出口。

季有光分明已瞧透苏天锡的心思，当向苏天锡说道："你的资质很高，不是寻常人所能及，千磨百折出死入生，却到我这地方来，总算是你的缘分好，方有这般遇合。只是你的性情平常，能柔而不能刚，能显而不能藏，并且小时候又在繁华地方混着，什么东西叫作道法？学成道法做什么用处？你都不懂得，却想跟我学习道法。我若亲口向你说明，容容易易地肯收你做徒弟，哪有这样糊糊涂涂的事？你要拜我为师，我来问你一番，做我徒弟的人，须吃平常人所不肯吃的苦、做平常人所不敢做的事，要有毫无退悔暴弃的念头，你肯听受吗？"

苏天锡回道："吃苦还是小事，哪怕就因学道而死，也绝无反悔。若有丝毫暴弃的行径，任凭师父将我处死是了。"

季有光听了，又说道："学道的人不可没有朋友，亦不可滥交朋友，银钱本来是个没用的东西，学道人要他何用？有时银钱是个有用的东西，却要取用得当，学道的人但知生人是功、杀人是过，然而杀人亦有是功、生人亦有是过，你能领悟我的话，就立刻先授给你剑功武术，进一步便要授给你道法了。学道的时候，还要遵守戒律，我们八卦教的戒律最是普通，无非是戒盗、戒淫、戒杀等类。戒盗是不妄盗，戒淫是不妄淫，戒杀是不妄杀，学成了道法的时候，我自然会叮嘱你学道法的人，应该注意的行径。统共说一句，学法要功深，学道要心苦，学道不是贪闲，学法不是作要。你是个聪明人，将我的话口诵心念地牢牢记定，将来我的衣钵还可以分一半传与你。"

苏天锡听完此话，顿开智慧之花，忙向季有光行了拜师的大礼，说："师父的话，就同在徒弟的脊骨上打了一根针，要把徒弟的心肝五脏都说穿了。徒弟真好侥幸也！"

季有光立起身，拍着苏天锡肩背笑道："好孩子，你肯苦心学习道法，道法成功的时间不远了，随我来吧！"

从此，季有光便将苏天锡领带到一间房里，先教给他剑功武术。苏天锡的资质太高，季有光这个教师尤比别人教得得法，不上二年，苏天锡已学成剑字门的武术全才，便专心一志地学法修道。季有光却每日不断地来指点他，看苏天锡很能耐苦用功，自是高兴加倍地传授。如是又练了一年，也很有一些道法了，季有光遂不大常来，但每月必指点他一次。

这天，苏天锡刚修炼完道法以后，抬头忽见有个女子在窗外伸头窥探，认得她是左开山的妹子左翠莲。苏天锡这时心中有好多话要对左翠莲说，怕分了学道的心肠，只向翠莲望一望，便面壁而立，似乎听得藉藉的履声，有人进来。那人在苏天锡的背后说："师弟这一年修炼的成绩，凡是学道人所应有的根基道法都算已完备了。此后用功的门路和一年前大不相同，也用不着灰心死志地把活泼泼的精神拘守得毫无生气，尽管养一养心神吧！"

这声音触入苏天锡耳鼓，似乎也辨出是翠莲的声音，他心里未尝不佩服翠莲的忠告。但因男女之嫌，任凭翠莲站在他背后，向他说出一部天书，他依然当作目无见、耳无闻。

翠莲也不怪他，笑着说道："对不起师弟，师弟正在练功的时候，我本不该在这里多言，不过师父这时有要紧的事出山了，我兄长、我嫂子及石丹师兄又随师父一块儿去了，不知多久时间才得回来，却留我看守山洞。师父却有许多话，在先叫我向师弟说明，我不敢不来告给师弟。"

苏天锡听完这话，才慢慢地转过身来，向翠莲点了点头，笑道："师父出山到哪里去了？有什么话吩咐要姊姊告给我呢？"

翠莲道："师父虽在深山修炼道法，并不是忘怀世虑的人，师父不是说给师弟听过的吗？什么东西叫作道法，学成了道法做什么用处？师弟这会子能了解得毫无舛错，师父出山做人之事及师父令我向师弟所说的话总已概括在内，请师弟自己想一想吧！"

苏天锡毫不思索地回道："这两句话有什么难解？道法都在方寸之间，道是道，法是法，不入道则入魔，不入法则入障，道是正道，法也是正眼法藏，道法只本乎一心。学道法的人，无论如何，不能使身外的物分了身内的心，物是身外的东西，不拘什么，皆可说是身外的物，心就是学道法的心，在身体以内，道法却是心内所产生的一件圆满善美的东西。把这道法学成了，自然一切魔障不能分开道法的心神，分了心神，便不能正生正果。"

翠莲笑道："师弟说的这话，就入了魔障了，师父不是你身外之物吗？他时常来指点你，怎么没有分了你学道法的心，你的道法反因此加倍精进呢？原来道是一条光明正道，法是一件神奇变幻的东西，学成了道法，并不想去成仙成佛，一想成仙成佛，就走入魔障去了。师父怕你误解这两句话，把'道法'两字的义理看得太窄狭、太拘板了，学成道法，不能在世界上做人，只好在这深山石穴中做个混世虫。特地叫我来告知你，你可知道师父道法成功，早已到尘寰中去做人了？"

苏天锡道："怎么师父在先不将这话告知我呢？"

翠莲道："师父那时怕你不能死了这条心，于今却又怕你这心又死定了，太过不及，都是学道法的人普通毛病。"

苏天锡听翠莲这几段话很有点儿道理，想了想，笑道："我弄错了，不是姐姐提醒，我不懂这道理。请问姐姐为什么到这会子才到我这里来？"

翠莲道："我多久就在窗外窥探着你，你因死了这条心，半点儿都不理我。"

说到这里，忽向苏天锡面上望了望道："师弟两颧骨上，怎么红得像火一般？可是师弟的功夫已走了火了？"

苏天锡猛听得这句话，把镜照了一照，固然自家的颧骨红得像火一般红，那唇上更像涂了一层胭脂，偶然觉得身上反有些凉起来，便向翠莲道："姐姐请自便吧！我这时身上好像有些懒洋洋地撑不起来。"

翠莲没法，也只得走了。

苏天锡打从翠莲走开以后，便躺在那石床上，他身上、脸上越热得很，越觉得寒战战的，筛糠也似的抖个不住，简直同发了疟疾差不多。学习道法的人没有疾病则已，一有疾病，要比平常人来得厉害，道法愈高，病起来愈加沉重，何况苏天锡的病又是气功走火的病。学道法的人如果循着那光明正道上做去，却可以祛病延年，一入了魔教，便容易走火。苏天锡的火候本强，却喜在这深山穷谷之中养气十足，走火时虽病了一月有余，专赖运用他引火归源的妙法，这病却一天一天地好起来了。但在病中昏糊时候，翠莲以师兄弟的名义，不时来服侍他。

那天，天锡脸上、身上的热度甚强，竟好似疯癫了一般，拉住翠莲的手，不住地唤着姐姐。翠莲两手被他拉住，粉脸上早羞得通红，要想挣脱开去，却被天锡死拖着不放，从床上直跳起来，要向翠莲怀里扑去，口里还哭着说道："姐姐快救我，姐姐快救我！"

翠莲看他这个样子很是可怜，其时便猜着他在先走火的缘故，也只得讲不起，羞答答地轻舒猿臂，把天锡搂在怀里，脸对脸地温存了一会儿，好奇怪，天锡经她这样地温存，身上的火热便减了许多，神志间又渐渐有些清醒过来。看自家兀自睡在翠莲怀里，这成个什么样？便忍心把身躯缩了回来，反问翠莲是怎么样的。

翠莲便将他在狂热的时候执着自己的手，跳起来钻到自己的怀里，叫着姐姐的模样儿说与他。天锡只是点点头，向翠莲拱手道："我心里很惭愧，很对不起姐姐呀！"

一句话把翠莲说得低着头抬不起来。

天锡又说道:"我自从那年在福慧寺见了姐姐,又蒙姐姐救了我的性命,不知怎么似的,我心里就跳得慌。后来我拜师学道,被师父把我关在这间房里,似这么过了二年,我心中只知修炼道法,发咒没有把姐姐放在心坎儿里。前天我在窗内瞧见姐姐在窗外窥探的时候,我这颗心转已印上姐姐的一个小影子,勉强捺住心头之火,面壁而立,却装作目无见、耳无闻的样子。我越是这般地勉强按捺,越觉得心猿意马,放不开我的姐姐,因此身上便有些恶寒发热起来。自家也知气功已走了火了,却不明白这是一个什么缘故。"

翠莲道:"我说你尚未得到'道法'二字的真谛,就无怪乎不能明白这个道理。大凡人的心缘都是随感而发,在未曾感发之先,自然静如止水,一经在遇事接物间感发起来,你要想遏止住它,却如何遏止得住?在先师弟在这里修炼道法,你心里却不曾见到我,所以也就随缘度日,可是在那时看见了我,这颗心却又活活地跳跃起来。你如果还是行若无事般同我说笑,却也罢了,越是面壁而立,不来理我,想把我这小影撇开,越发巴不得转过身来。在那强行遏住的时候,你的气功已走了火了。你学道法,领悟禅机不少,于今我欲医你的病,且来和你参禅。"

旋说,旋掇过一条石凳,便盘膝趺坐,向天锡问道:"师父是你身外的物吗?"

天锡被她一言提醒,忽然警悟过来,便合掌回道:"师父在我心内,不在我心外。"

翠莲又问道："我是师弟身外的物吗？"

天锡沉吟了半晌，又合掌回道："姐姐在我心内，不在我心外。"

翠莲道："师弟休打诳语。"

天锡道："此心如日。"

翠莲听到这里，便立起身笑道："师弟的病从此便可以好了，师弟在未病的时候所说的话都掺着机权作用，在昏糊间所显出的态度却完全从天真中流露出来……"

天锡听到这里，便不待她接说下去，凑近她的身旁，低低告道："怎么姐姐的话都像在我肺腑里掏出来的一般，我敢瞒姐姐吗？方才我在姐姐怀里，好像燎天的火焰登时都熄灭了。姐姐那时若甩开了我，我的病便从此要格外加重起来，这其中的道理，究与'道法'两字有所挂碍没有？"

翠莲道："我不是对师弟说过的吗？道是一条光明正路，是一件神奇变幻的东西，大道不违乎人情，至法要融合妙理。盲修瞎炼的人，所修炼的都是些左道死法，究与人生世界能有多大的益处？师弟这会子大约已明白了。"

天锡听了，像似很能领会的样子，从此每和翠莲拥抱一次，他身上的热度便减轻一成，比什么灵丹妙药都还灵效。以后却不需拥抱，身上也觉得凉快了。

天锡病体痊愈，他和翠莲的爱情热度自然加重了一层。

这日，天锡忽想起一句话，要问翠莲。

究竟天锡问出什么话来。欲知后事如何，且看下回分解。

第十九回

石洞拜奇人风飘黄叶
荒郊逢怪杰泪洒青坟

话说苏天锡那天忽想起一句话来，向翠莲问道："姐姐说师父出山去做人了，做人的范围甚大，师父究竟要去做个什么人呢？"

翠莲道："师父所学的道法，这回完全要在做人的方面用去，岂但师父要自己做人，并且要使我们全中国人做人。"

苏天锡道："姐姐别要再藏着骨头露着肉的，师父做人，当然有他做人的道理。"

翠莲道："师弟是个呆子吗？目今的世界，还有什么道理可讲？师弟小时候就欢喜打不平，见人家受了欺辱，如同自己身受的一般，无论如何，却要硬去打这个不平。今有人不但欺辱人，并且欺辱我们，并且欺辱我们全国人，把我们全国人都不当人看待。你心里打量是怎么样？"

天锡听了，思索了一会儿，又向翠莲问道："谁欺辱我们？谁欺辱我们全中国人，都不当人看待呢？"

翠莲听罢，不由洒下几点泪来，说："我说目今的世界，并无道理可讲，这些话不是激烈过甚之谈。我师父不出山做人，我们全中国都不能算是人了。师弟请你想一想，那些脑满肠肥的满洲人，在先趁着我们国中的内乱，纯用武力定鼎中原，把我们中国人当牛马一般驱用宰割，当猴狲一般玩弄。你看我们全国人直到时今，还听命在那些东西的鼻息之下，甘愿做牛马、做猴狲，无论外人不把我国人当人待，连我国人在这时候，也不明白自己是人、是牛马、是猴狲了。我们学道法做剑客的，不想自己做人，不想使全中国人把这乾坤扭转过来，我们要学道法做什么呢？我师父说到世界上做人，第一要替全国人先打这个不平，再在社会上打些不平，挽回已经沉沦的人道主义，我们全国人才能算是个人。可是话又说回来了，我师父这番虽要到世界上做人，但这种人实不容易一做，在做人方面，也许要发生种种的障碍，只凭着这样的勇气、这样的本领，千回不折，百死不屈，做到哪一步是哪一步。我们以后学成了道法，不善继八卦教的遗志，不禀受我师父做人的路径，更有谁到世界上去做人呢？"

苏天锡听完这话，如在当头顶打下一根针，说："我小时候就有这种思想，把那些脑满肠肥的骚鞑子都当作是我的仇人，是我祖宗世代的仇人，不肯读书求功名，在仇人手中讨生活。及至学道法以来，倒把这样国仇渐渐地遗忘了。于今被姐姐一句唤醒，我就要立刻插起翅膀，飞到北京去。找那阴险狠毒的皇帝老子算账，我才欢喜。"

苏天锡自从和翠莲谈说国仇的大义，两人都谈得很是痛快。这日直到初更时分，翠莲才告辞出来。苏天锡兀自坐在那里，慢慢地出了一会儿神，也没心情再修炼道法，二更时分就上床睡了。翻来覆去，只是睡不着。

忽地听得门外风声陡起，只刮得洞中那棵白果树瑟瑟作响。那两扇木板门原是关得很严紧的，被这阵风刮过来，便又听得吱呀呀一声响，那两扇板门开了，幸而房里的油灯被玻璃罩罩着，没有被风吹熄，只吹得那灯光闪烁无定。

苏天锡好生诧异，一翻身坐起来，撩开帐门，就见凭空从门外飘进一个老和尚，到床前落下。苏天锡看那老和尚的神气，不像似天柱山福慧寺的苇杭和尚的行径，却毫无半点儿伤害自己的意思。

苏天锡看得清楚，不由从床上跳下来，恭恭敬敬地向那老和尚行了一礼道："小子不知法驾光临敝洞，有何见教？"

老和尚向苏天锡打量了几眼，说："好的，老季的福气果然不小，石丹的眼光亦果然不错。"

苏天锡听老和尚的口气，便猜着是自家师父的道友，便向老和尚请教一番。老和尚说是嵩山法华寺的住持峻嵩，和老季是剑字门的师兄弟，因为老季偕同男女徒弟三人到法华寺会一会多年的老道友。老季的意思，想请他一齐出山，继承八卦教先烈的遗志，大家痛痛快快地干一下子，好名留千古。峻嵩却不肯答应他，反劝老季说道："师弟想凭这口气，要把这个花花世界翻新过来？我要转问师弟，当初八卦教的势焰非不高强，怎么八卦教便一败涂地，满人的国运反隆然而兴呢？凡事之不可理解者，不谓之在数，即谓天命。天数已定，岂人力所能挽回？师弟的造化大得很，须终不是个流血人物。这个花花世界，原不是我们几个有限的人物所能翻新过来，我们只不像做神仙的那般凉血，处处存着挽回造化的心思，自有奇异特殊的后起英雄替我们争回面子，成功也许在百年以后。不过我们可以做一个导火线，好使后起的英雄胸中知道'国仇'二字，使他们肝脑涂地，做一个流血成仁的人物。"

季有光向来是独断独行，毫不肯受人的劝谏，唯有他大师兄峻嵩劝一句，他便听从一句。因大师兄是受剑字门师父衣钵的人，直接违拗大师兄便是间接违拗师父，何况大师兄能知一切过去未来的事，又算得佛门中的先觉。这回所劝的话，亦确有颠扑不破的理由，也只得暂且把雄心收拾起来，再图恢复。

他们师兄弟两人畅谈了多时，各谈到自家所收的徒弟，峻嵩便对季有光说出个陆剑鸣来，季有光也对峻嵩说出个苏天锡。

一时峻嵩送季有光师徒睡了，便用运气飞腾的功夫，到峨眉山洞来，看一看苏天锡是怎样一个人物。

那时，苏天锡听说师父现在嵩山，定要随峻嵩去会一会师父。峻嵩劝他不必到嵩山去，天锡送峻嵩一程的路，便连夜回到峨眉。恰遇见蒋桂姐在山头下飞奔而来，彼此由见面而倾谈，才知是一家人走到一处来了。当由天锡把蒋桂姐带到洞中，又唤起了左翠莲，大家相见已毕，蒋桂姐便对他们师兄弟说明来意，他们和蒋桂姐也各抒怀抱。

桂姐在洞中停留一日,看透他们师弟都不是忘怀世虑的人,此来却不算虚走一次,便辞别他们,又去别处寻访英雄去了。

作书的一支笔要忙坏了,写了那厢,又要写这厢,于今且按下苏天锡的事实不提,后文自有一拍即合的局势。转由蒋桂姐这条线索,再兜到陆剑鸣身上去。

且说桂姐那日离开了峨眉,一路想拜访天下的英雄,只是在各省所见的英雄,都是徒盗虚声,真有血性、有本领的人很少。蒋桂姐的行藏最是诡秘,有时改换男装,有时扮作乞丐,卖艺也不过是乞丐的变相。她在江湖上奔走了一年,也没有访到一个志同道合的男女英雄,却也干了些除暴安良的勾当。

这番到太行山来,早听得恶蝎村有十六条好汉在那里联成党羽,到别省地方,专做那些打家劫寨的勾当。蒋桂姐就疑惑他们是江湖上的侠盗,借着卖艺的名目,窥探他们的行径,准备收服了他们,将来也好做自家的帮手。恰好在无意间碰见陆剑鸣,只谈说了几句,适值她父亲蒋平到来,桂姐便让剑鸣回保定去,却同她父亲转到恶蝎村上。因看透宋胜等十六条汉子,王天虎故不足一提,他们这十五个也都不是好东西,便向蒋平商议一番,父女那夜并不告知宋胜,竟出了恶蝎村,一路向保定去拜访陆剑鸣。

蒋平的意思,也看陆剑鸣是个不群的人杰,又听桂姐说剑鸣是峻嵩老和尚的徒弟,同桂姐是同门的兄妹,满心将桂姐许字剑鸣,只是这些话没有向桂姐说出来。

父女到了保定,就听得保定人传说,陆家村有个姓陆的,已犯了大逆不道的罪,全家都被官里捉住砍了头了。蒋平、桂姐父女二人听得一班人的传说,总以为保定地方姓陆的很多,未必便是陆剑鸣的家长。但因这姓陆的能做满清的反叛,绝是中国一个特殊的豪杰、热血的英雄。又听他全家已斩决多时,共斩决男女叛犯三十二名,尸首都拖到保定西门城外三里地方,掘了一座大大的深坑,把这三十二具不完全的尸骸一股拢儿都埋入深坑中去,葬起一座肉丘坟来。

蒋平、桂姐都因中国死了这班流血的人物,不可不到他坟前悄悄祭奠一番,洒却这一掬同情的泪。在夜间三更三点时候,父女出了西门,约行有三里路程,便见前面有百亩大的一座义冢。那义冢中乱葬许多新旧的坟墓,远远就看见一座很高大的坟墓在那四围许多的坟墓中间,昂昂然有鹤立鸡群之概。

这时,天上映着朦朦胧胧的月色,野外刮着萧萧飒飒的阴风,那一路的木疏草枯,磷火纷飞,都含着几分鬼气。

蒋平父女忙走近那座坟旁,却听得一阵阵的哭声,若断若续,像似在喉咙里哭不出来的样子。连忙近前一看,便看见一个少年模样的人,因身体俯伏在地,看不到他是生得怎样的面孔,那地下潮湿了一片,分明能辨出红的是血,白的是泪。那人好像在那里已哭得昏糊不知人事,也不觉得后面有人到来。

蒋平忙将他扳过来一看,见他满面泥湿,眼泡上哭肿得像桃子一般。在月光下仔细辨认，不说别的，他那一只左眼就瞒人不来，不是陆剑鸣，却是哪个？

其时剑鸣已哭得一佛出世，二佛涅槃，猛然间被蒋平把他面孔扳转过来，他当时毫不觉得。及至蒋平在他脸上仔细看看，他才清醒过来，认得蒋平是桂姐的父亲，再看蒋平身边站的一人，两眼中也抛出丝丝的珠泪来，分明就是自家的师妹蒋桂姐。

剑鸣这时胸中有无限的隐痛欲向蒋平父女哭诉出来，无如咽喉间已哭得不能成声了，只呜呜咽咽地向蒋平、桂姐说了一句道："我爷娘怎么就该这样的结果呢？"

蒋桂姐料定这一座高大的坟墓便是陆家的肉丘坟，这坟下累累尸骨，便是陆剑鸣父母及家人的遗骸，看剑鸣只向他们父女说了一句，复又伏在那坟下痛哭起来。蒋平父女也在那里插土为香，洒泪当酒，向那坟墓里的死人低低拜祝了一番。

桂姐正待立起身劝慰陆剑鸣，不要哭坏了自己的身体，须要留点儿精神为将来复仇的地步。忽地蒋平早蹿前几步，高声喝问道："那边坟墓下是什么朋友？好汉休使闷棍，请出来会一会不妨……"

这句话未曾说完，早见前面一座坟墓下面跳出一个人来，也望着他们喝道："夜静更深，你们哭的什么？"

蒋平道："各自干各自的事，你问我们待怎样？"

那人便走得前来，又哧喝了一声道："你们一干反叛，想干什么？须得吃我一剑杀将过来，才知道我的厉害。"

蒋平虽是有了一把年纪的人，却也是个急性汉子，他见这东西胆敢管人闲事,不由勃然大怒,也拔出宝剑,向那人飞杀过来。这里桂姐、剑鸣也一齐站了起来,待要拔剑帮助蒋平结果了他。谁知那人和蒋平才一交手,兀地退后几步,便向蒋平纳头剪拂道:"你老是樊城蒋老英雄吗?小的这双狗眼,怎配在绿林里厮混?不是看清老英雄的剑法,几乎要到老虎头上打起苍蝇来了。望老英雄高抬贵手,放小的去吧!"

蒋平看那人是个年轻的小伙子,眉目间也露出英锐的气概来,便向他说道:"你也不用惶惧,且将名姓告给我听。"

那人见蒋平和颜悦色地向他说话,方才把心里一块石头放下,又对蒋平叩几个头说:"真人面前不说假话,小的也是南方人,叫作活猴狲雷豹。久闻得老英雄的剑法,能将周身的气力运到剑尖上,方才和小的一交手,便看出来了。小的在南方江湖上混了好几年,觉得这绿林买卖没有什么味道了,想小的生有这副筋骨,光是东飘西荡,也不是个长策,大丈夫有点点的功夫,不能在世界上做一番事业,徒辜负这五尺的身材,委实不太不值得。却被北方一个朋友,叫作满天星周猛的,把小的带到这保定陆家村来,和这坟里的陆先生厮见,叫小的帮忙,帮助陆先生共举大义,做一回反叛耍子。"

活猴狲雷豹说到这里,陆剑鸣便从坟这边走得过来,向雷豹掩泪道:"我便是陆先生的儿子,初回到保定来,只知我家犯了滔天的罪,却不知我父亲纠合了多少同志,是怎样束手待毙,被官里捉住砍了头,请雷大哥不妨说给我听一听。"

雷豹道："这地方不是久谈的所在，我那朋友周猛家，离此地约有六七里路，我们且到那里再说。"

剑鸣听了，便和蒋平、桂姐父女二人，随着雷豹，向周猛家中而来。哪知他们这番前去，几乎性命不能保全。

欲知后事如何，且看下回分解。

第二十回

侠男儿轻身入监狱
伟丈夫饮恨刃刑台

话说周猛是北方的无名巨盗，北五省江湖上人认识他的很少，他曾在白莲教里混了几个年头，学得一些魔术。生平恩怨了了，报答人的好处，都是正大光明，把盗来的金钱送给人家。对于有冤有仇的，就要使弄他白莲教的神通，将人家所储蓄的金钱一股拢儿搬运得来，甚则在黑夜里放他一把火，将人家的房屋什物、细软等件都烧个一干二净。看自家恩怨的深浅，定他报复的手段轻重，哪怕有一饭之恩、睚眦之怨，他总不肯把这恩怨撇向脑后。他是谙习白莲教法的人，要报复寻常人的私仇，寻常人家遭了那些飞来的横祸，小则倾家荡产，大则送命伤生，却还不知是他周猛干的把戏，只好各自埋怨各人运道不济了。不过人家见他没有丝毫的恒产，把银钱挥霍得粪土不如，却不知他的钱是从哪里来的，总疑惑他是在外省地方挣下了资财，做了些投机生意，有谁知他是个吃人不吐骨头的混世魔王呢？

也怪陆春田两个眼睛太不识相，不知怎么的，他看周猛脸上圈着横一路竖一路的圈圈儿，从那圈儿里都发出荧荧的亮光来，像似满天星斗云雾散开的模样，一见面，却把他当作是个异人，当作在先化缘的老和尚一般倾倒。却没有注意他那眉目之间，隐然露出阴险凶狠的样子来，就把这东西惹了进门，酒席恭维，什么话都和他商量，哪一件事也不肯瞒他。却因误交这样匪人，陆春田便从此酿出天大的祸事来。

看官回想第三回书中，陆春田不是陆雨亭的儿子吗？春田能口述父书，怀抱大志，知道国仇的道理，但躬耕田亩，羽毛未丰满，却不轻易露出自己的行藏。

那时峻嵩到陆春田家化缘，把陆剑鸣化去做徒弟，陆春田便想到中国方内外奇人异士，如老和尚这类人约也不少，遂一变当初稳健的态度，专喜结纳海内的英雄。便是北方一班绿林中的侠盗，陆春田结识的也很不少，拣其中最有肝胆、有本领的，陆春田便将自己的大志吐说出来，暗谋发难的计划，想联成党羽，把这个已经沉沦的国土从满人手里夺回来，洗净得风清月皎，另选有贤能的聪明仁德君主，执掌中原的天下。他便从此退休归隐，也做个太平时代归休人物。

其时洪、杨等一班革命的先烈尚未产生，满廷君民臣工只知道歌舞山河，粉饰藻火，一班骑高马、坐虎皮的军官，大半都由世袭爵位和势力运动而来，只知吞粮吃饷，赚几个钱养些老弱残兵，敷衍排场，哪里还知道什么叫作军事学？军中的兵额越少，他们吞吃的粮饷越多，那些老弱残兵有连枪都扛不起来，但是他们帮助上官弄钱门槛，比年轻的精兵锐卒更来得精明强干，竟有一辈子没有打过仗的士兵，竟有一辈子没有研究过战阵学问的军官，军队也只存了一个模样儿了。

陆春田果是一个富有帝王思想的人，揭竿而起，筹划恢复的步骤，成败尚未可决定。无如他没有这担当统一主权，发难的地点又在北方，离京师近在咫尺，所交结的党羽，不无夹着绿林中的许多匪类。那周猛自然在他部下，是心腹的倚助。

周猛在北方虽没有多大名气，然在南方陕甘一带地方，他也是白莲教中一个小头目，结识江湖上好汉不少，便一股拢儿拉入陆春田的部下。那活猴狲雷豹，也是其中的一个。

陆春田暗地颁发文书，勾结这五颜六色的一班党羽，虽没有明目张胆竖起排满兴汉的旗帜来，然而发难的气势已如弓在弦上，有一触即发之势。却不想那一班绿林的败类潜伏在保定地方，虽然自命为将来的开国功臣，其实他们贼性未改，背地里却做些杀人放火的勾当，闹得保定左近地方民不聊生。

陆春田暗地里也探知这般情状，深恨自家无端把这些杀人不眨眼的东西惹了进来，把革命的事业反从此延挨下去。他的意思，因为驱逐满人、恢复国土，第一要使百姓们知道发难的人英明可靠，在革命的事业上即可收到事半功倍的效用。若容着这班人在地方上扰得鸡犬不宁，便把山河光复过来，这分明是以暴易暴，越使百姓不相信革命的大头脑了。宁可把革命的事业从缓进行，却不能容得这班人在地方上招摇撞骗。拿定了这个主意，便分别遣散那些假革命的强盗。

谁知他们一班绿林败类已成了陆春田的附骨之疽，招来时很是容易，遣散时反是不易，虽缴还各人的委任文书，他们却仍在保定地方，白日间杀人放火，黑夜内打家劫舍。

也合该保定的人民受不了多时的惨劫，就有一个湖州人黄胡子，名叫独角兽黄大刚的，他犯了案被官里捉住，问官问他做了多少的案件，便打死他也不承认是个强盗，他说："强盗犯案砍了头，并没有多大的名气，不若供出个反叛的罪状，总算他是个爱国的英雄，敢和皇帝老子为难，一死的声名，却也能倾动朝野。"便把陆春田发难的事体一股拢儿当堂供出来。

保定的官员因这谋逆的案件极大，就调集各府县的防营，鸦雀无声地把陆春田全家都捉到城里来，抄了陆家的家私财产。所有陆春田部下的一班叛党，大都已闻风远扬。

就有几个和陆春田同志的人，那时好像一齐已商议过似的，没有到陆春田家筹划机宜。及至陆春田全家已捉得去了，他们反怕朝廷势大，不愿和官兵为难，要顾惜自己的生命起来。

陆春田被捉，其余的同志正所谓龙无头不行，哪里还敢妄动？这一天的火焰，也就登时扑灭。

陆春田到堂，就承认他是个反叛，无须官里拿出查抄文书证据来逼问他。问官问他是谁人指使，陆春田回说："是成汤周武。"又问他党羽共有多少，陆春田回说："全国人都是我们的同党。"

　　无论问官怎么地拷问他,他总是回说这两句话,丝毫没有更改。就这么把陆春田定了个谋反叛逆的要犯,全家都在保定正了国法。死后没有人前来收尸,也只得将他们三十二具尸骸拖到西门郊外,葬在一座肉丘坟内。

　　说起那个活猴狲雷豹,经周猛把他介绍在陆春田手下做事。但陆春田看雷豹这人举动浮躁,不肯重用。

　　陆春田在保定蒙难的前一夜,他原是一个叛逆的要犯,官府把他单独关在一个铁槛里面。但监狱官却有些肝胆,看陆春田是一位慷慨的人杰,并不十分虐待。这夜陆春田因处决在即,一时意念纷飞,只是睡不着。刚渐渐睡得十分沉重,似乎听得有人开了铁栅门,昏糊中也没有惊醒。

　　好一会儿工夫,蓦觉得有人向他身上一拍。睁眼一看,认得他是活猴狲雷豹,不由吃了一惊。

　　陆春田暗想:我的心腹同志不小数十人,当初和我结义的时候,都是指天誓日,死生与共,祸福相通,那宗旨是一定不肯游移的。于今我全家都被官里捉来,处决日子便在眼前,这些人是到哪里去了,怎么连瞧也不来瞧我?反而是我所最鄙弃的雷豹,却夜半更深到我这里来,敢是他一并犯了案吗?怎的他脚上也钉着一双大镣?当下便悄悄向雷豹问道:"你也有点儿本领,怎么也被官里捉来?"

　　雷豹摇摇头。

　　陆春田又问道:"我们的同志,可是一并都犯了案?"

　　雷豹仍是摇摇头,看外面的狱卒已是睡着,急向陆春田附耳道:"先生尚蒙在鼓里,论到那班东西的本领,休说来救先生一人，便来救去先生的全家，也不费事。他们若有真心替先生办事，是先生的好朋友，怎的落下树叶子就怕打破了头，各去干各的事呢？"

陆春田道："我看他们就不会这样凉血。"

雷豹道："先生，世界上再找不出你这第二个呆子来，他们那些囚囊，知道什么唤作义气，什么唤作国仇？这回帮助先生办一回革命耍子，原不过借着先生这个梯子，爬上青天云来。先生怎那样地不识窍，自己不要做皇帝，他们帮助先生，却还有什么想头？他们的党羽平时都是做强盗做惯了的，先生又把他们的党羽遣散，他们面子上没有和先生疏，实在是衔恨先生入骨。看在被捉的前几天，他们都没有到先生家里来。及至先生全家都捉来了，他们又谁肯拿性命去救出先生？还好，我是个知趣的，并没有向他们说出丢人的话，请他们来翻牢劫狱。就有我一个真朋友，也不能到狱中来帮我行事，直接由我自己一人到官城报案，说我是先生的儿子，情愿和先生一路而去，好借此下狱，趁个空儿救出先生。但先生在外虽不把我当人看待，我看先生的确是一位爱国的大人物。不过我直到现今，方才来救先生，又只能救出先生一人，我心里终觉难过。"

陆春田听完，便又问雷豹道："承你的情义，向我说着这番话，但我已被官兵穿破两边的琵琶骨，成了废人。老母、妻子都在狱里，我一个人出去，还想干什么呢？事情已坏到这般地步，我算是革命史上一个不忠不孝的人，还有心想逃出自己这一条性命吗？你若真要救我出去，我也绝不承谢你是我个真朋友辛辛苦苦地来看我了。"

雷豹哪里肯听？忽听外面吹起了一声口哨，便见有许多兵勇，一个个弓上弦、刀出鞘，高高地点着灯笼火把，蜂拥而来。原是官里每日照例在三更时候，发动了好些兵勇，到这特别监里查看，不想今天来得更早。

众官兵有见是雷豹，脚上的镣铐已没有了，说时迟、那时快，忽看他背上负着一个人，打从他们当头顶上飞掠过去。却因背上负的那人两只镣除去一只，那一只拖来有一尺多长，因此飞得不大迅快。众官兵便拈弓搭箭，向天空乱射。即听得陆春田的声音在空中说道："还不放下来吗？我听你说过家里还有个老娘。"

雷豹吃他一句提出个老娘来，心里不由酸痛了一阵。原是那时雷豹因见兵勇前来，就怕是连夜将他们提到刑场斩决，事急没了主意，两手一使劲，那手铐便抖开了。又用手在镣扣上使劲一捏，那一副脚镣早已分开两边。又来替陆春田卸下了手铐，两只脚镣只扭断了一只，看兵勇已到监外了。雷豹早将陆春田负在肩上，忘记陆春田那一只脚镣没有卸掉。及至见空中丁零作响，雷豹心里焦急非常。忽听陆春田说他家里有一个老娘，雷豹就在这时候一阵心酸，把手松开了，陆春田便跌落下来。

众兵勇都拍手打掌地说："得了得了！"

大家都近前一看，却只见陆春田在那里哎呀哎呀个不住，已跌断了一只膀子。再看空中，哪里还有什么人呢？

保定的官员探得这般的消息，便在第二天将陆春田全家斩杀了。

再说雷豹当夜逃出了城外，孤掌难鸣，叫他能有什方法救出陆春田的全家呢？及探听黄胡子和陆家的人都被斩决了，陆家老幼三十二具尸骸，一股拢儿都合葬在义冢中间，竟葬起一座肉丘坟。雷豹每夜必悄悄到那座肉丘坟下，洒一掬伤心眼泪。不想今夜早有男女老少三人伏在那里痛哭。雷豹很是诧异，伏在那边坟墓下窥探多时，疑惑是官里放的眼线，来追捕他们的同党，遂蹿得上前，喝问一番。他们由相打而至相识，雷豹便领带蒋平、桂姐、剑鸣，奔周猛家中而来。

雷豹的意思，以为陆春田生平的心腹，这时候都成了自家眼前疔毒，唯有周猛的义气可靠，虽不若梁山泊李大哥李逵、石三郎石秀，然而见陆春田全家斩决了，周猛也暗对雷豹慨叹一回，只恨学的驱神役鬼的软功夫，监狱和法场都有狱神和刑神监守，狱神、刑神在狱中刑场的威权极大，任凭有多大法术的人，一到监狱和刑场上，这法术便施展不来了。

雷豹却因周猛当时是不能同去瞧一瞧陆春田，并不是对于陆家的祸变痛痒不相关，所以毫无疑惑，把蒋平、陆剑鸣、桂姐等带到周猛家里谈心。

大家走进一片疏疏的树林，早见一所规模很大的村庄，大门是关掩的。雷豹近前，把门搭子打了几下，里面已有人答应。开开门来，便见有一个小厮，把雷豹等带到客厅上坐定。

雷豹便向那小厮说道："这里有远客来了，烦你进去禀告周大哥一声。"

那小厮回道："家主方听得敲门的声音，早知是雷爷到来的。"

正说时，忽听里面有脚步声响，随即走出一个麻脸豹目的大汉子来。那人才向蒋平一望，不由暗暗地冲起三千丈心头之火。

欲知后事如何，且看下回分解。

第二十一回

窄路遇冤家险膏虎吻
狼心食人肉惨受鸿罹

话说那麻脸豺目的大汉子，正是满天星周猛。其时周猛向蒋平一望，禁不住心头火起。

原是周猛当初在白莲教中，曾被蒋平栽他们白莲教教徒一个跟斗，究竟被蒋平栽个什么跟斗呢？后文自然交代排场。

周猛见了蒋平，心里虽有说不出来的隐恨，却因蒋平那时和他未曾会面，并没有知道他的姓名。于今恶冤家相逢窄路，周猛在表面上绝不显露出来，当向雷豹含泪说道："辛苦雷大哥了，这三位贵客是谁？"

雷豹听完，便替他们一一介绍了。大家都流着眼泪，谈叙了一阵。

周猛道："陆先生虽蒙难而死，天幸还有这班出人头地的小英雄，这也由于陆先生热心爱国，才有这班后起的英雄，能继承陆先生的遗志，陆先生便死在九泉之下也瞑目了。"

陆剑鸣听他这番言语，心里有说不出来的感激。便是蒋平父女，虽因周猛相貌狰狞，好像不是个正路人物，然听他的话，却又未尝能看透他不是个正路人物。

周猛当即起身进去，不一会儿，便从里面开上一席酒菜来，连仆人都挥之使去。大家都不拘形迹，饮谈起来，却都饮得有几分的醉意。蒋平父女见周猛谈笑风生，大有王郎斫地之慨，倒恨自己的眼力不行，在江湖上混了好久工夫，看惯了许多的恶人，便看了好人，也错认是恶人了。

一时酒席终场，约莫已到四更时分，周猛便叫自己的浑家把桂姐带到一间清洁的房里，着令一个婢女服侍安睡。周猛亲自点了一支蜡烛，擎在手里，领着蒋平、剑鸣、雷豹三人往里面走。经过了几间房屋，便推开了一扇房门，从门里射出灯光来。那房内有两张睡榻，铺设得很是整齐。蒋平独睡一榻，剑鸣和雷豹同榻而眠。

周猛一口熄来了灯烛，说了声简慢，随手将房门带关去了。

周猛回到自己静室里，踱来踱去，一会儿想道：原来蒋平也有遇着我的日子，记得当初我们白莲教教徒在陕甘一带地方传播教宗，他一不当兵吃饷，二不给有钱人家做看财奴。他是个湖北人，我们又没有走到他的脚路上去，白莲教的教徒虽在甘肃各地盗劫资财、淫戮妇女，却和他蒋平有甚相干？他偏要纠集一班狐群狗党，大不了懂得一些剑功武术，竟把威风使尽了，暗地里乘我们不备，竟将我们白莲教人杀了个落花流水。幸而我的造化大，没有碰到他手。几番要找他报仇，恰是找不着他，他虽然住在樊城，但终年多在外边东奔西驰，仆仆风尘，有家也等于无家了。若在他家里放一把火，便算了结这一篇账，也太便宜他了。难得他今日碰到我手，我想杀了这个老东西，非得我亲自动手，不足泄我的心头恶气。

想到这里，不由眉飞色舞，两只膀子只顾摇动起来，好像蒋平立刻间便要死他手里似的……

忽又转念一想道：呸！不对不对……这蒋平若是一个人到我这里，本来他和我们白莲教有血海的冤仇，无论如何，我是不能饶免他一死的。蒋平的女儿桂姐，虽然她脸蛋可生得比别人俊，我不能就因她脸蛋子生得俊，便想和仇人的女儿结不解缘，也不难给她个白刀子进红刀子出。雷豹虽和我是个朋友，但我没受过他的恩典，却没有撂不下他这根绳子，要相好，就相好，不相好，谁有本事就得打谁一个翻天印。偏是陆先生的儿子陆剑鸣，言谈之间，都对我非常感激。陆先生的全家都上了断头台，也只留下剑鸣这一点骨血，我杀了蒋平父女，吃他知道了，须要和我不得开交，那么又如何是好……也罢，俗语说得好："虎不食人肉，人必摘虎胆。"他是个叛首的儿子，他若没有这造化推翻清室的山河，迟早总要被官里拿住砍头的。何况他父亲陆春田陆先生表面上虽和我好得了不得，其实发咒我没有得他半点儿的提携之力。

想了一会儿，便又自己叫作自己的名字道："周猛周猛，你把张本拿定了吧！杀人要见血，斩草要斩绝，不要再三心二意地单就杀了蒋平父女二人。便是剑鸣、雷豹这两个人，也要一齐给他们个当面开销，省得自己留一个虎刺儿刺了自己的手。不错不错，主意拿准了，但因他们都会一些硬功夫，明目张胆地是不能奈何他们的了。"

一面叽咕着，一面便用棉花塞住鼻孔，卷了两条拇指粗细的纸卷，把熏香药敷散在纸卷上面，一垫脚，就上了屋。穿房越脊，飘风也似的经过几间房子，到一处院中，轻轻落下平地，敲火点着纸卷，好像烧着硫黄般，哧哧发出细响。

周猛将那纸卷塞进门隙中去，撬开房门，点起灯烛，急走到正面一张榻上，撩开帐门，看蒋平已睡得同死人一样。便从腰间取出一把风飕飕、寒闪闪的小攮子来，望着蒋平，咬着牙齿，愤恨了一会儿，那把攮子已嗖地要向蒋平胸脯上刺去。煞也作怪，这当儿，似乎周猛觉得两肩窝里被什么东西打了两下，不由一松手，将那把攮子扑地掼在床沿上，掼下去有三寸多深。顿时手不能动、足不能行、口不能言语、身不能转移、头不能俯仰，仍像似咬着牙齿，做出那要杀人的样子。

却听得后面有很柔脆的声音向他冷冷地说道："这不是周老兄吗？这不是周老兄的杀人刀吗……"

那女子说了两句，看蒋平仍在那里呼呼地睡，没有受着一些损伤，且不将蒋平推醒过来，转到对面一个榻前。榻下却放着两双男鞋子，帐门是半开半掩，看剑鸣同雷豹二人各自和衣睡在一边，鼾呼不醒，心里一块石头才落下地来。看他们睡时的模样，早知道都中了熏香。却从茶壶里喝了一口冷茶，先向剑鸣顶梁上喷去，又尽性抱着他的头摇了一会儿。

剑鸣蒙眬之中，陡然睁眼一看，见是桂姐，倒吃了一惊，不禁兀地从床上直拥起来。

桂姐却从容地笑着说道："师兄，你好自在，我们好好干一下吧！"

两句话又把剑鸣说得噤住了，一言不发。

桂姐揣知其意，心里又笑了一笑，说："师兄，你真睡得好自在，你且放眼瞧一瞧，那不是周老兄吗？那不是周老兄的杀人刀吗？"

剑鸣很惊诧地说道："这是打哪里说起？"

桂姐道："我也在江湖上混了多时，眼见的坏人自是不少，看他像是个坏人，究竟不是个坏人的很多，看他不像是个坏人，却竟是一个坏人亦何尝没有？谁也不能一落眼，就看穿他的心胆，这东西我倒不疑惑他究是一个坏人，也该我们这回不该死在他手里。方才我在那间房里，兀自和衣睡了，只有些睡不着。不知怎么似的，我心里忽觉得痛起来，便从床上一跃而起，看窗前的月光，隐约不明，推开窗槅向上一看，那半边凉月渐渐从黑云里吐破出来。这时候便见有一个人影子从西边屋上飞向东边而去，我一看就觉得很奇怪，便展动运气飞腾的功夫，紧随在这东西的背后。看他那番的举动，也就毒辣到了极顶，居然下这般毒手，要给我父亲一个白刀子进去红刀子出来，不是我前来点中了他的痰宁穴，说不定，大家这几个人还要死在这东西的手掌心里。"

剑鸣听到其间，说："妹妹在江湖上多奔走几时，对于江湖上的路径却比我懂得一些门槛，妹妹是我们再造的恩人,不知何日我再补报妹妹的恩典(预为下集书中作第一步伏线)。"

桂姐笑了一笑。

这里剑鸣忙将蒋平、雷豹喷醒过来,大家说明缘故,依雷豹的性子,便要从床沿上拔下那把小攮子,向周猛咽喉间刺进,被蒋平喝住了手。桂姐便转过身来,在周猛的嘴巴上啪啪啪打了几下子。周猛被她打了几下,比吃了什么哑科圣药都还灵验,开口便叫出一声亲娘来,又哎哟哎哟地叫痛不住。叫了一会儿,便向蒋平怒目说道:"姓蒋的,我们白莲教教徒本和你向无仇恨,却被你在甘肃几乎将我们同事的教徒一网打尽,我时时刻刻恨不得吃你的肉。于今你撞到我家里来,我若不取了你父女的性命,也对不起我们白莲教中蒙难的教徒。但你有一双赤砂手,我的硬功夫既伤你不来,你们都谙习些拳功剑术,如使用我们白莲教的法术,也伤不了你。若用麻醉性的药酒,将你们吃得麻醉了,然后才下你们的手,无如你是老远在江湖上奔走的人,像什么麻醉药酒,只可陷害初出茅庐的小伙子。你这老东西,肚皮里很有几句春秋,如何能用麻醉药酒将你醉倒了,再取你的性命?只得和你们仍然敷衍场面,乘你们不备,用熏香将你迷翻,好来杀掉你们,活祭我们白莲教蒙难教徒的冤魂。只怪我一时糊涂早钻进了心窍,没有同时也将你女儿迷翻了,才把报仇的事弄糟到这般地步。今夜的事,不是你们杀了我,并伤害我的全家,就是我得把你们的首级割下来。说多了总是废话,赶快就来杀了我吧!"

蒋平在先却不明白周猛伤害他们的缘故,及听周猛这话,方才恍悟过来。原来在十五年前,蒋平曾到甘肃省里要去干一回买卖,买卖却并未做过一次,倒在那里铲除白莲教许多的人妖虎伥。那时白莲教在甘肃的地方势力极大,衙门里大半都受了白莲教中的孝敬,金关通线索,就容得白莲教人,上至首领,下至教徒,在那里明目张胆借着广播教宗的名目,招摇惑众,闹得甘肃地方的人民不能安生。

甘肃白莲教的首领唤作米宗恺,原是旗人,入了白莲教,容容易易地在白莲教里升做了首领。米宗恺仗着他是个旗人,背后又有他们皇帝老子把泰山椅子,他那番到甘肃省里传教,宣传又得窍、手腕又灵活,白莲教的教徒有和甘肃省的居民闹了意见,涉讼到官厅来,一班翎顶煌煌的府县官儿得了白莲教的金钱,理当要替白莲教人消灾降福,巴结米宗恺的欢心,叫他欢天喜地地在他们做官人身上再多孝敬些金钱,遇有白莲教人和民涉讼的案件,却把这案件的详细理由搁住一边,先问两方面涉讼的人,谁是白莲教教徒,不在案情上详决是非,却在未入白莲教和已入白莲教的分别批断曲直,哪怕白莲教教徒杀人做盗,那个事主是未曾入教的居民,就是赃证两全,不但不办白莲教人强盗杀人的罪名,反行舞文弄墨,把一班苦主事主硬生一个诬告的刑律,以致流弊所至,凡有未入教的不良人民,遇有民事或刑事的重大案件,在他们的呈文或供词方面,却不辩说案情上的理由,首先把入教的谎词诉说出来,意思是因一假冒了白莲教教徒,便犯下天大的案件,也就冰消瓦解了。那涉讼的对方人,却把自己的冤情事理也搁在一边，但辩诉他并不曾入了白莲教，意思是要戳破他冒充教徒的见证，这案便得照案情上的根据判决是非了。据此一端看来，那白莲教的气焰，休论他们都谙习得一些法术，便在官厅中的势力，也足够欺人生事奸盗邪淫的资格，何况他们的法术又甚骇人。

米宗恺在甘肃境里传教，借着他们白莲教中"万朵红莲礼白莲"的七字标语，哄骗居民入教，居民有不愿受骗的，不是白日里失火，就在黑夜里不见了年轻的妇女。据说这米宗恺并无多少嗜好，却专喜欢玩弄人家的妇女，尤喜欢玩弄未成年的女子，哪一夜没有未成年的女子和他安睡，哪一夜便睡不着，并且每夜要另换一个未成年的女子和他结欢喜缘。他换过了新鲜以后，仍把这弄来的妇女竟置列在下陈，也就罢了。他偏又有一种怪性，却爱吃人肉，尤爱吃年轻妇女的肉，他说那年轻妇女的肉比熊掌、豹胎还觉肥嫩可口，哪一日不吃妇女的肉，哪一日便不能下咽，并且要把妇女的肉剁成了肉醢，才好适口充肠。他有这两种的嗜好，就吓得甘肃境界的人家，都把年轻的妇女藏起来，打算可免淫戮的苦恼了。谁知你越是藏得深，他越是弄得凶，竟有在夜间门不开户不破地，这妇女便不见踪迹了。

似这样惨无天日的白莲教，在那里惨杀奸淫，还有什么人道主义吗？

欲知后事如何，且看下回分解。

第二十二回

老英雄夜半宿客店
飞行侠月下破邪魔

话说蒋平那时到得甘肃境界，便知白莲教在甘肃地方势力大得骇人，却未探得白莲教首领米宗恺居然会做出这样惨无人道的事。米宗恺为人很是机密，他做下这惨无人道的事，除了几个心腹的教徒，其余如教徒中和米宗恺没有深切关系的，以及教外的人，大半不知白莲教的首领是个吃人不吐骨头的混世魔王。一班不见了妇女的人家，有的连来由都不知道，外边的人还疑惑这人家不见了妇女，是看中了什么意中人，随那意中人私奔去了。就有一二猜到是白莲教人干的把戏，然究竟他们不是白莲教亲信的教徒，就无从得知白莲教的秘密，都敢怒而不敢言，说出来怕白莲教人要和他们兴兵涉讼，问他们一个损碍名誉的罪。但无论如何，却想不到这妇女是被白莲教首领弄到肚腹中去了。

蒋平本知白莲教妖言惑众，就想要到甘肃省城去责问米宗恺。蒋平在南五省是个数一数二的英雄，他的大名真是如雷贯耳，江湖上没有个不知道他的。他因初到甘肃文县，没有惊动甘肃一班的绿林好友来拜访他。那时各处的交通原不及现今的便利，像文县那么一个城市，却没有什么华丽的旅舍。蒋平住的是一个小小客栈，前后只有三进房屋，蒋平住的是前一进一个房间，晚间拿出些钱来，令茶房办了些酒菜，在那里自斟自饮，一路上辛辛苦苦，吃了些酒饭，便倒在床铺上睡去，却睡得不甚沉稳。

这时候，便听得后面一进屋里隐隐地递出妇人啼哭的声音来，越哭越觉得凄惨，竟是号丧的一样，暗想：这人家莫非死了人吗？但我日间进店的时候，见他家门首贴着红对联，并不像死了人的样子，就是死人号丧，也应有一定的时期，总不当在夜静更深时放声痛哭，打搅客人的睡梦。

听了半会儿，总打算这妇人哭一会儿便不哭了，不料那哭声简直不会停止。蒋平被她那一阵阵哭声听得心里难过起来，翻来覆去，兀自睡不着，不由转有些焦躁起来，跳下床来，将房门开放，却好有个茶房走得前来，问他可是要茶吃。

蒋平不由翘起胡须，睁着眼睛，向那茶房怒道："老子不要吃什么茶，你们开客店的，应该晓得客人的苦衷，什么时候不好哭，偏赶在老子睡觉的当儿，同老子作对，哭得老子睡不着？你们这客店里好没有规矩。"

那茶房忙赔笑道："老客人休要气恼，这里老板娘是个寡妇，她丈夫原死了多年了。这回啼哭，却另有伤心断肠的事，也难怪她哭个不住，只不该打搅你老人家的睡眠。小的进去说一声，叫她不要再啼哭便了。"

蒋平道："死了丈夫原该伤心，却不应事隔多年，还是这样地号哭。若说另有伤心的事，还比死了丈夫伤心得厉害吗？"

那茶房便低声道："你老人家可别问她什么事哭得这样的伤心，我就去吩咐她不要哭，请自安睡吧！"

蒋平听他言语，已猜着有别的委曲，不由拉着那茶房道："你店里老板娘可是受了人家的欺负吗？不瞒你说，老子是专喜欢管人家的闲事。你去把老板娘唤出来，我好问一问她。"

那茶房道："现今的世界黑暗已到了极顶，不但人欺人，连菩萨都欺起人家的寡妇孤儿来了，况把这里的小姑娘弄去做妾。"说到这里，便缩住了话头。

蒋平急嚷道："你别要说这藏着骨头露着肉的话，老子是不信天上有这样的菩萨，这里的小姑娘虽被他弄去，老子有这本事，或可夺回来。你赶快进去把老板娘唤得前来，若违拗老子教训，看老子性起，拆毁了你这鸟店。"

茶房诺诺应声不迭，兀自进内去了。这里蒋平暗暗一想，说："奇呀！哪有什么菩萨占去人家的女子做妾，这绝是白莲教的那些囚攮干的玩意儿。但我不问个明白，却不肯替人家出点儿力把这女子救得回来，我却不是这般凉血。"

蒋平方兀自在那里自言自语，里面早走出一个四十上下的妇人来，满面都流着眼泪。那茶房站在一旁，向那妇人说道："我多久就晓得大小姐不是被菩萨带去做妾，我说的话，大家都不相信，反信得那些不经之谈。可是这里来了一个活菩萨了，他老人家说有这本事，能把大小姐救得回来。你有什么话,不妨对他老人家说出来,给他老人家多叩几个头,或许能替你把大小姐救回,也未可知。"说毕,只顾向蒋平瞅望。

那妇人却郑重其事地要向蒋平叩头,被蒋平慌忙扯住,说道:"并非我好说大话,因听你在里面号啕大哭,哭得我六神不安,你的女儿是怎样地被菩萨弄去做妾,不妨详细地告诉我,我来给你想想法子。"

那妇人听完,便向蒋平望一望,未开言早流下泪来,说:"先夫在这里开设客栈已有二十来个年头,不料在六年前,先夫得了一病死了,就撇下了我和我那一块肉。不瞒你老人家说,我那玲姐小女,真似水晶的心肝、玻璃的人,今年已是十七岁了,我看她很是欢喜。不料在昨夜三更时候,我和我的一块肉是在一张床上睡的,我却没有睡得着。忽然听得房外陡起一阵风,那窗门无故自开,荧荧的灯光被风吹得摇摇无定。

"忽然风也熄了,灯也明了,便见满房中站满了许多的天神天将,吓得我们母女说不出话来。这当儿,便有一个神将向我那一块肉说道:'你是上界的神女,就因尘缘未断,降谪人间,却与我们二郎爷爷有夫妻的缘分。二郎爷爷因你降谪的时期满了,火速着令我们,仍将你带到天堂,香花供养。'

"说至此,复又向我说道:'仇太太真好福气,能得二郎爷爷这么一个乘龙佳婿,不知仇太太是几世修来,才有这么大的造化!'

"我听了他的话,大吃一惊。一转瞬间,便不见那些天神天将的踪迹,连我女儿也不知是怎样的,被那些天神天将弄得去了。我一时惊定,便不禁地哗哭起来,早惊动店里的住客,以及左邻右舍,都赶得前来,他们都不相信有这回事,反责备我的家规不严,放着我那一块肉,在更深夜静的时分,被什么人拐骗去了。这真是天大的冤枉。

"我受了那些说话人的委屈,倒没关紧要,可怜我那玲姐女儿,出娘胎未曾远离我一步,捧凤凰般地把她养得这么大,巴巴地想给她择配一个读书的好女婿,哪里打算被二郎爷爷将她带去做妾?顷刻间便使我们母女拆散开来。我是不信得世上有蛮不讲理的人,天上有那样蛮不讲理的菩萨,叫我心里如何抛得下那一块肉?是以越想越觉伤心,不禁没早没夜地在这里哭泣。不幸惊动你老人家,料想不来责备我,还给我家想法子,把我那块肉救回来。请问这法子是如何想法?"

这一番话不打紧,直把个蒋平气得须发怒张,只顾翻起两个眼珠子,骨碌碌在那里白望着,半晌间才拍着大腿嚷道:"世界上竟容得那些白莲教囚攮干出这种无法无天的事,反了反了!"

那茶房在旁听到这里,不由把舌头伸一伸,说:"你老人家说话要低声些,这城里白莲教的耳目甚多,我们若说白莲教一个坏字,吃不了还要兜着走呢!"

蒋平只不理他,便叫那个妇人仍到里面去,随手关了房门。

那茶房见蒋平白白地怒了一会儿,也没有什么法子可想,还不是叹了一口气,便向那妇人说道:"你老人家在这里呆呆地等着什么？这法子却叫人家异乡的老年人如何想法？"

那妇人只得仍回后房去了。

蒋平在房里分明听着那茶房的话，这件事委实心中放释不下。看那窗上的月光非常明亮，他在房里思索了一会儿，便将衣衫束一束，悄悄开了窗门，也不去知会那茶房，一转身，打窗户飞出来，接连跳上屋顶，鸡犬不惊，出了这个客店，便展动那运气飞腾的功夫，直向甘肃省城飞来（至于仉母的女儿将来如何了结，宜在后文插叙出来，书中多用这种插叙笔法，力求完密。若在此处絮聒不休，反与下文气脉不接，特此申明，免致读者诸君疑著书人会出漏洞）。

半路上，忽见有一道黑光在自家面前飞掠过去。这黑光一落到蒋平的眼睛里，便知他的本领还比自己高强。忽然，那人又飞转过来，刚同蒋平飞个对面。蒋平认得那人，也是湖北的一位飞行大侠，叫作千里眼史铎。

这史铎是蒋平多年不见的老朋友，当和蒋平相见之下，彼此各打了一个哨语，都从天空间飞落下来。刚落在一个旷野的所在，史铎便问："蒋老英雄，是到哪里去的？这几年来可还得意？"

蒋平也不暇和他寒暄，不曾问及史铎一别以后曾在什么地方干了些什么事，并将自己到甘肃做买卖的事忘记说了出来，尽说自家仍是东飘西荡，还不是吃着那江湖上的黑饭。说了两句，便将前往甘肃省城的意思对史铎略略说了个大概。

史铎道："我早知米宗恺这个东西，借着白莲教的幌子，在这地方招摇不法。五日前，我曾亲自到省城去会一会他，想用和平的口吻劝他改邪归正。他听说我来了，也把我当作南五省的一尊大佛，当晚设宴款待，恭维得了不得。筵席上摆着的都是上等的肴菜。刚上了一碗肉，不知什么缘故，我闻得那肉的气味，心里便有些作呕起来，一块也没有吃。

"看米宗恺尽性撕吃那肉，顷刻间把碗里吃得空空如也，我暗问米宗恺那厮，这是一碗什么肉。那时米宗恺已吃醉了酒，脸上吃得像个小阳春天的雄狗卵子，酒后误把我当作是他们白莲教的一流人物，吐出真言，向我低声说道：'这肉若是烤了吃，比弄汤吃还好。你道是什么肉呢？说出来老兄可不用见怪，这便是人肉呀！'

"我陡然听他这话，不禁脸上变了颜色。他见我的神气不对，便喃喃地笑道：'老兄疑我这话说错了吗？天生这肉是给我们吃的，我若不吃这肉，未免暴殄天物了，何况这又是妇女的肉？我们国中的人数太多，就因这些妇人女子生繁不已，若不将她们吃去一半，那人数更会一天一天多起来，就因人数太多，要产生出许多的劫数。我们白莲教人创立教宗的意思，就是要挽回这未造的劫数。'

"我听了他的话，实在有些耐不得了，这种东西，还拿和平的话去劝解他，世界上找不出我这呆子来。我当时便推起酒杯子，现出要和他为难的样子来。

"他立刻也向我怒道：'我姓米的和你推诚相见，你怎的这般不识相，要在我这里翻个跟斗？我在甘肃地方弄人肉吃，也没有到你们湖北去吃人肉，你是懂窍的，就得和

我们白莲教人，桥不管桥，路不管路，谁也不去过问谁的事情，赶快给我滚出去吧！'

"我听到这里，几乎把胸脯都气破了，看米宗恺和同席一班教徒各自握着宝剑来杀我，口里不知念些什么。我一见势头不对，心里虽然气愤不过，然而看他们那样以多为胜的神气，好汉就不能吃他们的眼前亏，转又捺定了火性，且让他们一脚。我曾学过一些内家功夫，他们的剑锋虽快，却不能伤及我一毫一发。我当时也挥起了我那一支玉剑，杀开了一条血路，出了客厅，纵身跳上屋，伸开两只膀子，飞出了城门，一路飞到乌鼠山上，真个耳中冒火，背后生风，好像后面有好些人追赶前来的样子。

"我那时转不向前飞进，便在那山头上飞落下来，抬头一看，果见有许多拿刀握剑的飞行角色，要从天空间坠落下来。我便仰天打了一个哈哈，伸出左手一只大拇指，把指上的鲜血嚼在口里，运足了气功，向半空间喷去。那血丝细如蛛丝，喷在那些飞行人的身上，说时迟，那时快，半空间的那些飞行角色一齐都坠下来，在月光下仔细一看，却看那些长不满寸的纸人纷披在山石上，纸人手里却握着纸刀、纸剑。我早知他们是这类的邪术，他们白莲教里，都仗着这类邪术，并没有什么飞得起的人。

"我破了他这类邪术以后，突然间听得一声大吼，这吼声一出，凭空从山间起了一阵腥风，刮得山上沙石飞扬，那山顶一棵合抱不来的树，险些要刮得倒下来的样子。刹那间，便见有一只白额恶虎飞跃而来。"

欲知后事如何，且看下回分解。

第二十三回

飞剑刺龙鳞雄心似铁
孤身入虎穴侠气如云

话说史铎又接着向下说道:"我的眼功,能在百步外辨人面目、黑夜里数着指上的螺纹,江湖上人却一味替我揄扬,送我一个'千里眼'的外号。

"当在月光下,见那虎甚是凶恶,浑身的毛发如漆,一根根都抖擞着,两道浓眉倒竖,两眼凶光四射,圆睁得几乎要凸出来,张开血盆大口,露出银镬一般的獠牙,飞跃而来。我便提剑在手,准备迎着它要猛扑过来。煞也作怪,那虎见我站在山上岿然不动,就把那蛇矛也似的尾巴左右摇动了几下,两前蹄向下一伏,好像显出要待我杀将过来,它便准备趁势扑得前去的姿势。抬头注视我那支宝剑,好像思索什么似的,我也目不转瞬地望着它。

"好一会儿工夫,那虎又合上了口,一口唾沫星便向我两眼喷来。我只觉得像有好多的铁砂子吹到我眼里来,只是咬定牙关忍受着,两眼便眯起来,且用左手在眼中揩拭了两下。说时迟,那时快,忽又听得那虎一声大吼,这吼声越发比前大得厉害。经它那么一吼，把山头都震得摇摇战栗起来，一阵的腥风过去，如大海中千顷波涛相似。

"我乘它一声吼起来的时候，也不禁精神抖擞，舞动手中的剑，向那虎额刺去。剑还没有刺到，那虎忽然张开两个前蹄，竖起来就像两个翅膀，向上一飞腾，就腾有两三丈高，在我背后飞落下来。幸喜我手眼来得迅快，那虎刚飞到我的身后，我已将身躯扭转过来。我一剑刺不到它，它却也没有扑得着我，像这么龙争虎斗地一来一往，约斗有十来个回合。

"我见那虎浑身上下都像有解数的一般，口虽不言，心里早已明白了。事急没了主意，便用剑仍向我左手大拇指一刹，忍着疼痛，仍然舞着宝剑，一时剑风血雨吹落在那虎的颈项上。经我这么一下子，它在先那种虎虎的威风一些也没有了，反现出畏葸抖战的样子，伏在地下，动也没有一动，那蛇矛也似的尾巴也就軃得下来，浑身都是软洋洋的，好像伏下去便站不起来的模样，那巉巉的虎牙仍然是劇刷着，不过它那种吃人的神态尽能吓得人却吃不得人了。

"我在那虎身上仔细端详了一会儿，毫不犹豫，一挥手中的剑，向那虎额上劈去。这一剑劈下去，足有千斤的气力，要是平常的虎，怕不要被这一剑劈得脑浆迸裂吗？却听得咔嚓一声响，那虎额顿时被剑劈得开来。抽回宝剑一看，并不见有一些血迹。再看哪里有什么恶虎呢？却见山上伏着一个木猫，像寻常的猫一般大小，一个猫额却劈成两半了。不由使起性子，用剑把那木猫剁得稀烂，兀自仰天大笑一会儿。

"就在这一笑的当儿,忽然看见天上的星月无光,东一堆西一堆的黑云眨眼间便合拢起来,一声霹雳,真似倒山排岳的一般,便从云端里飞下来一条小小的白龙。看那龙长不满丈,浑身的鳞甲毕现。它在云端飞下来的时候,雨点儿便纷纷坠落山头,有白果一般大小,像密麻似的射落下来。那白龙在先是不满一丈的身材,趁着那雨声腾沸的时候,身体便陡然粗壮了。龙头和龙尾由上而下,看似距离有一里的光景,身体围圆,也约有二三十丈,那龙鳞望去同覆锅一般,不过白得和覆锅不同,昂着龙头,像似攫下来要吞什么东西的样子。若是寻常胆小的脓包,陡然见这木龙从半天间腾挪而下,不要把心胆都吓碎了吗?何况那雨势淋漓,淋了我一头一身。

"山上的石块经过雨洗以后,几乎要使人滑得不能站定了脚跟,我这两个眼睛虽经这么雨打风吹,却瞬也不敢轻易一瞬。在这十月的天气,听见这迅雷飞龙的暴变,我的心里就觉得奇怪,并不会知道什么害怕,但却不由得在那时候浑身都直抖起来,如同普通不曾练过气功的人,在严冬冰雪之中,耐不得寒威的样子,手中的剑也不自觉地有些把握不住。

"到了这种关头,看那龙在顷刻间便要坠落下来,虽离地上只有三五丈高,却在那里左右腾挪,像要下来又不下来的样子。见了这般情状,我的心里便有了几分把握。在这很危急的时候,运足了功夫,把眼睛睁得圆圆的,牙齿咬得紧紧的,身子立得直直的,两手、两腿略一使劲,仍在那里纹风不动。知道那龙因我有杀虎的能耐,却不敢轻易来斗一斗我。

"那时我想到这里,运足了功夫,身上并不觉得有点儿冷了,把宝剑握得紧了,胆量就不由得更加壮大起来,一跃身,已跳上了龙背。煞也作怪,那龙见我跳得上来,就鼓起龙鳞,不住地在空中倒翻着筋斗。不是我脚上有点儿功夫,险些要把我从龙背上跌下来。我趁它在大翻筋斗的当儿,不住地用剑在它背上乱刺乱戳,它的背像似着很坚硬的钢铁一般,不能戳伤它的鳞甲。我越是戳得凶,它在空中越是翻得厉害。

"忽然见得龙口里叹出一口气来,听得天空中又响了一个大雷,这雷声比前更响得大,不但响震得山岭上有些战栗不安,几乎要把我的耳朵都震聋了。那雨势更来得猛烈,倾盆也似的倒了下来。那雨点儿打在我的头上、身上,就同碗口大的冰雹一般,打下来像有若干的力量,然而下的却是雨点儿,不是冰雹。我不禁又有些战兢兢起来。

"就在这战兢兢的时候,一脚立不稳,便从龙背上栽倒下来。恰好跌在山涧边一个草坪上,身体却没有跌伤。看那龙,早又身子一摇,伸头到草坪上。转瞬间,我不知是到哪里去了,只觉卧在一间很大的屋子里,这屋子里并没有什么什物家具。但我进到这屋子里,身上便不冷了。我一蹶劣便跳起来,不由得运足了气功,竖起宝剑,忽发一声吼,两脚向上一蹬,身体直向屋上冲去。只听得咔嚓一声响,已冲到空中,也不觉得冲碎了屋瓦,不禁抬头一望,云也消了,雨也散了,那月亮正斜挂在西山头上,便从空间飞落下来,一眼看到一块大方石上,有一方纸画的白龙,已被石上的凉雨黏湿成一片,那龙背上像似被什么东西挑得破了。

"我把那纸白龙仔细放开一看,见那龙画得同活的一样,龙口却合闭着,没有画着龙牙。我才恍悟,方才是被它吞到肚腹中去了。若有龙牙,不要把我嚼得骨断筋折吗?这都是米宗恺那厮用他们白莲教的魔术擒伤我的。它虽伤不了我的性命,却被我自己用剑剁去我左手上一个大拇指。"

说至此,便伸出一只左手来,给蒋平看。

蒋平见他左手上有剑伤的痕迹,正待要向他说出什么似的,史铎便又接着说道:"那东西虽要残害我的性命,这是我的一己私仇,报复的时期,还可以稍缓一步,他竟惨无人道,喜欢吃着人肉。他迟死一日,这甘肃地界便要被他杀戮一个妇人女子,修补他的五脏庙。他在甘肃传教已有半年,不知吃了多少妇人女子的肉。我不若纠集这境内的一班朋友,除杀了米宗恺,扑灭了白莲教,不能救未经送命的妇人女子性命,不能给已经送命的妇人女子报仇?难得老英雄和我是个同志,我在各处已邀请好些志同道合的朋友,要打那东西一个金钟罩,就得请老英雄慨然出面,除去白莲教这一大害。"

蒋平听完史铎这一篇话,早惹得火性暴发,有些面红耳赤起来,便向史铎回道:"我只听说白莲教教徒在这甘肃地方闹得人不能安生,打算去寻找米宗恺那厮,问他既创立白莲教,为什么不规定白莲教的教律,却容得一班教徒欺人生事，什么奸淫杀戮的事，都干得出来？若说他们白莲教的教律，等于废纸虚文，宗教家要订立教律做什么呢？若说他们白莲教没有教律，却要这白莲教宗做什么呢？却想不到他是白莲教的首领，尚且干出这样无法无天的事。据史兄谈说起来，那客店里姓仇的女子，一定是米宗恺掠去杀肉吃了。我的主意，就得要在今夜里混进白莲教，或者万一能将姓仇的女子救得出来，仍然转送到她家里，交给她生身的娘，然后再和史兄计划铲除白莲教的办法。总之早将白莲教扑灭一日，便早一日挽救许多妇女的性命。我的主意已定，改日再同史兄会吧！"边说边向史铎告别。

史铎因他并没有详问他的地址，便来告别，他既已要在今夜前去，想救出姓仇的女子，自家是知道他的脾气，虽然他年纪老了，却仍是二十年前那样急性。他原为救人前去，本不当禁止他，便是禁止，却也禁止不住。正要对他告明栖住的所在，看他已伸开臂膀，一飞已到了空间，竟向甘肃省城飞得去了。

蒋平在空中飞行的时候，耳中还听得史铎的声音，叫他回来，还有话讲。蒋平听见同没有听见的一般，仍然向前飞去。

史铎叫了一会儿，也就罢了，便又另作计较。究竟史铎是什么计较，著书的且不说穿。

单说蒋平那夜在五更时分，飞进了甘肃省垣，在一处僻静无人的狭巷，如风飘黄叶般地飘下平地，访问白莲教的总教堂，便到城内千佛庵去了。

这夜，米宗恺正在教堂礼拜白莲教的白莲圣主，忽然有一个小教徒走得进来说:"外面有个湖北人,是六十岁上下的一个老者,唤作赤砂手蒋平,有要紧话要见首领。"

米宗恺听说是湖北赤砂手蒋平到了,不禁暗吃一惊,早知这赤砂手蒋平也是千里眼史铎一流的人物,想着他来的意思,不是给史铎下说辞,定是要存心来斗一斗我这白莲教的首领。那史铎既有降龙伏虎的能力,这老东西的名气多久也贯到我的耳朵里,史铎的本领就不见得比他怎样的高强。我若是躲避他,终是躲避不来,不若仍将他请到这里来,看他是怎样的来意,我便预备怎样地对付他。想着,吩咐小教徒:"把蒋平请进来!"

小教徒去不一会儿,已见蒋平笑容满面地走进教堂来了。两人相见之下,米宗恺忙也赔笑迎道:"今天是刮的什么好风,把老英雄刮得前来?有何见教?"

蒋平道:"无事不进三宝殿,我虽和首领是个初相识,提起姓名来,大略大家都还晓得。我新到这甘肃地方,便听得史铎说,首领在这地方吃了许多妇人女子的肉。我听了很是诧异,就疑惑史铎那厮是信口吹的脓包,胆敢冒昧前来,向首领问个明白。"

米宗恺见蒋平劈口便将史铎的话说出来了,心想:他本是个直肠子人,须比不得史铎。待要上前抢白一番,这当儿,冷不防蒋平急蹿前一步,右手抽出腰中的剑,左手将米宗恺的胳膊拉住,那把剑已送到米宗恺的胸脯上面。

米宗恺觉得蒋平那一手的手势来得非常沉重,要挣脱,如何挣脱开来?准备用法术来抵抗他,看他剑锋到处,已刺碎他胸前护心镜,哪里还容他有施展法术的空儿?一班白莲教教徒在教堂中看见米宗恺被蒋平捏得住了，大家都准备烧符的烧符，念咒语的念咒语。

却听蒋平低喝了一声道："大家休得鸟乱，别人怕你们白莲教的妖法，老子是不怕的。识相些，就得把你们那些老墨卷拾起来，到孔夫子面前要讲的什么经，你们再敢鸟乱，看老子这一刀，先结果了这入娘的贼！"

众教徒见他那英风抖抖的样子，眼中的元神好像要射露出来，任他们使用着什么妖法，元神注射到什么地方，这妖法便不灵验了。待要用兵器来伤害他，无如自家的首领已被他胁得寸步不能转移，就同《三国志》上关云长单刀赴会，把鲁子敬紧紧胁住，无论东吴营中的将校要对关云长下如何毒辣的手段，终觉有投鼠忌器的念头，有些畏怯不敢下手。故而众教徒都是你望着我，我望着你，连嚷都不敢嚷出一声来。

忽又听得蒋平低低喝道："你这吃人不吐骨头的入娘贼，依老子使起性子，就得将你这心剜得下来。"

旋说，旋将剑抖了一抖，接连便听米宗恺叫了一声："哎呀！"

欲知后事如何，且看下回分解。

第二十四回

米宗恺饮剑入泉台
仇玲姐挥拳击淫贼

话说米宗恺趁着蒋平向那班教徒低喝的时候，口里已暗暗地默念真言，只不敢念出声来，怕蒋平察觉了，会用剑杀死他。却在蒋平抖剑的当儿，米宗恺便随口叫出一声哎呀来，好奇怪，蒋平就在一眨眼的工夫，便不见米宗恺到哪里去了。但觉右手似乎仍拉住他的一个胳膊，那剑仍抖在他的胸脯上面。

蒋平圆睁怪眼，那眼里便露出一道一道闪电一般的光来，向着米宗恺在先立的方向滚来闪去。那眼光射到的地方，几似在日下用镜照在那没有日色的地方，现出反射的光来，这便是蒋平的元神射露。

蒋平一眼忽看见米宗恺仍站在那里，丝毫没有转移，口中还像似念着什么。

蒋平道："你这阴险狠毒的入娘贼，纵然你再使出比这类较重的法术来，难道能瞒过老子的一双法眼吗？老子多久就知你们白莲教的妖法可以瞒迷一班普通人的眼光，却不易用这妖法使老子在你面前翻一个跟斗。你若再这样鬼鬼祟祟，那就和你不客气了，你须不能怨老子的心肠狠毒。"

米宗恺听到这里，怎敢再在他这如来佛面前大翻其筋斗？

蒋平便向米宗恺冷笑了一声道："本来你在甘肃，我在湖北，强龙不斗地头蛇，无如你这东西要弄人家的妇女，就不问问来头。那仇家的女子，你知道她是我的什么人？却把她弄到你们这地方来，饱充你的口腹。要存心斗一斗我，我在南五省地方，走过了多少码头，并未见得有人敢和我斗斗，你说那女子是我的亲戚，不容你把她弄来，便是平常人家的妇女，谁不是人生父母养的。你这东西，却要吃了人家的肉，补自己的肉，胆敢造出这么大的恶孽。这事不听到我蒋平的耳朵里也就罢了，一听到我蒋平的耳朵里，轻则前来惩治你一番，重则一剑结果你的性命。你须得把那文县开客店姓仇的女子好好地交与我，以后发咒不吃人肉，并远离这甘肃地方，和白莲教脱离关系，老子便给你勾去这篇账。万一违背老子的教训，包管你立刻要死在老子手里。"

米宗恺听完这话，简直全身抖得和筛糠一样，知道自家所做的事已被他拆穿了，要瞒他终须是瞒不来的。到了这种生死的关头，也只好低头认罪，口里只说："求老英雄饶恕了我这一遭吧！一切均遵命办理便了。"心里却又估着那姓仇的女子未必便是蒋平的亲戚，但据蒋平的口风，已猜着他是为那仇玲姐而来。

米宗恺当时即向一班教徒吩咐了几句，叫他快把玲姐带得前来。那教徒去了好一会儿，才见他踉踉跄跄来了，说那姓仇的女子已不在那里了。这一句话，不但使米宗恺暗吃一惊，连蒋平听了，心里也有些惊诧起来。

这当儿，蒋平便听得空中有人大呼："蒋老英雄，仇玲姐已得了，你还在这里厮缠则甚？"

蒋平一听是史铎的声音，更加奇诧万分，但不知史铎是如何会到这里来，竟得了仇玲姐？

当下毫无疑惑，要一剑刺破米宗恺的心坎。却又听得空中一声叫道："蒋老英雄，你这会子还不去，更待何时……"

话犹未毕，众教徒见一道电光在他们头上闪了过去，再看米首领已兀自倒在地上，哪里还有什么蒋平呢？众教徒呐一声喊，便有许多教徒一齐到来，大家都束手无策，又不谙习飞行术，所学的白莲教的一些法术，明知可以伤害没有相干的人，却不能伤害蒋平，也只好让他兀自飞得去了。

再说蒋平那夜飞到空间，见有两道黑光在前飞着，飞得像流星一般快，看似距离自家约有二三里的光景，便拼命地向前赶去，哪里能赶得上呢？转瞬那黑光已飞得远远的，有些看不见了。

此时天上的月亮已落，布着淡淡的疏星，东方已吐出鱼肚白的颜色，旋飞旋看前面的两道黑光都不见了。蒋平暗想：方才是听得史铎一人的声音，怎么有两道黑光呢？史铎的飞行本领已是大得骇人，不料还有同史铎一样飞得起的好汉，但史铎既招呼我不要厮缠，却又为什么不等着我一路去？这几个疑团，委实有些不解。

这时，天光已亮，日间又不便运用运气飞腾的功夫，且懊悔昨夜不曾问及史铎寓居的地址，只好飞落在一座破庙旁边，打开庙门，在那破庙里休息了一日。庙中只有一个道士，年纪约有七十多岁，老态龙钟，身上只穿一件破棉袍，望去像似一个极穷苦极可怜的老道士。

蒋平略和那道士说了一番拜访的话，那老道士虽然穷苦，身份却非常高傲，像蒋平所说的话，拢共似没有一句听到他耳朵里。蒋平也懒得和他多说闲话，尽在他破庙里吃了两餐薄粥，还送给他一两银子。那老道士也收了他的银子，来不迎，去不送。

蒋平暗想：这老道士该当要穷苦到这个样子，旋想旋走出庙门。回头看那庙额上是写着"吕祖庙"三个金字，已经剥蚀得不成模样儿了。

这夜的月光甚是光洁，照在地上，如同铺了一层浓霜。蒋平出了吕祖庙，一路仍向文县飞去，刚飞到二更时候，已到了文县境界。蒋平在天空飞落下来，走进文县城内，仍到仇大寡妇那个客栈里去，把那茶房唤得前来，悄悄问她玲姐可回来没有。

那茶房一见是蒋平到了，口里不住叫着活菩萨，低声说："今早玲姑娘就回来了，是一个武装模样的人把她带得回来的。那人说是你老人家的朋友，是你老人家叫他去救出了玲姑娘，他并悄向这里老板娘说：'我那老朋友，已令我把你家姑娘从白莲教里救了回来，但我替你们母女设想，此处却非善地，难保白莲教教徒不再来骚扰。听你们说话的声音，却并不是甘肃的人氏，你们既是异乡人，何妨赶紧收拾收拾，立刻回归乡里去呢？倘然迟延下来，还要防着那些囚攮的前来兴妖作怪，你们女人家怎生对付得那厮们？不要再着了他们的道儿。我又不能和我那老朋友常在此地，那时再怕没有人来搭救你的女儿了。'老板娘母女听他这话，兀自不约而同扑通跪倒在地，磕头如捣蒜般，几乎都要把头皮磕破了，向那人感谢着。那人头也不回地出门去了。老板娘母女都肯听他的话，真个立刻收拾行李细软物件，把这客店权分给掌柜先生管理，她们母女都暂时回到家乡去了，却没有等你老人家前来叩几个头。"

蒋平听那茶房这一节话，心里很是诧异，便想到外面逛些时，再到这店里来住宿。

在文县街上逛了一会儿，恰见对面来了一人，这人一瞧到蒋平的眼里，不是史铎还有哪个？蒋平一见史铎，心里有许多话要对他问讯一番，只碍着街上人多，不好说话。不料史铎反将他的衣袖一拉，说："蒋老英雄，我们借一步说几句话。"

蒋平便随他一路走出城来。

史铎道："你要会一会仇家母女吗？我就带同老英雄一块儿去。"

一面说，一面早运足了飞腾功夫，一飞飞到空中，但飞得不像昨夜那般的快。蒋平也就跟着他飞到一座山头，知道这山唤作岷山，是甘肃省著名的大山。

这史铎本来是绿林中的一个巨擘，在岷山附近纠合了好些党羽，藏匿在一个山泊间，又招得几百个小喽啰，在那里屯粮落草，自大为王。

当由史铎把蒋平带到那聚义厅上，寨中的几个大小头目一一前来拜见蒋平。茶话之间，蒋平便问仇家的母女在什么地方。史铎急带同蒋平，一个转身，早走向后室去。

其时，早有史铎的妻子将仇家母女安置在一所房屋里面，听说蒋平来了，仇大寡妇便带同玲姐出来，见蒋平正坐在一张椅子上，仇大寡妇便不容分说，拉着玲姐，立刻插烛也似的拜将下去。蒋平要拦也拦不及，整整受她四拜。

那仇大寡妇也向蒋平行了礼，说："这孩子的性命都是恩公和史首领鼎力保全的了，不但保全她的性命，并且保全她的名节。我们母女都已发愿，要替恩公吃个长斋。"

蒋平笑道："好好，你们这番用心，也可算对得住史首领了。但玲姐出险的事迹，我一些不知道，你们也须得告诉我。"

那仇大寡妇便哽咽着给玲姐代诉出来，接着史铎也对蒋平说了一阵。原是那夜玲姐被米宗恺驱神役鬼，将她由文县弄到甘肃城里来。其时玲姐觉得被那些神兵神将隐约间带到一座寺观里面，早闻得仙音缥缈，笙管嗷嘈，闪出一对儿一对儿的红灯来。须臾玲姐被带入一间绣房里面，那房里的陈设，望去就像个神仙洞，却有十二个浓妆艳抹的仙姝，都是羽衣霓裳，高冠霞帔，就由为首的一个仙姝吐出呖呖的莺声道："娘娘勿惊，我家二郎爷爷转命奴婢们前来伴驾。"

玲姐惊道："你这是什么地方，你家二郎爷爷又是哪个?"

那仙姝道:"我们这里虽不是天上,却也不在人间,娘娘且别问二郎爷爷是谁,停会子自然明白。"

一会儿,那二郎爷爷来了,玲姐看他道冠黄履,生得粉面红唇,哪里像得画图上那个二郎爷爷的模样儿?只吓得心神别别地跳动,低下头来,只顾弄着衣角。

那二郎爷爷便向一众的仙姝笑道:"你们看我这位娘娘,和我相别还没有多日,好像忘却了本来了。我和她多久就注定有这点儿缘分,她到尘世间略一驻脚,怎么连我都认不得了?"

那些仙姝听了,都相视而笑,大家都在房里整饬一番。见床上锦帐高悬,香几上鲜花四溅,一张檀木台子上面,安放着一个香炉,烟丝袅袅,也不知焚的什么异香,但觉鼻孔里闻着一股非兰非麝的芳香气味。

这时,二郎爷爷便和玲姐对面坐定,回顾一个仙姝说道:"你快去弄些酒菜来,给我同娘娘吃个双杯。"

那仙姝一笑去了。

这玲姐却也是一个浪漫的女子,方才见那二郎爷爷和她坐个对面,早羞得她恨没有地缝可入,便斜着身子站起来,向里面望着。但她女孩儿家迷信神教的见识,比一班没有志识的愚夫愚妇还迷信得厉害,却听二郎爷爷吩咐那个仙姝,弄些酒菜上来。她那一颗芳心便暗想:他们仙宫里是什么规矩,堂还没有拜,倒要吃起交杯酒来?这个疑团,叫她委实有些了解不来。

一会儿,便从里面开上一席富贵酒来,早有几个仙姝将玲姐拉得同二郎爷爷并肩坐定。那二郎爷爷酒还没有吃，便偎着脸，乜着眼睛，只顾在玲姐花容上打转，大摆其风流阵。玲姐和他偎傍之间，也觉得骨节欲融，春心如醉，几乎有些情不自禁起来。却因这二郎爷爷竟不顾仙姝们在旁见了好笑，要和她口对口地灌酒，却越闹越不像话了。

玲姐这一惊非同小可，知道他不是什么二郎爷爷，不但天上没有这种混账的神仙，尘世间也没有这种混账的人物。到此时，才见自家已陷落在妖人的网里了，要挣脱却如何挣脱得开？已被那二郎爷爷一手揽着脖儿，一手捏住手，却将那个蜜甜甜的红唇紧偎在她的粉颊上，说："我和你神人虽殊，却体魄可接。我们赶快吃几杯酒，好了结我们的天注良缘吧！"一面说，一面早就口呷了半杯酒，要向玲姐樱口里递去。

这当儿，冷不防仇玲姐一扬那只手，打了他一巴掌，打在他的颊上，便破口地骂道："你这东西，毕竟是什么妖物？假装什么二郎爷爷，却无端地把我弄到这里来。你是什么东西，却配来戏弄我？我不打死你不甘心。"一面说，一面又握起粉团似的一个拳头，要向那二郎爷爷肋上打去。

那二郎爷爷早又把她那只手接得住了，也就横眉竖目地怒道："好个不识抬举的毛丫头，你死到临头，还要在我白莲教教主米宗恺前翻个跟斗？"

一面怒着，一面便喝了一声："来人！"

这一声不打紧，房外早拥进好几个佩剑男子来。米宗恺便向那些佩剑男子吩咐道："我既得不到她一个高兴，你们快将这毛丫头绑出去，把她身上的肉割得下来，好给我下酒。"

那些佩剑的男子听了,便不容分说,立刻将玲姐绳捆索绑起来,要拖到作房里去宰杀。

玲姐见这形状,已知自己的性命要断送在眼前了,一阵心酸。忽地想起她生身的母亲,禁不住粉腮泪落,随口便叫出一句"亲娘"来。

欲知后事如何,且看下回分解。

第二十五回

水牢惊奇侠处女完贞
破庙访异人英雄聚首

话说米宗恺听玲姐蓦地叫出一声"亲娘"来,他就疑惑玲姐终是个女孩儿家的心肠,被他吓得软了。又因玲姐是生得一副多么的好模样儿,便破例又令那些佩剑的男子给玲姐松了绑绳,便向玲姐冷笑了一声道:"我看你将就些顺从了我吧,我实对你讲,我有这点点法术,每晚总得弄一个小姑娘,陪我睡那么一觉。睡过了,还得将那小姑娘生烹活煮地煮肉给我下酒。就因你生得比她们俊,我由文县把你弄到这里来,本想你要陪我睡那么一觉,我便口里要淡出什么鸟东西,也不肯忍心吃你的肉。你若一味地拘执,不肯给我白莲教首领烧些好香,你有本领,能逃出我这地方一步吗?"

玲姐在先是将他当作一尊天神菩萨,所以就随随便便地愿嫁菩萨做妾。于今拆穿了他这西洋镜,知道他是个吃人不吐骨头的混世魔王,她如何便肯顺从了他呢?死是不算一回事,一个女孩儿家,只要能保全这清白的身体,一死怕他什么？玲姐拿定一死的主意，宁可把身上的肉给他吃，不能平白无故地破坏了自己的名节。当下无论米宗恺用怎样哄吓的手段恐吓她、骗诱的言语骗诱她，她总是骂不绝口。

米宗恺急得没法，便带着那些佩剑的男子，先自走开一步。

这里便由一个仙姝向玲姐劝道："我劝玲妹妹看穿了吧，这是爷爷爱你的，要是换一个小姑娘，爷爷就得把她缚在神仙床上，居然就风云起来，怕她要保全这身体，也保全不来了，爷爷试用过她的身体以后，还要吃她的肉。这回爷爷倒不要你的性命，要你做她的二夫人，这是何等便宜的事？若是爷爷的大夫人得病死了，你不就做大太太了吗？我们不幸做了女人，那么铅刀一割的苦痛，迟早是免不了的。你陪爷爷睡那么一觉，爷爷就更加爱你，拣好的给你穿、给你戴、给你吃、给你受用，你不是一个快活神仙吗？你顺从爷爷，在你身上原不觉就少了什么，你又何苦硬要走了那条死路呢？便是一死，也难保全了你的身体。"

玲姐听她这话，不由哭着骂道："死娼妇，你这是嚼的什么胡蛆？不要把我的耳朵都听得腌臜了！我的肉可吃，名节是不能破的。"

以后玲姐就无论她说出一本天书，总是在那里破口痛骂。

一会儿，米宗恺来了，问那仙姝是怎么样的。那仙姝便向玲姐努一努嘴，挤眼睛、做手势的，意思是告诉他还未将玲姐劝得转过意来。

米宗恺一时淫兴大作,知道今夜是得不到玲姐的一个高兴了,就拉过一个仙女,捉对儿在一张躺椅上面兴云布雨,闹得满室春光,好不缭乱。在米宗恺的意思,却想借此也引动处女的情怀,哪知玲姐心神一定,只装作耳无闻、目无见,像似入定的老僧一般。

米宗恺这时却偏要把玲姐的心肠哄骗得软了,不欲强行把她拉到神仙床上,干那没有味儿的勾当。当和那仙女度过了仙气以后,便拨了几个心腹的教徒,将玲姐暂押到水牢里去。

玲姐在水牢里过了一天,这一天中,也不知有多少的女人前来劝解她,她总是一百个不答应。直至那夜三更以后,那些女人都去寻她们的好梦,玲姐在水牢里很是苦痛难言,身体是被捆着不能自由,那睡魔更是远走高飞,寻它不着,便在那里哽哽咽咽地哭了一会儿,又想了一会儿。

约莫已到四更以后,忽听啪的一声响,觉有一阵很尖锐的怪风,直吹进水牢里来。这当儿,从暗暗灯光之下,看飞进了一条黑影,直把玲姐又吓得心里直跳起来。再一看,分明是一个奇奇怪怪的汉子,向她低声说道:"玲姐莫怕,我是来救你的。"

这话刚才说完,玲姐便觉身上一道一道的绑绳已被他用剑割得开来。玲姐还怕那人是白莲教的党羽,便问那人是谁。

那人道:"我不是白莲教教徒,我是史铎。"一面说,一面便负着玲姐,出了水牢。

看官要问史铎是如何前来？在这里还得补叙一笔。

原来史铎由那蒋平动身到甘肃省垣的时候，曾叫蒋平回来，有话再讲。蒋平倒疑史铎要禁止他不放他前去，任凭史铎在那里叫着，蒋平同没有听见的一样。史铎怕蒋平有万一的疏虞，救不出仇玲姐，心里便拿定主意，准备暗暗前去帮助他相机行事。一路便飞向甘肃省城而来，在离甘肃省城不远的地方，史铎又在那地方请来一个姓聂的朋友，帮助他一齐到白莲教里去走一遭。两人早知城内万寿寺中是白莲教的大本营，寺中未尝没有和尚，却被那些白莲教教徒鹊巢鸠占，反把那寺内的和尚都逐出山门。

这姓聂的朋友，在先曾到白莲教中暗探过几次，久已有心要和白莲教首领米宗恺为难，像白莲教的大本营里，如教堂、水牢这一类的地方，姓聂的朋友都已探听得明明白白，两人一齐鸦雀无声地飞到教堂上面，轻轻伏下。他们都是修过天耳通的，听屋里人说话的声音都能听得十分明了，史铎和那姓聂的朋友听蒋平在教堂里说话的腔调，像似吃得住米宗恺的样子，好在那水牢里的路径，在先姓聂的朋友已向史铎说了个仔细，便请史铎到水牢里，先把仇玲姐救得出来，他仍伏在那屋瓦上面，看风下棹。却因米宗恺已被蒋平扭得住了，白莲教的妖法虽然厉害，却不能伤害蒋平的一丝一发，倒也心安神稳。及见史铎真个把姓仇的女子救得来了，那姓聂的朋友便在屋上向史铎低低声打了一个暗号。史铎已明白他的意思，便在空中高呼着蒋老英雄，叫他不要再在那里厮缠了。好歹先把米宗恺结果了，意思是因米宗恺在这地方的白莲教里算个龙头，能够先将那米宗恺杀了,白莲教的势力虽大,正所谓龙无头不行,那些没有相干的无名鼠辈,正不摧残自灭。

史铎叫了一阵,又催了一阵,明知蒋平听得他两次催迫的声音,一定会把米宗恺结果了。

那姓聂的朋友这时已在空间飞旋着,回头看蒋平结果了米宗恺,在教堂里飞出来的时候,他已和史铎飞得去了。史铎和那姓聂的飞行法术要比蒋平高到十倍,史铎便在半路上和那姓聂的说了一声再会,以后那姓聂的朋友便回去见他的父亲了。

这次史铎不肯和蒋平偕行的意思,就因蒋平的飞行法术不及他们高,史铎要连夜把仇玲姐送回,吩咐他们迁居乐土,不要再着了白莲教教徒的道儿。却算得蒋平必要转到文县来,探问玲姐的消息。史铎日间要等着蒋平到来,总因为蒋平日间不便转用飞行的功夫,非得晚间二更以后,不能前来。又怕那仇家母女这回是返到她们四川的家乡去,一路上再被白莲教教徒运用法术将仇玲姐弄得去了。曾在暗中妥为保护,果然却不出史铎所料,仇家母女在半路之上,果被那些白莲教教徒呼风唤雨,把她们母女厮缠得开不了交。却幸得史铎到来,用剑术破了他们白莲教的法术。

其时日已衔山,史铎是个胸怀坦荡的英雄,只想保全得仇家母女的性命,毁誉祸福,都在所不计,便将她们母女二人并肩负在肩头,一路飞到岷山,将她们母女安置妥当已毕,却由岷山又转到文县来。在那文县街衢之上,和蒋平碰个对面,便将蒋平带到自家的山寨子里。当由仇家母女拜谢蒋平以后,蒋平问明她们出险的事迹,看她们母女有了避风的地方，倒不消虑得，却惦挂着那个姓聂的朋友既有这么大的飞行本领，这回要扑灭白莲教的余党，就得请他出来，一不做，二不休，同大家痛痛快快地杀一下子，好为这甘肃地方除掉那些害群之马。心里这么一想，口里便对史铎说出要拜访那姓聂的朋友的话。

史铎道："这姓聂的朋友，名唤铁菩萨聂乃武，他父亲聂春阳，却是这甘肃省地方的一位隐君子。聂乃武的本领完全由他父亲教练出来，老英雄要访他，我便和老英雄一路去。"

说到这里，外面喽啰前来，请他们到聚义厅上吃酒。蒋平在席间和寨中几个头目又议论除灭教徒的办法，他们那些大小头目，一个个都也有一手的好本领，很愿把一班白莲教扑灭了，大家都有跃跃欲试的气概。

一时酒席终场，史铎便和蒋平出了山寨，一路向东南飞去。约飞有两个小时，方才落下地来，恰落在一座破庙外面。蒋平看那庙外的景况，和昨日所歇的一座破庙仿佛无二，再看那庙门额上，写着"吕祖庙"三个金字，虽然剥蚀得不成模样，尚可以辨认出来。

蒋平暗想：记得这庙里有个穷道士，性格十分高傲，莫非这道士便是聂乃武的父亲聂春阳吗？果然他是聂春阳，就得怪我的两个眼睛太瞎，认不得人，倒不能怪他对我白眼相看了。但是我看他的行径毫没有什么奇异的路数，可见得天下的奇人异士，所有的奇异行径，真不易使人辨认出来。

蒋平在那里想着，史铎在这里敲着庙门，便有一人应声而出，忙问是谁。

史铎道："我姓史，我是史铎。"

那人听得是史铎的声音，便把门开放了，让着蒋平、史铎二人进来。

那人便向史铎问道："这位可是蒋老英雄？"

史铎道："怎么不是？他是特地偕我前来拜访聂兄的。"

那人正是聂乃武，听了史铎的话，便笑了一声道："日间兄弟因去探访一个亲戚，回来听家父说，有个湖北人蒋平，在庙里住歇了一夜，临行还得送下一两银子。家父实不知是蒋老英雄到来，招待未免不周，一切都望老英雄包涵。"

蒋平听了，心里更有些惭愧起来，觉得聂乃武这派冷嘲热讽的话，他笑时的神态比怒时的还难受。当向聂乃武说了几句倾慕的衷曲，大家便一齐坐到客堂里。

蒋平道："令尊大人可睡也未？我们当进去给他老人家请一个安。"

乃武道："托老英雄的福，家君尚未安寝，无须老英雄前去，立刻即出来了。"

正说时，里面有脚步声响，随即有一个七十来岁的龙钟老道士，手里拿着一个黑旱烟筒，缓步走了出来。蒋平一看，果然是日间所见的那个老道士，慌忙迎接上去，脱口就叫出一个"老仁叔"来。

聂春阳因蒋平这番的态度谦恭得很，便也转换日间傲慢的神情，和蒋平招呼起来。

这里，蒋平、史铎二人要向那聂春阳拜下去，早被聂春阳用两手将他们搀扶起来。蒋平觉得聂春阳搀扶他的手势很是沉重,心里非常佩服。

主宾茶话已毕,史铎便说出扑灭白莲教的意思。

聂春阳道:"老朽生性顽劣,这些事全仗蒋老英雄和史大哥担当,老朽也得令武儿助你们一臂之力。但这事须得由蒋老英雄出面,若叫武儿出面,外边人知道老朽父子有这一点儿能耐,就惹得许多人要来寻老朽父子,帮忙的帮忙,作对的作对,老朽这穷日子就更过不安闲了。蒋老英雄休得疑老朽是过谦之辞,老朽向来说话,说一句就是一句,老英雄其许我。"

蒋平道:"这个叫我何敢有占武兄?"

一句话才出口,忽地聂春阳变了脸色。

蒋平慌忙换过话来,说道:"老仁叔不要动怒,一切均听尊命便了。"

聂春阳听完这话,才转换了笑容。当夜便令乃武同蒋平、史铎到岷山去,便由蒋平出面,又招集甘肃地方上的一班绿林侠盗到岷山聚齐,由蒋平分别遣发他们到各处去扑灭白莲教的机关。如果遇到那些囚攘施展出什么法术,就得用狗血破解,所有蒋平、聂乃武、史铎等和山寨子里几个有名的头目,也就轮流出发,不容白莲教教徒再在甘肃及南五省地方有容身所在。

那些白莲教教徒自丧去米宗恺这个首领,一时停止了传教的工作。却又碰到蒋平的一班同志分散在各处地方,要和白莲教为难,硬功夫本来敌不过他们,那些撒豆成兵、剪纸为人的法术,又被他们用狗血破解得没有灵验,一时死的死，伤的伤，这偌大的一个白莲教登时便坍倒下来。

那时周猛在白莲教中不曾被伤害了性命，却也算得个漏网之鱼了（笔墨仍转到周猛身上，所叙蒋平铲灭白莲教，却连带叙出聂家父子及史铎等人，盖预为下集书中作第二步伏线，故不惮缕缕如此），却不料这会子转又落到蒋平的手掌心里。

欲知后事如何，且看下回分解。

第二十六回

老侠客苦心诛怪杰
满天星辣手劫娇娃

话说蒋平那时铲灭了白莲教教徒以后，不但仇家母女感谢他的恩典，都替他吃了个长斋，便是甘肃地方的人民，曾被白莲教教徒屠害逼迫的，听蒋平做出这番惊人的举动，家家都暗地给蒋平供了个长生牌位。只有一班做官的人，地方上既没有白莲教的机关，哪里再能得到白莲教的分文孝敬？但也没有法替白莲教人撑回场面，也就罢了。

蒋平看甘肃的人民这样地感激他，倒不好意思在那里做一回买卖，临行的时候，只得到史铎的一些赆银。回到湖北，却没有到甘肃去过一次，怕露了甘肃人民的耳目，识破他是个惊人的奇侠，也没有将这话对杏姐、桂姐说明。

就因蒋平在外面做那些行侠尚义的勾当，连妻女家人都不肯轻易说出来的。不图事隔十五年后，恶冤家偏逢窄路，却在满天星周猛家里，被周猛将他用熏香药迷翻了，好报复蒋平十五年前扑灭白莲教的大仇，连带又要害却陆剑鸣、雷豹、桂姐的性命。就因那时没有到桂姐房中用熏香迷翻了桂姐，却被桂姐无意间识破他的行径，悄悄用点拿的功夫，将他点得不能动弹，因此救得蒋平、剑鸣、雷豹三人的性命。

这些情节，在二十一回书中申明过了，这番也只得略叙一笔。

那时蒋平因周猛亲口说出十五年前的冤仇，方才恍然明白过来，便向剑鸣等人破例似的约略说了一个大概。又向周猛问道："我看米宗恺那厮的本领不见得比你高强，讲到你们白莲教的法术，只可以欺骗一班没有相干的人，如何吓得真有本领的好汉？你也生就得这副筋骨，米宗恺本不将你提拔在白莲教里做一回首领，陆先生却将你倚为股肱的援助。你若是恩怨了了的汉子，为什么反替米宗恺报仇，杀害我老蒋，却不要替陆先生报仇，反因要杀害我老蒋，又将剑鸣兄和这位雷大哥都连带要将他们一齐杀害了呢？你这天杀的东西，是安的什么心眼？"

周猛道："我生平对人的恩怨没有不分明的，陆春田怎比得我们当初白莲教的米首领？米首领虽未提拔我做一个副首领，我在他白莲教里却能享人所不能享的福，都是米首领给我享的。我那时饮水思源，如何不把米首领感激得五体投地呢？陆春田虽然是瞧得起我，把我当作是他的心腹，我在他那里东奔西走，却倒吃人所不能吃的苦，都是陆春田给我吃的。我这时细想起来，还有什么顾忌，不杀灭剑鸣，砍掉你姓蒋的一只膀臂，却反要顾全他的性命呢？说到这活猴狲雷豹，只能算是我的酒肉朋友，如今他既和你姓蒋的呼同一气，还算得是我的朋友吗？我不能将你们男女四人一股拢儿给你们当面现开销，总算你们的造化大，我姓周的没有造化。事情糟到这般地步，要杀便杀，要剐便剐，说多了都是废话，老子也休想有个活命。"

蒋平在先看周猛好个汉子，想收为己用，却不忍结果了他。于今既知他是白莲教的漏网之鱼，且其为人阴险狠毒都到了极处，不杀反贻后患。当下便挥起一剑，把他那一颗首级割得下了。方要揩去剑上的血迹插入鞘中，和剑鸣、桂姐等出房。这时，忽然从房外蹿进一个蛾眉蝉首的少妇来，手里却也提着一支宝剑，显出要和人厮杀的样子。桂姐却认得这少妇便是周猛的浑家了。

这少妇忽见周猛已被杀死一边，禁不住开颜一笑，要向蒋平等四位男女英雄叩头，倒把蒋平等弄得莫名其妙，一个个都按剑而立，看这少妇究竟有什么举动。

这少妇向他们拜了一会儿，兀自站起身来，指着周猛的尸级，很斩截地骂道："我恨你烧死了我的全家，奸污了我的身体，我多久就得给你这脑袋迁都，泄去我胸中这口毒气。却畏怯你的本领和法术都大得很，不敢下你的毒手。如今也许有前来给我报仇的人，我的怨恨也可消除了。"旋说旋又挥起手中的剑，在周猛尸级上面，横一剑竖一剑，挪了几下。

桂姐见这形状，便问她是怎么一回事："我们杀了你的丈夫，你不但不给你丈夫报仇，反把他已死的遗骸要挪得稀烂。你纵然怨恨他，总算你们是个夫妻，当初你又是错了一步，何以就该怨恨他到这般地步？"

那少妇未及回答，剑鸣便走近桂姐身旁，拉着她的衣袖说道:"妹妹仔细,休吃这毒妇骗了,被人笑话。"

雷豹也嚷道:"可不是的吗?我往常见这贼人和周猛那厮好得了不得,怎么倒说自己是周猛的仇家了?周猛既杀了她家的人,她竟和仇人结欢喜缘,当时既不能死,又不能报复前仇,徒然却在这时候说着来杀周猛。这些话恐怕连哄骗三岁小孩儿也哄骗不了。"

蒋平也说道:"无论他和周猛夫妻之间是要好也好,是仇家也好,但她终是周猛的妻子。我既杀了周猛,却也饶她不得。"

那少妇听了,便急得头上的汗珠子有黄豆大,一句话也说不出来。

桂姐见这形状,便笑道:"急是急不出道理来的,我却来转问你一句,你还是真个给你全家报仇,还是给周猛报仇呢?若说真个给你全家报仇,你却和周猛有好多时的夫妻。我父亲杀了周猛,你却又忍心下这样的毒手,倚势逼迫人家女儿的,看了这种榜样,也就有些戒心了。若说要给周猛报仇,那周猛却是一个无恶不作的东西,你用这样的手段,叫我们不疑你包藏祸心,你的机能更比周猛强,心思更比寻常报仇的苦辣,但你是给无恶不作的周猛报仇,虽然你是他的妻子,这心思却用得太不值了,未必我们便上你的圈套。现今就算你的话说得不错,你可有什么证据没有?"

那少妇被她一句提醒,说:"怎么没有?"说着,便也顾不得什么羞耻了,把左膀臂裸袒出来给桂姐看。

桂姐看她那粉嫩雪白的大膀子上有好些剑戳火烫的伤

疤，还咬着许多的齿痕，看来并不是新伤的模样，便又盘问好多要紧的话。

那少妇总答得一丝没有走板，又不禁流下泪来，说："奴是江西萍乡人，闺名唤作玉兰，奴父蔡京耀，是萍乡县里一个数一数二的财主，却被周猛这厮偶然间看上了小阿奴，就在黑夜里放起一把火来。我家住的是个独家村，又在那人烟稀少的地方，不是市镇都会，一家失火左邻右舍容易发觉，都得前来把火扑灭了的；我家失了火，却又在隆冬的天气，哪里有人前来解救？何况他的法术高强，引火的东西早已搬运在上风的地方，烧起来就冒穿屋顶，风行火势，火助风威，可怜将我家全家的男女老少，连小厮佣仆，共计一十九人，除去小阿奴，还有一十八人，都在睡梦中被火烧得焦头烂额，休说要逃出火场一步，便是醒来再死也不能了。

"那时小阿奴早在房里没有睡着，忽然看见窗前一阵火光要穿进窗内来，照见外面的房屋，看要烧成了一片焦土。忽然从窗外火光中，飞进一个满脸胡麻的男子来，这男子便是周猛。小阿奴一眼看见他来了，还疑他是热心救火的人，事急忘记避免嫌疑，竟求这东西把我救出火坑。他却一把将小阿奴抱在怀中，竟在火光中飞来闪去，将小阿奴救得出来，复又在上风捆了一大包的金银。小阿奴却不知他这金银是哪里来的，他又将奴连同这一大包的金银系在背上。

"小阿奴看自家的房屋都烧尽了，知道父母家人一股拢儿都已葬身在火窟中了，真比拿刀割奴的心肝还痛。看他这当儿从平地上一跳有六七丈高,竟似腾云驾雾般,把小阿奴带到他这家里来,要小阿奴和他做一对儿天长地久的夫妻。

"那时小阿奴尚以为自家的性命是他从火坑里救出来的,小阿奴要对于嫁的这种大事,须得由自己看中的人物。他的年纪比小阿奴大,脸上还圈着好些麻子,叫小阿奴怎么肯愿意嫁他呢?总因他是小阿奴的救命恩人,心里虽不愿嫁他,这句话却叫奴如何说得出口?但要求他能把父母的遗骸搬到这地方葬了,休说他要娶小阿奴为妻,便是做他一房的妾小,奴都情愿。这是小阿奴在第一天说的话。

"到了第二天,他便将奴父母已经烧毁不完全的骸骨弄得来了。小阿奴尚不信这便是父母的骸骨,用金针刺破了手指,把指上的血滴在那烧毁不完全的骸骨上,却能入骨三分,怎么不是奴父母的骸骨呢?

"他葬了奴的父母,小阿奴也只得和他成了家室,并且夫妻之间向没有反唇诟诨的事叫他烦恼。两年之内,又生了一个孩子,他便教给小阿奴一些剑功法术。但小阿奴因他用钱用得太挥霍了,用完了又会把整千成百的金银弄到家里来。小阿奴只不知他是从什么地方得来的金银,乘他在房里吃醉酒的时候,悄悄地问他一回。

"他说:'我一生的幸福都在这法术上得来,休说这些金银,真是取之无穷,用之不竭。便是你和我儿这两块心头肉,也在法术上得来,不是我当初在你家里放火……'他说到这里,便缩住了。

"小阿奴不禁有些诧异起来,暗忖:据他说这话的口风,好像当初这火便是他放的,却曾听他说见我家失了火,他无意间在火坑中救了小阿奴,他说的这些假话,小阿奴却信以为真。于今他在醉后要说出真言来了,却仍是半吞半吐地不肯完全说出。

"当时奴便问他:'当初你在我家放些什么?'他越是不肯再说,小阿奴越是问得凶。

"他被奴逼问得无可推诿,并且已有八九分的醉性,便呢呢喃喃地向小阿奴笑道:'我和你总算是恩爱的夫妻,孩子又养得这么大了。当初的事,终究是瞒你不来,不是我在你家放起一把火,把你父母家人都烧死了,从火坑里将你救得出来,我纵有这法术能奸了你的身体,却不能买你的心,你如何会和我做个天长地久的夫妻,养下这白白胖胖的小孩子来呢?'

"小阿奴听到这里,一失声,把眼泪鼻涕都哭出来了,竟对他说了一句:'你好你好!'

"他见小阿奴面上的神气不对,便推起酒杯子,一把将小阿奴拉到房里,要打奴一个下马威。这时候,小阿奴恨他的心肠也就恨到了极顶,然而转过心来一想,他既烧死了奴的全家,又骗了奴的身体,这样血海的冤仇,奴不杀了他不甘心。就这么吃他打死了,那么更有谁来给奴全家报仇呢?

"小阿奴不想到这一层也就罢了,一想到这一层,转又现出害怕的样子来,扑地跪倒在地,口里还不住地央告他说:'好人,你烧死了我的爷娘,我没有不伤心。但我于今已做了你的妻子,生米也煮成了熟饭,一块肉又生了下来。

我和你这几年的恩爱，纵有海样深的冤仇，也就从中取消了。我既不记你的前仇，你又何苦忍心打我？要打得奴生疼的。'

"他虽是个残忍刻毒的东西，却禁不起小阿奴的三句软话，早说得他的心肠软了，说：'好个精灵促狭的贱妮子，我权且寄下你这性命来。'说着，便不作声了，先自上床睡去。

"小阿奴那夜见他鼻子里打出呼声，像似已经睡着了的样子，便悄悄拔取手中的剑，向他胸窝里只一刺，一抽剑，血便随着直喷上来，溅在帐顶上答答地响。小阿奴当时禁不住对他尸级说了一声：'我不杀了你，却对不起我的全家……''家'字刚说出口，却听背后有人喝出很严厉的声音道：'玉兰，你的心肠也就毒辣到这般地步。'

"小阿奴登时听得那人的一声大喝，已是吃惊不小，回头一看，看他横眉竖目，带着几分醉容，那横一路竖一路的麻子，一个麻子里都发出一些红光来，不是周猛还是哪个？奴就吓得一颗心儿乎要从口里跳出来。

"他复又向奴冷冷地一笑，说：'你要杀了我，替你全家报仇，却有什么用处？倒杀了我一个替身。'边说边将奴一把拉过来，夺取奴手中的剑，又用那只手在左膀子上一捏，就趁势把我的上衣剥脱开来，用剑在这左膀子上刺着，用火在奴这膀子上烫着，用牙齿在奴这膀子上咬着，真个要痛死小阿奴也。"

毕竟玉兰又说出什么话来，欲知后事如何，且看下回分解。

第二十七回

娇鸟脱樊笼春生锦帐
情天增怅望泪洒空山

　　话说蔡玉兰复又向下说道:"他那时才又要挥剑将小阿奴结果了,忽听房里那未经周岁的小孩子哭哭啼啼唤了一声姆妈,这孩子是才在睡梦中醒过来的。他看着小孩子唤着姆妈的神情,便有些不肯再杀了。奴见他这般情状,又苦苦地央告他,求他饶免奴一条活命,下次再不敢了。他当时虽没有把奴杀死,却处处存着防范的心思。

　　"似这么又过了一年,小孩子出着天花死了。小阿奴更扁扁伏伏地跟着他过这日月,毫无一些怨恨的神情。他见小阿奴已被他慑服得住了,不敢再在他面前翻一个筋斗,什么事都可以依从他,却将这防范的心思渐渐松懈下来,反把奴当作是他心头的肉。

　　"小阿奴在表面上像似同他一双两好地过着惬意日子,帮助他用白莲教法术弄些钱来,供他的挥霍。其实小阿奴心里就同刀剜的一样,多久就想乘便再下他的毒手,恰没有这种机会,想不到今夜蒋老英雄等人会走得前来。

"小阿奴因这东西叫奴将小姐带到一间静室里安歇了,因想老英雄等的行径,在江湖上却算得是个鸡群之鹤,若知道这东西烧死奴的全家、骗了奴的身体,却不用小阿奴自去请求,自能给奴报复全家十八口的大仇,把这东西活活处死,叫奴泄去胸中这口毒气。那时小阿奴见他没有回房,抽个空儿,想到小姐卧房里去,把肺腑里话对小姐掏示出来,请小姐和老英雄等可怜奴的深仇奇辱,乘这东西的不备,结果了他。不但老英雄等除去了地方上一匹害马,奴的大仇,就此也洗雪了。谁知到得小姐的房里,却扑了一个空。

"小阿奴就疑惑小姐是到这房里来,便转至这里来寻小姐,远远就见得家里用的人有些惊慌起来。小阿奴便问他们什么事慌张到这个样子,就有两个女婢,向小阿奴附耳说了几句。小阿奴立刻回房,拿取手中所使的剑,吩咐他们不用惊慌,便到这房里来,搠他几剑,也叫死去的爷娘英魂安慰。

"老英雄若疑惑奴是安着什么歹心,好在奴这时也不愿再生在这世界上了。"

说到这里,那眼泪就像撒豆子般洒了下来,照定那墙壁上一头碰去。

蒋平、剑鸣、桂姐等人已看穿她这样的神情不是做作,在她那一头碰下来的时候,不禁暗吃一惊。幸得雷豹手脚灵快,早一把将她扯住,说:"你这话讲得不错,我们已看透你的心胆了。"

蔡玉兰也只是得帆便转,当时又向蒋平等各个叩谢一番。蒋平很可怜她这个好模样儿误嫁了匪人,虽然大仇已报,像她这样的没脚蟹,终究得不到个好结果收场,便从中介绍,竟将玉兰配与雷豹为妻。周家的仆婢等人都听受雷豹、玉兰的驱使,玉兰竟将周猛的尸骸埋在一个枯井里。雷豹和玉兰伉俪之间也极其浓笃。

蒋平、剑鸣、桂姐等人在那里住了几日,剑鸣想起他父亲的大仇,便同蒋平父女商量了一阵,一齐飞奔嵩山而来,想请峻嵩老和尚、悟能老尼一齐出山,再图恢复的大计。

他们到了法华寺里,却不料峻嵩老和尚已不在寺中了,连那老尼悟能和桂姐的姊姊杏姐却也不在观音寺里。法华寺的和尚都不言明他们这一个和尚、一个尼姑、一个小姐是到哪里去了。

蒋平、剑鸣、桂姐三人在那里扑了一个空,蒋平没有法想,便兀自到甘肃去请史铎及聂乃武一齐出来(预为下集书中作第三步伏线),却令桂姐带同剑鸣到峨眉山去,须请苏天锡介绍,把八卦教教主季有光请来,便在嵩山分道扬镳,各向目的地而去。

在下一支笔,话不开两边的局势,单说剑鸣、桂姐那夜离开嵩山,直向峨眉而来,那峨眉山八卦教一个深深的山洞,却是桂姐的熟路。他们师兄妹两人到得山洞之中,见洞里空无一人,不但会不到八卦教教主季有光,连天锡、翠莲二人也不知到哪里去了,他们师兄妹俩好生诧异,在洞里又寻了个遍,便又走出洞外。

忽见一个小童在山涧边缓缓行着,向那山洞的所在而来。一眼见剑鸣、桂姐二人在山洞外逡巡着,便近前向桂姐问一声道:"小姐是不是蒋桂姐?"

桂姐在先却未和那小童会过一面,只不知他如何认得自家是蒋桂姐。看这小童的神情,并没有什么异人的行径,便随口应了一声:"我是蒋桂姐,你见了我有何话说?"

那小童点点头笑道:"峻老和尚的神通真个不错,早算得桂姐姐要到这地方来,却令我带上一封信,到这地方等着姐姐。说来很是凑巧,我刚到得这厢来,便会见了桂姐姐,你看老和尚的算法,准是不准?"

旋说旋从身边取出一封信来,交给了桂姐说道:"这信须得由姐姐和一个姓陆的拆看,这是老和尚亲口嘱令我的。信中说些什么,我不知道。"

桂姐一手接过信来,待要问那小童,峻老和尚现在什么地方。再看那小童已不见了,转来问剑鸣。

剑鸣道:"我只见师妹把信接得过来,好立刻想师妹把信拆开,看看师父信上是写些什么,两个眼睛只顾盯在信上,谁见小童是到哪里去呢?"

桂姐好生惊异,再用手把那信拆得开来,仔细一看,不禁脸上绯红了一阵。剑鸣早飞眼看那信中的话,分明老和尚要玉成他们师兄妹俩早订下白首的良缘,别的也没有什么要紧的话。不过老和尚和老尼悟能,及八卦教里的一众英雄和杏姐等人都被红莲教教主柏衍庆请得去了。

说到柏衍庆这个人在什么地方主持红莲教,桂姐和剑鸣都不知道,那信中只言须要好些岁月,师徒们才有见面的机会,并没有说是到季有光那里,要做怎么一回事(预为下集书中作第四步伏线)。

当由桂姐把那信已放在自己的怀中,却因剑鸣是他未婚的丈夫,只顾拿着一方手帕蒙住了脸,耳边却好听得剑鸣哭起来了。桂姐把手帕悄悄掀开一角,偷眼向山下一望,恰没有见到一个行人,听他哭声甚是凄惨,忍不住把手帕都掀开了,再看剑鸣仍在那里流着血泪,哭个不住。知道他是因访不到师父和季教主两人,不能把满奴驱逐出关,好报复他肩上的公仇、私仇。桂姐想了一番,心里打算有好多话要来慰藉他,到底有些含羞说不出口,禁不住睁定两个泪莹莹的眼睛看着他。

剑鸣哭了一会儿,便想到蒋老英雄到甘肃请史铎的事实上去。蒋老英雄的本领也还不弱,这回他老人家特地不远千里,到甘肃去请史铎等一众英雄,管许他们的本领,不但比蒋老英雄高强,还要在我和桂妹以上。剑鸣想到其间,心里也打算有好多话要问桂姐,只怕她害羞不便面问,也不由得向桂姐望了一眼,两对儿眼睛接触的时候,都肿得像红桃子一般。剑鸣便不禁喊了一声:"我的桂妹!我哭了,怎么你也哭得这个样子?"

剑鸣只对她说了两句,却没有问及史铎的话,看她那珠泪仍在粉腮上滚个不住,无意间用衣袖来替她揩拭泪痕。桂姐不由脱口就唤了一声哥哥道:"请你放尊重些!"

剑鸣被她一句提醒,忙把手缩回了,又不好意思再向她问话,怕羞恼了她,叫她面子上太难为情,便仍然伏在山上痛哭起来。

忽听得有人向他附着耳朵,叽里咕噜说着什么似的。

剑鸣在伤痛的时候,总共一句也没有听得明白,忙转过脸来一看,那个腮颊就凑巧碰在桂姐的樱唇上,却见桂姐转不禁拿着那手帕替剑鸣揩抹眼角。剑鸣也不由脱口叫了一声妹妹道:"请你放尊重些!"

桂姐也被他提得醒了,慌忙和他分脱开来。

剑鸣忽向桂姐含泪说道:"师父的话,怕没有道理。"

桂姐听了,心里转有些怯怯起来,随即翻转了面皮哭道:"哥哥这话又有什么道理?"

剑鸣方才洒泪说道:"我难道就是个畜生?好歹总不晓得我们在先是怎样的关系,你也该清楚,不要说师父有这样的话,你就是我的师妹,也同我骨肉至亲一样,师父不会给我父亲报仇,我父母的骸骨未寒,却要妹妹和我订下了白头鸳侣,师父这话可还有什么道理?"

桂姐也哭道:"哎呀!哥哥,我虽是个女孩儿,向来不知道什么叫作害羞,却因师父信中的话,反使我有些羞怯起来。但这会子,如何能再对哥哥说什么害羞不害羞的?在哥哥的意思,以为你父母的骸骨未寒,便从中媒介,要我和你订下了白头鸳侣,未免在孝道上终有亏损。不错,你可知我和你这两颗心、两条肠子,多久就厮并在一处了。我在太行山卖艺的时候,一眼看见了你,不知怎么似的,我好像不愿和你顷刻离开,不过那时因我的父亲到来,在势却不能不暂且离开。我看你的神情也有些不愿离开我,见我和着我父亲到恶蝎村上去,看你甚是快快不乐,那种走一步怕走一步的行径,我一看就看得出来。原来你我在初会的时候,各人的心里已有了各人的路数了。师父不过是依顺你我二人的意思，便没有师父这一封信送来，我是不愿去嫁人了。难道你还有什么想头，在先却另有什么意中人，要娶她做老婆吗？我们均不是这样没有人格的人，却借重师父这一封信，我们的终身便算有个着落了。师父却叫你我早订下白首的鸳侣，在你的意思，说是父母骸骨未寒，不当谈到婚姻的话；在师父的意思，就怕你因父母的骸骨未寒、父仇未报，常思奋不顾身，冒险行事，把自家的性命看得比鸿毛还轻。万一有了什么差错，不但不能给父母报复大仇，陆家的血食也便从此而折，到头来你只落得个愚孝的名气，未免太不值了。却给你先订下了婚姻，绊住了你的脚步，叫你悟解那修身立命的道理，再谨慎行事，留这性命，为将来报复大仇的余地。你讲师父的话没有道理，你也该再还我一个道理。"

剑鸣哭道："我是明白了，但我有几句要紧的话，不得在预先在妹妹面前申明一下，师父给我们玉成了白首鸳侣，妹妹从此便生是陆家人，死作陆家妇了。我父母的大仇便同妹妹父母的大仇一样，妹妹从此随我相机报复大仇，寸步不和我离开，父母的大仇一日不报，我和妹妹都是一日不能安枕。妹妹因报复大仇而死，我不愿独生，万一我不幸因报仇而死，那么妹妹也要随我到泉下了。"

桂姐听了，忙掩泪说道："我的心，怎么你到这会子还不明白？世界上有你这样呆子吗？休论如今我和你的关系比师兄妹已更近一步了，便在师父这信未送来的时候，我要给你父母报仇，和你到嵩山来，再由嵩山转到峨眉山，都是和你两人一同前来，你我何尝寸步离开？纵把你父母的大仇同自己父母的大仇一样,你父母大仇一日不报,我纵是卧薪尝胆,想帮助你共图恢复,一日不把这河山恢复过来,不把那些脑满肠肥的骚鞑子杀个一干二净,我们总算这一日就枉生在世界上了。如果你因报仇而死,我是不能一死了事的,必须仍把这仇报得过来,好继承你父母的遗志。我以后虽不免一死,那么我到泉下,也有面目见你和你的父母了。如果我因报复而死,你何能轻身一死?那么你就这么容容易易地死了,我问你有何面目到泉下去见我和你的父母呢?我看你却终究没有这样呆。我方才向你附耳所说的话,你听明白了吗?我父亲到甘肃去请史铎,回来大约仍到嵩山,我们在此痛哭也是无益,不如仍转到嵩山,等我父亲回来,再行计划恢复的大计,你的意思以为怎样?"

剑鸣点点头,当和桂姐转到嵩山。等了两月,只不见蒋平回来。再由嵩山转到甘肃,预备到岷山去寻蒋平一番。谁知他们不到甘肃也就罢了,若到甘肃去寻蒋平,少不得半路上要惹出许多的风险出来。

欲知后事如何,且看下回分解。

第二十八回

蒋桂姐巧遇千里眼
鄟教主威镇六盘山

话说陆剑鸣在嵩山法华寺中等不到蒋平回来,便又同桂姐商量,准备到岷山去走一次。桂姐也极表同情,自己却换了一套男装,临行的时候,他们便和寺中知客师嘱托一番,如果蒋老英雄回嵩山来,须得在寺中等候他们前来,省得他们在嵩山回来的时候,又到这里扑一个空。他们嘱托过知客师这话以后,便向甘肃而来。

到了陕西西安境界,因为风雪所阻,不便前行,便在西安村镇间一个客店里住歇下来。当夜,剑鸣和桂姐却都住在一间房里,那房里布着两张卧榻、一张台子,旁边安着一炉暖融融的炭火。剑鸣在那房里和桂姐吃过了夜饭,时已二更,剑鸣推窗看外面的雨雪早已停止了,从黑云里吐出黯黯的月亮来,便来和桂姐商议,准备还给了房饭钱,趁今夜,运用运气飞腾的功夫,飞到甘肃境界。

这时候,忽听得客店前面人声嘈杂,内中有一人的声音最高,听他直嚷着道:"你这客店好不懂道理,难道这店是王爷开的？老子们住店给钱，一文也不会少，怎么你们这些囚攘，拿话来搪塞老子？你们漂亮些，赶快腾出几处房间来，给老子们睡觉。若再说个不字，老子改日前来，放他一把火，烧你娘的这个鸟铺。"

桂姐听这人的声音很熟，一时却想不起来，便同剑鸣赶到门首，远远就见有好些彪形汉子，都是攒拳怒目，恨不得将店里的人要吞下肚子的模样。

就中又有一人，他的眼睛最是厉害，江湖上早有千里独行眼的诨号，他一眼看见剑鸣、桂姐二人从里面走出来，虽然桂姐已改换男装，那个面庞再也瞒不过他的一双法眼，不禁失声向桂姐问道："喏喏，那不是蒋小姐吗？蒋小姐，你和老教师在我们太行山上不告而别，今日小姐又从哪里而来？"

说到这里，便又指着剑鸣说道："这位可不是陆师兄吗？难得我们在这里相逢，幸会幸会！"

剑鸣看着那些汉子共有七人，认得是太行山的十六霸中的七霸，姓名却叫不出来。桂姐也认得，那个和她打话的便是千里独行眼韩大铎，那个指东骂西、喉咙和轰天炮一样响的，便是一声雷秦虬，其余如银叫子时大鹤、赤须龙莘江、狗头虎米得胜、金钟罩祁国柱、独壁虎彭彪，共是七筹汉子，各把一对狗眼睛睁得起来，转不向店里的人嚷骂，只顾对着剑鸣、桂姐二人凝神望去。

桂姐因为自家的行藏已被他们识破了，勉强同剑鸣走出来，和他们招呼着。

那店主人见有人认识他们这七个强盗模样的人，便也不加阻拦，遂请他们到里面客堂间内坐定。

桂姐在旁说道："你们也不用怪这店主，委实这店里的房间都被客人占得满了。好在我和师兄今夜是要到岷山去的，那里可以腾出一个房间，你们大家都在那房间歇一夜也使得。"

时大鹤等听她这话，便由米得胜争先向他们两人说道："我们正想预备将来寻着小姐和陆阿哥二人，好同到六盘山酆俊酆大哥那里做一番名留千古的事。喜得今番在此遇着，便得请你们师兄妹两人一同到酆大哥那里入天地教，你们还要到岷山去干什么呢？"

桂姐未及回答，剑鸣便插嘴问道："酆大哥是何等人物？什么是天地教，你们到天地教要干什么名留千古的事？"

米得胜道："原来陆阿哥尚不知酆大哥是何等人物，就无怪不知天地教是干什么事的。那酆大哥是陕西人，还是个孝廉公，他这番建设天地教，是利用削木为人、剪纸为鸟的种种法术，广招四方的英雄，一齐入教。我们太行山一众弟兄，却被他们天地教教徒劝得改邪归正，都在酆大哥那里做了一个头目。天地教的主义，是和满奴做对头星，是给小百姓做救命主，那些入教的教徒都听受酆大哥的教律，一个个都抱着驱逐满奴、还我河山的志愿，我们酆大哥向不准教徒等众在六盘山附近地方乱动人民的一草一木。那些附近的居民都信仰酆大哥的仁勇出众、法力超群，把我们酆大哥当作是地方上的万家生佛，这也算是满奴的气数已尽，合该让给我们汉人，把这乾坤扭转过来，天地间才产生出酆大哥这样爱国的男儿来。

"起初我们恶蝎村的全伙到陕西来做几趟买卖，早听得六盘山上有酆大哥这么一个人物在那里招徕豪杰，我们众弟兄终觉做这绿林的买卖也没有什么味道了，我们胡乱学的一些不三不四的把式，老是东飘西荡，却不是个长策。若是不做这个买卖，便闲得没有饭吃、没有衣穿，不更辜负这七尺身躯吗？难得有天地教这条生路可走，我们不向酆大哥那里干一下子，还去做谁呢？便没有天地教教徒前来寻访我们，介绍入教，我们也会走到他那里去的。

"我们自从入教以来，多久都想到陆阿哥和小姐两人，想寻着你们一起入教。今天我们七弟兄适因在外边传播教宗，回到这地方来，却碰见陆阿哥和小姐都已来了，真个应得两句俗话：'踏破铁鞋无觅处，得来全不费功夫'，就请你们师兄妹两人，不可错过这样机会，大家一同到酆大哥那里就好了。"

剑鸣、桂姐听到这里，猜着这天地教是一类的邪教，和白莲教是一样的招摇惑众、哄骗愚民，比不得八卦教，更比不得红灯教，虽然驱逐满奴、还我河山是爱国英雄应做的事，但满人的气焰不是这类天地教所能扑灭，中国的山河也不是他们的武力能够光复过来。无论如何他们这类的邪教不能成大事，就使他们有这种能力推翻满清、还我国土，恐怕他们荼毒生灵的手段，比满奴还厉害十倍呢。

当时剑鸣、桂姐两人想到其间，便异口同声地向时大鹤推辞一番，即会了房饭钱，预备一齐动身到岷山去。

时大鹤等这回忽想起剑鸣、桂姐决定到岷山去，是要会岷山的史铎，这史铎却也算得江湖上的侠盗。他们此去岷山，却不是和史铎有意寻仇？这史铎可算他们呼同一气的人了。想到这里，便抢前一步，扯着剑鸣的衣袖问道："阿哥们这回到岷山去，可是寻访那飞行侠史铎不是？"

剑鸣尚未回答，桂姐道："你问我们到岷山去寻访史铎，你们在先可同他会过一面？他在岷山曾干些什么勾当？"

时大鹤道："你们如果到岷山去要访史铎，就用不着徒劳跋涉了。这史首领是甘肃道上一个有名的侠盗，他曾在岷山招兵买马，自大为王，却和我酆大哥是个志同道合的朋友，就被我们酆大哥请到六盘山上，坐了第二把交椅了。那史首领并且招徕得好些头脑，一齐入教，史首领在第一天入教，我们在第二天便出发了。究竟史首领招徕些什么人，我们却不知道。"

桂姐便问道："你这话可当真吗？"

时大鹤道："有什么不真？你们如不相信，就得到六盘山去访问一番，史首领不在那里，你们既不愿入教，我哄你们些什么来？史首领果在那里，你们就得相信我在真人面前不说假话。"

桂姐听了，兀自将信将疑，即同剑鸣向时大鹤等说了一声再会，竟走出店门去了。

时大鹤见他们出了店门，向莘江等丢个眼色，却在那里高谈阔论，说："史铎是如何的一个出色的英雄，在南五省地方和蒋老英雄并驾齐驱，江湖上人都说他们是左右手的两个大拇指，我们天地教里有他这么一个首领，如同平地添了羽翼一般。"

时大鹤说这话的意思,是防备剑鸣、桂姐转得前来,而窃听自家的私语。谈论了好一会儿工夫,大家又团在那张桌子上吃了些酒饭,估量剑鸣、桂姐二人已去得远了,大家便一齐走到剑鸣住的那间房里住下。

时大鹤便向莘江等说道:"这陆剑鸣和蒋桂姐两个太不是东西,他们是什么师兄妹?这种鬼鬼祟祟的事,怎瞒得我们的眼睛?我们本来看在蒋老英雄的份上,不记他女儿的前仇,好意将他们两个一齐请到天地教里干事,他们倒搭起松香架子来了。想起我们在恶蝎村上,在桂姐跟前栽过一个筋斗,她既不承认我们是个汉子,我若不用这言语哄骗他们上钩,好叫鄾大哥打他们一个金钟罩,我们也太对不起那已死的王阿哥王天虎了。"

莘江等听了,一齐说道:"时哥的话像似很有点儿道理,可是这两个东西本领也还了得,如果鄾大哥的法术吃不住他们,却又如何是好?"

时大鹤道:"我看鄾大哥的法术没有吃不了他们的,我们且不必回山,就在外边耳听好消息便了。"

不表时大鹤等在这里谈着秘密的话,再把这支笔转到剑鸣、桂姐身上,他们走出了店门,且不使用运气飞腾的功夫。在雪路约走有一箭多路,桂姐当问剑鸣说道:"你看宋胜等那些东西,我早久猜知他们终不是个正经路数,可是现今都已入了天地教了。时大鹤这个囚攮,却转来欺骗我们说史铎已在六盘山上坐了第二把交椅,意思是想将我们骗到六盘山上,弄假成真,却把我们硬拉入天地教里。

我们偏不会上他这当。"

剑鸣道："这话倒难说呢，我们现在总算不明了酆俊究竟是怎样的一个人物，安知他们这天地教就比不得八卦教、红灯教？如果他们这天地教因同八卦教、红莲教是一样的教律，安知史铎这个铁血的英雄就不到他们天地教去痛痛快快地干一下子？我们既不愿入他们天地教，那酆俊要硬拉我们入教又有什么用处？史铎若不在岷山，管许老英雄现今也要访到六盘山去了。我们就到六盘山去探望一回，这又何妨？"

桂姐听了，沉吟了一会儿，便拉着剑鸣说道："哥哥且在这里立等片时，妹妹去一会儿便来。"

剑鸣不依道："这便如何使得？无论我和妹妹不愿顷刻离开，且在这时候，我巴不得飞起两只膀子，到六盘山去会一会史铎和你父亲。"

桂姐道："我去悄听时大鹤那厮们的路径，人多了徒碍耳目。你我虽然不能离开，在势却又不能时时刻刻都聚拢在一处。你要到六盘山去，你不妨在先行着，立刻我就飞赶前来，包管我的飞行功夫能赶得上你。"

剑鸣估着桂姐要自家先行，她回过来却赶得自家一块儿去，她是要在情人面前卖弄自己的飞行本领。剑鸣哪肯违背她的心情，便一飞飞到空中，却飞得不大迅快，故意要表示他自己的飞行功夫有限，不及桂姐高强，却等桂姐回来赶上了他，叫桂姐心中欢喜。

桂姐见了，不禁暗暗点头，连忙也一飞飞上天空，人不知鬼不觉地飞到那客店地方，在那客堂间瓦屋上面，悄听多时。像时大鹤等那时在客堂间所说的话，他们说一句，桂姐听一句，果然确听得史铎是到六盘山上去了。

桂姐毫无疑惑，转身向六盘山飞去。月光下旋飞旋留神向前看去，却看不见有什么人在前面飞行着。桂姐疑惑剑鸣已经飞得远了，又向前飞去，约飞有半小时的工夫，仍不见前面空间有个人影子，芳心里却不禁有些突突跳动起来。约飞到离六盘山不远的地方，似乎见有两人在前面飞着，恰飞落在一个山谷中间，便不见了，桂姐便到山间飞落下来。

其时已是五更时分，山上的积雪凝结有二三寸厚，大略山中人都到黑甜乡中去了，桂姐忽见前面远远有一座红墙，露出一束灯光来，便走得几步。看那座红墙外面，有两个执刀的人厮守着。桂姐问他这是什么地方，那两人回说："是贞元庙，是我们天地教的总机关。"

桂姐便对那两人问道："今夜可有一个姓陆的，到你们这里寻访史首领吗？"

那两人都说："我们天地教，无论日夜时间，在这里出入的人太多了，谁认得谁是姓伍、姓陆？"

桂姐听罢，便要一步走进红墙。

那两人早把刀一架，成个七字形，口里只嚷着："挡驾！"

桂姐问他们是什么话。

那两人都说："拿来！"

桂姐问是拿什么来。

那两人回说："须拿得我们天地教证章出来，才配在我们天地教总机关地方行走。"

桂姐道："我不是天地教信徒,却没有证章。就烦你进去通报一声,说外面有个湖北人,姓蒋的,要会你们史首领史铎。"

那两人因这教里的首领太多,只不知谁是史首领,就由一人把刀在红墙上面悬灯的所在捺了一下,就听得当当当连响了数声。

这当儿,便从里面走出一个人来,喝问："是什么事?"

欲知后事如何,且看下回分解。

第二十九回

花枝怅望暗赚广寒仙
蝶梦迷离轻碎连城璧

话说那人听得当当当警铃作响,急从里面走出来,喝问是什么事。

就有一个执刀的人向他告道:"这里有个湖北人姓蒋的,要会我们教中的史铎史首领。"

那人听罢,向桂姐打量一番,看她这模样儿,是个游侠少年的装束,便向桂姐笑道:"蒋兄且在这里稍息些,我立刻进去通报便了。"

一面说,一面抽身入内。一会子,便见那人又走得出来,说:"我们史首领,有请蒋小英雄呢!"

桂姐便随着那人走进庙门,穿过了好些殿门,最后走到一大间后殿上面。殿上灯烛齐明,下面铺着红毯,两边分排着好几十张虎皮椅子,殿中间坐着一个年纪在三十开外的中年人,生得剑眉虎眼,头上戴着一顶貂皮暖帽,穿一件天青缎的狐裘,外罩一件古铜色的马甲,胸前镶着一个红红的太阳,胸后又镶着一个半边的新月,脚上踏着一双红红绿绿金木水火土的五星鞋子,那样奇怪的服装,就在古小说书画图上面也没有见过。身旁也站立了几个道童,两边的椅子上却没有坐着一人。

当时桂姐看他那个样子,就不由暗暗地叫了一声哎呀,心想:这哪里是个史铎?史铎的面貌我虽没有见过,但在十五年前,已在甘肃地方干那么一件惊天动地的事,他的年纪准许和我父亲差不多,少年人在江湖上行走,纵有他那样武术,也没有他那样的声名。这人只有三十来岁,又坐在当中一把虎皮椅子上,这分明是天地教的教主鄞俊,哪里是个史铎?

桂姐一面想,一面走到殿上,看那人已立起身来,两眼只顾在桂姐面庞上打了几个转,随即向桂姐请示一番。桂姐随口说了一个名字,说是湖北蒋桂。那人却不待桂姐去请示他,我知看官早猜着是天地教的教主鄞俊了。

当下鄞俊请桂姐坐定,茶话已毕,桂姐便问:"史首领史铎是在什么地方,可有一个姓陆的来拜访史首领没有?"

鄞俊道:"蒋兄要问史铎干什么呢?"

桂姐道:"史铎是兄弟的父执,这回家父特地到甘肃去拜访他,兄弟在西安时,听得贵教时大鹤时首领说,史首领已在贵教坐了第二把交椅了。"

鄞俊听了,不由讶然问道:"蒋兄可是赤砂手蒋老英雄的小少爷吗?"

桂姐道:"家父在南五省地方本有点点的声名,教主可曾和他老人家会过没有?"

鄞俊道:"蒋老英雄在南五省境界,哪一个不知道他老人家的大名？兄弟虽没有得见前辈老英雄的风采，却听史首领说，在十五年前，老英雄和他在甘肃地方扑杀了那个白莲教教主米宗恺。兄弟虽一时不能拜谒蒋老英雄，却得见蒋少爷，这也算是三生有幸！蒋少爷要会史首领吗？就随兄弟来吧！"边说边牵着桂姐的手往里面走。

桂姐觉得他那一手来得有千钧的气力，知道他是学过千斤闸的，这千斤闸本非真实功夫，却是一种魔术，不过这种魔术非同剪纸为人、削木为鸟的魔术可比，不容易练得成功，练成了同真实功夫一样，不拘何地，不拘何时，皆可以应用。会使千斤闸的人用起法来，不拘有什么本领的人，只被他一把拉住了，你要想挣脱，却也挣脱不开，并且四肢麻痛，一身的本领，不知跑到哪里去了。

蒋桂姐的软硬功夫也还不弱，却被鄢俊这一手扯住，四肢都不能动弹，就任凭他如拉着三岁的孩童一般，穿堂过户，走到一间极艳丽的房里。桂姐见房里空无一人，不禁有些害怕起来，暗想：这鄢俊说史铎现在此处，何以房内又没有人呢？

那鄢俊一手拉住桂姐，一手用指头在东壁上推了一下，才一转眼工夫，砉的一声响，那墙壁裂开了，便从墙壁中间穿出一个云梯来。

鄢俊便指着那云梯说道："请你走下去吧！我们这里哪有什么史首领？那史铎却也是我的仇人，你此番到我这里来询问史铎，管许和史铎是一条路径。我本当在此地用一拳打死你，打你也算打的史铎，但因你身体上却比史铎少了一件东西，你这两个耳孔，却逃不过我这一双法眼，对你佛眼相看，拿你进宫取乐，你尽管放胆走下去。我若存心要取你的性命，不拘怎样下手，总是逃不了的。"

桂姐听了，这一惊非同小可，自己本不愿走上云梯，然那只手已被鄢俊扯得住了，好像两脚凌空，立刻被鄢俊轻轻提住，一步高似一步，走到一座暖楼上面，下边的云梯已自由自性地撤得去了。那暖楼并不甚大，一张满天云的牙床两边，立着一对儿三尺高的金质烛台，红烛高烧，含有几分春意，并且楼上陈设得花一团锦一簇的，就像个小姐的卧房。

那鄢俊便将桂姐拉在一张矮桌旁边，仍然扯着她的手笑道："蒋小姐，可知我这地方非经我呼唤，不许人轻近一步的。蒋小姐能够到这地方来，不可不谓小姐与我无缘，我们就在这云床上结个大缘，好盘肠大战，战他个人不歇甲、马不停蹄。"

桂姐听了，只装着老实没有理会的模样，两眼兀自一翻，便向着鄢俊笑道："鄢教主，你这话叫人听了不懂，我是湖北蒋桂，因和一个姓陆的师兄到岷山去寻史铎。却在西安地方，听贵教时首领说，史铎已在六盘山上坐了第二把交椅，我才由西安到教主这边来，半路上却不见了我那个姓陆的师兄。我见了教主，你就将我引到这厢里，教主和史铎有仇，却和我姓蒋的无仇，教主却又不要取了我的性命，把我带到这里，有什么用处呢？"

鄢俊听她说完，便哈哈笑道："这一派话就用不着说了，若道你是个男子，你随身带的一件法宝就假不来，却如何肯听你的花言巧语，不和你结个大缘？休论你尽穿了一身的男装,安着这一对儿假大脚,却看你那两耳间挖着两个针孔,哪怕你就是个男子,我也得把你看真是一位红花的幼女,由你冒充着男子就行了吗?我看你乖乖地陪本教主睡这一觉吧!你心里虽不愿意,到了这种关节,还有什么方法能避免这不愿意的勾当呢?"

桂姐本来生得火一般的性格、铁一般的心肠,若在未和剑鸣会面以前,她纵然陷落在别人的网里,宁死也不肯向这人说出半句告饶的话。于今她心坎里既有了陆剑鸣,这身体虽未和剑鸣贴肉沾唇,好合尚没有一次,却又经峻嵩老和尚的一封信,已订成了他们俩的婚姻,她这颗心多久就系在剑鸣的心里,连脾气都改变了。那时她心里暗想:剑鸣和自己一分手便会离开,造化弄人也不是这样的弄法,打算到这六盘山来寻着史铎,或者可以连带会见了剑鸣师兄,哪知已完全上了这厮们的当了。可怜剑鸣尚不知在什么地方,日后知道我死在这东西的手里,他那一颗心却是没有放处,叫他还有什么生趣?想到这断肠之处,也不由凄然泪下,便向着酆俊苦苦求道:"教主,放过了我吧!我父亲和我的未婚夫同教主没有冤仇,但我既被教主拉到这厢来,识破了我的秘密,我还敢瞒教主吗?只有我这身体,已不为我所有了,我虽和他没有正式结婚,我师父却已给我们订下了白头鸳侣,我是宁死不从第二个人,我才要替他守着这清白的身体,顾全我爷和他的面子,不能再服侍教主的枕席了。教主的年纪差不多比我要大得一倍,我愿拜教主做干爷,教主若鄙弃我,哪怕就做丫鬟、做奴婢,只要保存我这清白的身体,我都情愿。何况教主有这么大的神通，怎怕没有貌艺比我高百倍的好女子陪着教主睡那么一觉？何苦来逼迫我，硬要叫我死在这地方呢？"

任凭酆俊是生得怎样的一副黑心肝儿，却禁不起桂姐说了这几句可怜的话，早弄得他慌了张本，便说："一个女孩儿生在世界上，动不动要说什么死呀活呀！也罢，你既不顺从我，硬要走上这一条死路去，就讲不起，看我这一下捏下去，就得结果了你。"

酆俊口里虽说出这样狠毒的话，心里又不肯下重手捏她，捏伤了她不是当耍子的。只露出狰狞的微笑，向桂姐望着，又说："我不相信你的心是铁打的，我就先寄下你这命根子，你有本领，能逃出我这楼上一步吗？停会子我来看你，究竟是怎么个样子。"一面说，一面便一步一回头地走下楼来。

桂姐受了他这千斤闸魔术以后，虽经他把手松开了，一时却恢复不来，也只让着他走下楼去，不但没有抵抗他的能力，并且手不能动、足不能行，心里却是明明白白。暗忖：我师父这人好奇怪，我和剑鸣都把他老人家看作生身的爷一般，他虽将我们这两个孩子作成了白头鸳侣，怎么就把我们摒弃了，竟到什么红莲教里？于今剑鸣不知是到哪里去了，我又失陷在这天地教里，我们两人的性命都算没有在薄薄的冻块子上，怎么他老人家连问也不一问呢？如果他老人家没有多大的神通，轮算不到我们俩生死都要分拆开来，我也不望他老人家前来解救了。他老人家既知我们有这样的风险，婚姻问题，看成了《佛经》上所说的梦话泡影，却无端地给我们订下这头亲来，好像他老人家把那信送来以后，便算了却他老人家的心愿，不问我们的生死祸变，便从此义断恩绝，漠不相关。我想他老人家竟如何是这般凉血。想到这里，忽听得云梯上有脚步声响。桂姐不由暗吃一惊，生怕那鄢俊又来厮缠着，却想什么方法可以避免他不再勒逼我呢？

再看那人已走到楼上，并不是什么鄢俊，却是一个道装的玉女。原来这女子是庙中的女道士，因这庙观被天地教占得去了，庙中的一班女道士也不由卷入旋涡，和他们天地教教徒上下其手，暗地里不知干了多少风流的勾当。

这女道士名唤慧能，脸孔既白净，装束又漂亮，在一班女道士当中，她却算得个鸡群之鹤，被鄢俊看中了，早和她结下不解的缘，从不肯给一班教徒分甘一脔。

那时鄢俊因有这魔术，纵可以消受桂姐的肉体，却没有这手段能哄动桂姐的心，便下得楼下，寻那慧能，附耳说了几句。

慧能道："呸！你又有另外的想头了，我给你作成了这头好事，你须得要谢我一个大媒。"

鄢俊听了一笑，便用手轻轻向她眉心间一戳，说："你去吧！"

慧能也笑了一笑，说："死促狭的，你不能过了河就拆桥。"

一面说，一面便撇了鄢俊，走上楼来，便向桂姐福了一福。

桂姐向她仔细一望，说道："你不是邹璧云姐姐吗，怎的到这里做了女师父？十年不见，一个小姑娘竟长得这样的苗条了。"

慧能被她这么一问，倒噤得愕住了，一言不发。这慧能本也是湖北的樊城人氏，和蒋家比邻而居，她在小时候，同杏姐、桂姐姊妹两人都好得了不得。在十年前，被一个拐子把她由樊城拐到陕西来，这寺里的老道姑看她像煞一个水晶的人儿，不惜用巨金把她买了下来，做自己的徒弟。后来老道姑死了，鄞俊在这庙里设下了一个天地教的总机关，造化不仁，就这么把个花朵般的人插到牛屎堆上去。

话休絮烦，那时慧能听桂姐一口便叫出个璧云妹妹来，不由愕了好一会儿工夫，便向桂姐打量了几眼，哪里能够想得起来？又听桂姐说出了自家的履历，慧能再仔细望她一望，暗暗地叫了一声哎呀，粉脸上早羞得通红，不由得也流下泪来，说："奴不知姐姐便是桂姐姐，适才只听鄞教主说，有个妙龄男装的女子现在暖楼上，却叫奴来劝一劝姐姐。桂姐姐，我们小时候在一块儿玩着，奴见你捧着惠泉山的泥人子，向着奴吟吟地笑说：'这可是璧云的男人了。'我见姐姐这样地打趣我，便向姐姐恼道：'你别要花马吊嘴的，闲话里总带着小铜钱，我的男人怎的捧在姐姐的手上？'说到这里，我便不禁低下面庞来。桂姐姐听了，如何肯依？把那泥人子送到奴的怀里，又要搔奴的胳肢窝儿，却被杏姐姐一句喝住了，说：'二丫头，可是发了魔了？你的年纪是一年小二年大，你的脾气仍是三日雨四日风,却越闹越不像个话了。不图事隔十年,这光景就同在眼前的一样。又想不到,我的男子竟是姐姐的男子了。当日的戏言,也就成了今日的谶语。"

桂姐听到这里,那心头小肉又禁不住鹿鹿跳撞起来。

欲知后事如何,且看下回分解。

第三十回

莲花粲妙舌顽石点头
星眼闪秋波狂徒中计

话说桂姐听到这里，早知慧能是给酆俊做说客的，芳心里不由一阵难过起来，使出央告酆俊的手段，向她央告着道："好妹妹，你我小时候的交情也还不错，请你看那时的情分上面，给我在酆教主面前求求他吧，我在酆教主这边，叫我水里水去，火里火来，只要保全我的身体。"

慧能笑道："奴不是对姐姐说过的吗？奴的男子便是姐姐的男子，奴既是酆教主的人了，不但酆教主不肯放过姐姐，奴却也愿和姐姐同事教主，不肯和姐姐分拆开来。何况酆教主对外是一只虎，什么人都不能和他做对头，对内却又像一只小绵羊，件件都依得我，那颗倔强的头颅却又甘愿拜在我们做女人的石榴裙下。像他这么一个人，配我姐姐，要算男看女如瑶花映日，女看男如秋水临风，这一对儿女英雄，谁不叹为神仙眷属呢？你心里那个姓陆的，虽然你对他有意思，他不会终久喜欢着你，你那样的苦情，又向谁去告诉呢？就使那姓陆的终久能爱着你，你已到教主这里来，难道能和那姓陆的再有会面的机会吗？奴怕没有这般容易的事。"

桂姐听了，便又流泪说道："我们不幸做个女子，口头上虽也有说有笑，对于自己的一班女朋友，什么玩话都说得出口。但要知道这身体是如何的宝贵，不拘事情上发生了什么祸变，总要保全自己的身体，便是死了化成泥、化成水，也做一个清白的鬼。如果容容易易地把父母清白的遗体给人糟蹋得什么不如，凭良心说一句，无论对不起自己的亲人，自己也对不起自己了。我这时候无论鄹教主对我使出怎样狠毒的手段，我总抱定从一而终的，哪怕那陆剑鸣死了，我也要陪他一死的。哪怕那陆剑鸣将来做个乞丐，任凭他怎样地打我骂我，我也只怪我的命运不济罢了。死怕什么？一个年轻的女子损失了贞节，纵然将来就得到个好结果收场，也洗不清这身体上的污臭了。这是我说的一派天真话，并非有意挑着妹妹的眼花，知我罪我，请妹妹心问口，口问心，仔细参详一下吧！"

慧能打从在贞元庙里和鄹俊发生了关系以后，所见皆是龌龊不堪的事，所闻皆是龌龊不堪的话，知道什么叫作羞耻？于今忽听她说出这番光明正大的大道理，那一线已死的天良就不禁有些活动起来，粉腮上又漾起了一阵红云，直漾到鬓角上。低着头思索了一会儿，像似有无限伤痛说不出来的样子。

桂姐见她这颗心已被说得活了，看她却也是一个天真烂漫的女孩子，待要再拿话来打动她一番，忽见慧能向她附耳道："奴听姐姐这一番话，可是也懊悔不来了。奴的心本来是纯洁的，却落在猪狗不如的东西手里，就像糊涂油迷蒙了心窍，把自己的贞节损失了。幸喜姐姐这样地开导我，我想同姐姐逃出这天罗地网，只是姐姐受了那东西千斤闸的魔术，非候三日以后，身体不能恢复原状。姐姐总能看当初的情分上面，救奴一命，只是这三日中间，如何搪塞那东西不来厮缠呢？"

桂姐听到这里，早又有些踟蹰起来。

那里慧能又皱着眉头想了一会儿，不禁低声喜道："好了好了，奴倒有一个妙计，管许那东西在这三天以内，不到姐姐这里厮缠。"

桂姐问是什么妙计，慧能急咬着她的耳朵，如此这般说了一阵。

桂姐红着脸问道："这个如何使得？我不但说不出，也做不出。"

慧能道："这又何妨？姐姐依着奴的主意做去就是了。"

桂姐也只得点一点头。不一会儿，已是天光发亮，早有人送上饭来，慧能喂着桂姐吃了些饭菜。

刚到得辰牌时分，便见鄂俊又走得前来。那鄂俊早听说桂姐已吃了半碗的饭，如今却又看她的神态之间有些活动了，便向慧能暗暗地打了一个哨语，慧能也便学那顽石点一点头。那鄂俊便快活得心肝五脏里面都要钻出一个快活来，忙偎近桂姐的身旁，挽着她的脖，向她求欢。桂姐忽把眉头皱了一皱，好像是衔着满口的冰，说不出这个冷字，脸上更红得像喷火的一般，向慧能闪了一眼，便又在鄂俊的面庞上仔细端详，却和他的眼光碰个正着，早羞得抬不起头来，说："你是三十多岁的男子，还是这样猴急，你有什么想头，也不能真个要我的命，好狠心的男子。"

鄢俊听她这话里大有文章，那颗热辣辣的心不禁有些冰冷下来。

慧能急笑道："教主本不能怪她又是这样推三阻四的，可是她的老规矩来了，奴是实行检验过的。她要教主不用猴急，教主就迟缓三四日便了，还怕她真个不同教主盘肠大战，战个人不歇甲、马不停蹄？"

鄢俊早猜着桂姐的月信到了。他们运用法术的人，却也有一种老规矩，不要说和这月信适至的女子干出那么一件风流的勾当，便和她贴肉沾唇，给她宽衣解带，这魔术便不灵验了。何况这并不是桂姐有意推诿，却是慧能亲自检验过的，如何不信？

当下鄢俊也就向桂姐笑道："你们做女人的，总不免有这样的老规矩，一个人不讲情理，光是那样猴急，除非是个人头狗卵子的角色。总算小姐已许下我这件事，我却要来谢个大媒。"

一面说，一面又来搂着慧能，说："好人，我可不是过了河就拆桥的。"

慧能便啐了他一口道："青天白日，你是做什么的？你逗弄奴，就同小孩子要吃奶的一般，奴逗作你，你也要照你天地教的规矩，要办那么一回的例行公事。于今当着桂姐姐在这里，你要奴依你，奴总觉有些怪羞人的。"说完这话，乜着星眼，向那鄢俊面上打了个转，那眼皮就像有一块石头要压下来的样子。

鄞俊笑得哈哈地说:"也好,我们在这里胡闹一阵,太叫蒋小姐面子上难为情,我们就到那厢去玩一会儿耍子。"边说边挽着慧能,并肩似的走下楼去。

作书人也不问他们是玩了一会儿什么耍子,直到午后时分,慧能方才来见桂姐说:"这事就凑巧得很,适才那东西和奴鬼混了一阵,他说:'这几日时间,教中的事务甚忙,非得到三日以外,我才抽得出功夫来,再和你们这么鬼混着。就得请你去陪伴着蒋小姐,日间和她同桌而食,夜间和她同床而睡。她是个处女,本来不解风情,你乘机把那被窝里腌臜事体慢慢地开导她,好使我临时得到她一个高兴,我还准在那日重重地再谢你这么一个大媒。'奴听他这话,分明是一拳打到奴的心坎儿里,特将这喜信来告知姐姐。这其间的机关,奴是统统知道的,三日内姐姐能救奴逃出这一重罗网。但奴心里总有些害怕,无如奴已经破身失节,丢尽奴祖宗十七八代的脸子,却没有这张脸回家乡见爷娘。并且想到那东西还有一点儿神通,若知道我们逃出去了,难免不追赶前来。姐姐有那样的本领,只要不吃中他千斤闸的魔术,还可以和他抵抗抵抗,奴是个孱弱不中用的女子,若在半路上见他赶得前来,不要把奴的心胆都吓碎了吗?那么却又如何是好?"

桂姐听完这话,便拿好话来安慰她说:"我和妹妹在小时候的美满恩情,像同一个娘胎生出来的一样,我能够借引妹妹的这条线索逃出了罗网,我们生不能同日生,死却愿同日死。假使有这造化,再不着那东西的道儿,我总得给妹妹寻一个安插的所在。"

她们谈了一会儿,慧能便也住在这暖楼上,所有桂姐起居饮食之间,都赖慧能一个人服侍。慧能又告诉她:"这暖楼上有那么一个机关,我们可不必走到云梯下逃出去的为好。"

桂姐听了,记在心里。

似这么过了三日,并没有见酆俊到楼上来。桂姐在这三日之间,养息些,两手、两脚都能恢复了自由。这晚,却预备背着慧能一块儿逃出去,却因慧能下楼去了,好一会儿工夫没有前来,桂姐心里甚是诧异。

忽见慧能气喘吁吁地走上楼来,很惊慌地向桂姐说道:"姐姐快些,不赶紧逃走,如何逃得了性命?"

桂姐且不问她是什么缘故,便要来背负着她。

慧能急止道:"这个却不能如奴的心愿,只要姐姐不忘小奴,将来能够拔出这火坑,总不忘姐姐的恩典。奴适才和那东西又在那里鬼混着,那东西曾在奴面前夸下海口,他的法术,须比不得米宗恺,姐姐却如何是他对手?有我在那里绊住他的脚步,他纵然知道姐姐是逃出去了,尚不致他自己前去追赶姐姐。只要姐姐能走出这地方一千里以外,就可以无事了。"

桂姐听了,却有些迟疑不决的样子。

慧能又急道:"姐姐若绝要和奴一同出去,你我的性命都不能保全了。姐姐和我一死也就罢了,将来你把陆姐夫安置在什么地方呢?此刻万来不及和姐姐多谈,姐姐赶快一人逃走要紧。只要姐姐不忘小奴便是了(预为下集书中作第五步伏线)。"

桂姐听她一口说出个陆姐夫来，事急了，还有什么疑虑？便向慧能低声道："妹妹请自便吧！总算做姐姐的不忘妹妹的大德是了……"

慧能不待她说完，早已匆匆下楼去了。

桂姐在那楼上，把身上的衣服紧了一紧，提剑在手。这楼并无窗户，四面都是铁板包着，楼上面还蒙着许多的铁网。桂姐却在那东壁地方，把一面穿衣镜搬得开来，早见壁间嵌着一个面圆口方的古铜制钱。桂姐用剑尖向那钱孔里一按，接着便听得砉地作响，那墙壁登时便分裂开来。桂姐一纵身已穿到壁外，跟后换一个鹞子钻空式，一飞飞到空间，头也不回地直向西南飞去。

毕竟因在三日以前曾受了千斤闸魔术，身体虽然恢复自由，但不及平时飞得那么迅快，虽飞了一刻的工夫，却没有飞过多远的路，旋飞旋留神听着背后的风声，防备有人前来追赶。忽然见有十来道电光在天空间乱闪着，桂姐不由暗吃一惊，早从空间飞落下来，在这不前不后的时候，那十来道电光也就一齐闪到地下，和桂姐对面站着。桂姐看那些飞行汉子，便是恶蝎村中宋胜等十五筹好汉，他们本不曾习用运气飞腾的功夫，可是一入了天地教，学得天地教的魔术，膀子上就好像已能插起两道翅膀来。

桂姐就势便定了个海燕凌风的姿势，按住了宝剑，看他们是怎样地杀得来，便预备怎样地杀得去，却不怕他们人多势大，以许多人杀一个人。谁知宋胜那时却令一众的好汉分站两边，指着时大鹤等七人向桂姐道："他们七弟兄原打算把师姐拉入我们天地教里，想不到我们的鄢教主竟是这么一个混账的东西。

"今夜他们七弟兄回来,向我说明此事,我便转去问一问鄢教主,却听慧能暗暗地对我说:'鄢教主已到暖楼上面,要强迫蒋小姐了。'

"我听了她的话很是诧异,要埋怨他们七弟兄,不该无端地开罪小姐,而对不起蒋老英雄。却不料鄢教主一见师姐不在那暖楼上面,便回到教堂,掐着指头算了一番,说:'没事没事,好逃向西南方去,此刻尚没有逃出二十里外,我一会儿便追上了。'却被慧能师劝止了他说:'割鸡却用不着教主这把牛刀。'

"他摇头不答应说:'她一个人能逃出我的暖楼吗?必有本领比她高强的人,将她救了去了。'

"我当时只急得无奈何,故意问鄢教主是什么事。鄢教主却也不用隐瞒了,就将小姐逃走的话向我说了一遍,还亏得慧能师又拿话来反激他,说:'大不了一个年轻的女流,也劳动教主的法驾亲自把她捉回来?似这么小题大做的,被江湖上人知道了,不要说天地教里除了教主,再没有一个好手能敌得过年轻的女子?'

"鄢教主被她一句激动了心,便令我们十五个弟兄前来追赶小姐,说:'只得把小姐宰了灭口就是了。'但是我们都受过老英雄的恩典,何敢仗着有点点法术,要和小姐为难?然我们既已赶来,很愿同小姐一齐逃到甘肃去。"

桂姐听罢,思索了一会儿,但总怕宋胜等终不是个好人,便向他们说道:"宋大哥若欲逃出天地教的火坑,只要大哥们抱定了这个主意,仍请回到六盘山。将来我们有这日子，来扑灭天地教，大哥们总算是我们的内应。我是说一句是一句，丝毫不肯游移。至于大哥们欲同我一齐到甘肃去，这话劝你再也休提。"

宋胜听到这里，见桂姐神气不对，只得领带一众好汉，仍回到六盘山去。

这里桂姐也就再展运气飞腾的功夫，约飞有一小时时间，忽听背后有一种声音，比箭镞离弦的破空声还响几倍。桂姐不禁暗吃一惊。

欲知后事如何，且看下回分解。

第三十一回

僧峻嵩飞剑败酆俊
褚元亮设局赚剑鸣

话说桂姐听那响声比箭镞离弦的声音还响几倍，便猜着是酆俊赶得前来。原是宋胜回报酆俊，向他扯着谎说："果是一个本领高强的人把姓蒋的女子劫得去了，我们前去赶不上他，也只得回来缴令。"

那时酆俊正和慧能对面谈话，听得宋胜等报告前来，便向慧能呸了一口道："你险些误了我的事了，别的还无关紧要，假使那妮子把我们天地教的秘密传扬出去，我们不是变成万人的公敌了吗？"边说边一步蹿出门，飞虹掣电般直向西南方追去。

这里慧能再也没法能阻止酆俊，却暗暗替桂姐捏了一把冷汗，我今也不去写她。

单说酆俊赶到距离桂姐不远的地方，口里不住叽里咕噜，好像念着那外国的梵语，眨眼间便见有两道金蛇在空间盘旋着。桂姐却看得明明白白，不防备那两道金光正罩在桂姐的顶梁上。桂姐好像心上有些昏昏糊糊起来，不由在空间栽了一跤，可巧栽落在一座树林外面。那地方偏生着枯草，积雪初融，喜得栽下来不曾跌伤了哪里。但桂姐一时好像痰迷了心窍，便晕厥得连人事都不知了。

鄞俊收了金光，跟后也飞落地下，且不将桂姐用剑斩决，想趁着这机会将桂姐奸污了，再给她一剑了账。刚一步走近桂姐的身边，忽见从树林那边闪出一个老和尚来，手里提着一支剑，向鄞俊喝了一声道："畜生，休得无礼！"

鄞俊在月光下忽看见一个提剑的老和尚到来，回想宋胜报告的话，猜着这老和尚本领不凡，当下便撇了桂姐，口里念念有词。说时迟，那时快，老和尚早见鄞俊施出这魔术来，不由暗暗一笑，不慌不忙地运用那精气神剑的剑功，早从两眼间露出两道青光来。那青光飞掠空间，早向那金光碰个正着，好奇怪，当时只听得咔嚓作响，那金光便倏地炸得不见了。

鄞俊禁不住吓得一颗心要裂得粉碎，连忙逃回到六盘山去了。老和尚且不追赶他，看桂姐躺在那里，已是奄奄一息，那剑却掼在一边，再摸她的双手，已是冰冷，什九像个死尸。

老和尚不禁长叹了一声道："可怜可怜，老僧迟到了一步，那么却如何是好？"

一面说，一面给她解开外面的衣服，用手在她胸膛上一摸，尚有一些温气。老和尚把头点了一点，仍给她穿好外面的衣服，在她顶梁上摩挲了一会儿，便站起身来。

那时桂姐在昏沉中醒过来的时候，却听得她师父的声音说:"桂姐,剑鸣这时不在甘肃,你不妨到贵州一行,自然得和剑鸣有见面的机会。"

桂姐听到这里,早睁开一双眼来,看身边站立一人,不是峻嵩老和尚,还是哪个?桂姐不由脱口叫出一声:"师父,你撇得我和师兄好苦呀!"边说边要来拉老和尚的衣袖。

却见左边立着一个老和尚,右边也立着一个老和尚,一时间,像有无数的老和尚,每个老和尚身边皆佩着一支宝剑,眼里却看不过来,每个老和尚口里皆好像向她说着贵州贵州,耳朵里却听不过来。转瞬间哪里还见有一个老和尚呢?桂姐知道自己的性命这次是老和尚解救下来,懊悔不该在那暖楼上面暗暗埋怨老和尚竟是那样凉血。当下拾了宝剑,拿定主意,便向贵州去寻剑鸣。

作书人且搁住桂姐不谈,这支笔却要回到剑鸣身上,写到他们会面的时候,这集书便在那里告一结束（所有孙海鹏等寻访剑鸣,以及剑鸣去往清江的前后情节,本当在本书告一结束。因限于篇章,不克录及,在后集书中自有一番交代,特此奉告）。

且说在桂姐到贵州寻访剑鸣的时候,剑鸣正落在那温柔乡中、绮罗帐里。原是贵州娄山有一个三元教的余孽（三元教在清康熙时代,曾在滇黔间猖獗,迨至高宗时,三元教的势力便日益衰落,事见《南山异文录》）,姓褚,名元亮,在江湖上混了半辈子,却没有人认识他。就因他的行踪甚是诡秘,迥与别人不同,褚元亮撑下有好几十万的家产,都是仗着他三元教的法术盗弄而来。家里有五房妻小,却个个生得玉一般温、花一般活，她们如在娘家约会了似的，好像没有带来养儿子的家伙。

褚元亮怕自己绝了后，没有人承受他家里的一笔资产，心里好生怏怏不乐。这番准备到西安来，做一趟生意，却不防夜间在那个雪野的地方，无意间遇到保定陆剑鸣。

其时剑鸣因桂姐回到客店，叫他在那里等着，好一同到六盘山去。却因一时下部尿急，也顾不得前面有个人走来，便解开裤腰，在那积雪未化的冻块子上溅了一泡尿。只溅得那冻块子上咚咚作响，一股热气直向那冻面冲得上来，那冻块子立刻便融化了。

褚元亮见了，登时就惊诧不小，仔细看这人却也不弱，说到养儿子的本领，当然要比寻常人高强，便不由得停住了脚步。

陆剑鸣见他愕愕地只顾向自家望着，便系好了裤腰，待要向他问说什么似的。冷不防他在自家的头上拍了一巴掌，登时便有些要晕厥的样子。准备提足了气功，和他抵敌一下，哪里还来得及呢？便不因不由地晕倒大槐树下，看淳于驸马招着金枝公主去了。

昏糊间，不知经过了多少时刻，好像有人给他灌着很浓厚的茶汤。一时醒过来，睁眼一看，却见自家睡在一个神仙洞的香房里一张牙床上面，围着许多年轻貌美的风流女子，也有挽着他的手的，也有偎着他的脸的，也有马跨在他身上的，也有坐在床沿上逗着他玩笑的，那一阵阵的花香、粉香、肉香、口脂香，以及女儿身上所有的各种香气，闻得自己的鼻孔里都有些痒痒起来。

剑鸣只不知方才在那雪路上撒尿的时候，曾遇见一个中年的男子，在自己的顶梁上打了一巴掌，以后便觉得耳无闻、目无见了，醒来却被弄到这地方来，只见得这几个妖艳淫荡的女流，那男子却又到何处去了？一面想，一面要拗着身躯，哪里还能拗得起呢？浑身好像得了什么瘫痪病的样子，四肢更是软洋洋的，平时那种功夫、那种气力一些也没有了，心里不禁有些害怕起来。只好紧闭着双目，任凭那些女子在他的面前怎样地卖弄风流阵，他总把这颗心稳得定定的，动也不动一动，明知自家已中了妖人的魔术，究竟把自己弄到这里来做什么，身上就怎么这般软弱不中用。他思来想去，只摸不着一些头脑。

一会子，忽听有个男子的声音，似乎走近床前，向他问讯着。剑鸣掀目一看，那男子不是在西安路遇着的那人还是谁呢？

那人便又向剑鸣笑道："兄弟是这里的主人褚元亮，粗能解识得一些道法。因这四个小妾和阁下的缘分不浅，特地使用点点的神通，把阁下带到兄弟这边来，和她们了这未了的缘。"

剑鸣听他说出这样不伦不类的话，便也懒得向他多说废话。

那男子在临行的时候，便向那四个女子说道："你们须得好好地服侍这位小爷爷，若有一些怒恼了他，准备你们那精皮肤要挨受一顿的皮鞭子。"一面说，一面便扬长着走了。

那四个女子都是褚元亮的妾小，一个唤作新燕、一个唤作小红，马跨在剑鸣身上的唤作翠姐，和剑鸣脸对脸温存着的唤作月儿。这四个女人当中，要数翠姐做得风骚、新燕来得妖艳、小红举动活泼、月儿态度温柔，她们这四个人，都在那里卖弄风情。卖弄了一阵，她们见剑鸣像似没有理会的一般，心里动也没有一动。

小红最是个知趣的，当拉着翠姐、月儿笑道："我们出去吧！好让燕姐姐在这夜里独占鳌头。"

大家听了，都掩着口笑了一阵，出房去了。

新燕也只是在那里疯疯傻傻地笑着，直待她们走出房来，便呀的一声，把房门关起来，脱去了外面的衫裙，里面只穿一件红底绿花紧身子，那胸膛间隆然高起，有跃跃欲试之妙。

剑鸣这时已知上了人家的圈套，一时没有法想，本欲一头碰死在牙床上面，但因父母的大仇未报，并且桂姐和自己是怎样的关切，师父又给我们俩订下了婚姻，万一我就这么容容易易地一死了事，叫她这已字的贞娘，冷月凄风，消受那孤衾角枕，我这人还有什么人心？想到这里，心房中便布满了不少的生气。事情弄到这般地步，大禹圣人尚且裸体而入夷俗。

剑鸣虽也是当代的一名大侠，却也粗读诗书，略解义理，这时候也只好一变当初贞固的神态，向新燕笑了一笑道："姑娘，你不怕冷吗？"

新燕道："怕冷有什么法子呢？可怜你也有些冷。"

边说边来给剑鸣宽解衣裳，却见剑鸣腰间挂着一支宝剑，剑柄上安着一朵红花。那新燕偶然把那剑拔开一看，只见那剑锋上吐出一道风飕飕、寒闪闪的光芒，她连忙把那剑仍插进鞘中去，说："这可要吓死小阿奴了。"便向剑鸣附耳说道，"小阿奴本要陪爷爷的，不知怎么缘故，看见了爷爷剑上的光芒，心里便有些突突地跳。奴今天是不能陪爷爷了，望爷爷在她们面前，须要方便些则个。"

剑鸣巴不得她不来厮缠，连说："可以可以！"

一会儿，开了房门，新燕便唤一个小丫鬟打上一盆水来，洗用已毕，那小红、翠姐、月儿三人早嘻嘻地向她贺了个喜，各向她说了好些不堪话。

翠姐更是说得好笑，说："我们恨没有看着独占鳌头的新状元，这鳌头是如何的占法。"

一句话说得新燕辉红了脸。

翠姐道："燕姐是个过来人，怎么面孔就嫩得同未出嫁的小姑娘一般？我就不信……"

大家从此轮流逗着剑鸣，鬼混了一天。

到了第二夜，照例须轮到小红了，却因小红吃醉了酒，虽和剑鸣同衾共枕，只是睡得像死人一般，醒来小丫头已打着一盆水送得来了。小红等那小丫鬟去后，便同着新燕嘱托剑鸣的话一般，改头换面地向剑鸣附身嘱托一番。

一会儿，新燕等三人都走进来闹着小红，就此又鬼混了一天。

到了第三夜，却轮着翠姐了。翠姐却等不得大家走出房门，早就下了一道逐客令，把她们三人驱逐出来。刚才跨到上床，翠姐忽觉得身上有些寒浸浸起来，那十六对儿牙齿好像是一对儿一对儿不住地厮打。翠姐心里一愕，想不着是什么缘故，忽地恍悟过来，因为日间悄悄地吃了一包丸药，一时热火热心，喉咙里要冒出烟来了。又偷偷地吃了一碗冰水，肚子里反觉得有些生疼起来，只是疼一阵便不疼了。不想这时竟发了寒疾，心里虽要和剑鸣痛痛快快地干一下子，事实上却又不能干了，也就一头钻到剑鸣的被窝里，紧紧偎着剑鸣，在那大寒大热的时候，还要唱个不成腔调的曲子，自己给自己开一开心。可是第二天下得床来，就令小丫鬟在房里生起火来，好容易烘出了一身的冷汗，也悄悄等小丫鬟走了，和小红嘱咐剑鸣的话一般，向他附耳嘱咐了一番。这一天，也就容容易易鬼混过去。

到了夜间，自然要轮到月儿了，这月儿等待她们三人出房以后，关起了房门。她的年纪轻得很，虽没有经过大阵仗，却肯在剑鸣面前卖弄着她的风情，一时檀郎在抱。忽地在荧荧烛光之下，看剑鸣脸上露出很悲惨的神态，好像似哑子衔着满口的黄连，只说不出一个苦字。

月儿便低声急道："爷爷真忍心叫我一个人害臊地钻到被里来，爷爷连理也不理我。"边说边掀开香衾，已露出那两个模特儿来。

月儿看剑鸣那一身晶莹如玉的肌肤，到处抚摸，现出垂涎三尺的样子。再看剑鸣两眼里已流下泪来，便又吓得把被盖严了。

剑鸣这时候却看出她的心肠极软，故意说出很温存的话，向她盘问道："姑娘今年是多大的岁数了，是几时到这地方来的？我虽没有糟蹋姑娘的身体，然既贴肉沾唇，多少也总有一些缘分，请姑娘把肺腑里的话说给我听听。"

月儿听到这里，不禁粉腮上也挂下两行的珠泪。

剑鸣见她流泪，又用极诚恳的态度低声说道："姑娘有什么委屈，请你就说出来吧！"

欲知后事如何，且看下回分解。

第三十二回

灵犀通一点雨压花愁
劳燕喜双飞风吹萍聚

话说月儿听陆剑鸣问她心里有什么委屈,即仔细向剑鸣的脸上望了一会儿,又转过身来望着别处,半晌,才悠悠叹了一声说:"我是小人家的女儿,父母得了褚爷的一千两银子,爷娘将我卖给他做妾。我有这笔卖身价养活爷娘,便是做妾也由我命里注定的事,还说什么委屈?我不过偶然流一点儿眼泪罢了。"

陆剑鸣听这话里大有蹊跷,便向月儿耳语道:"贵州的地方,是什么离奇的风俗?你丈夫在西安路上,无意间遇见了我,即用法术将我弄到这里来,叫你们四姊妹轮流着陪伴我,太也不近人情了。我在三日前昏糊的时候,好像有人灌我一碗很浓厚的茶汤。我的本领也还不错,怎么现今就同瘫痪了的一样?不但使不出一些本领来,连动弹都不能自如了。我是一个光身的游客,身边既没有金珠,也没有和你丈夫曾结过什么冤仇,他谋害我有何用处?即使他存心要谋害我,就在我被他拍了一巴掌昏昏糊糊的时候,随便怎样害掉我的性命，我都是逃不了的，为什么要这样地安排香饵来钓我呢？照这种种情形看来，早知是凶多吉少，我怕要死在这地方了。姑娘如肯有一点儿怜恤我的心肠，就得悄悄把这话告诉我，我可对天发咒，若将这话轻泄于人，就叫我死了化成血、化成灰。姑娘嫌我发咒发得轻了，哪怕发得再重些，我都可以，只要姑娘告诉了我，我就死了也做个明白鬼。"

月儿听完这话，把眼泪揩抹了一番，转脸便向剑鸣附耳道："你这话说得太容易了，这其中的蹊跷，你做梦也想不到的。我纵然怜恤你，也不肯冒昧告诉你。若我在枕边把这话吐露出来，我们姊妹都是保不住这性命的。我家大奶奶是何等的厉害？无事还要平地生风，想抓寻我们的把柄，何况我犯下这滔天的罪，她肯轻易饶恕我们吗？不过我看你这模样儿的确算得个英风奇伟的男子，不像似行尸走肉的一班油滑少年，我心里不由一动。我纵想把这已经被他玷污了的身体来逗引你的心肠，好叫你开心一笑，但我和你的欢娱日子越多，我心里越觉难过。这回细想起来，我们总不是腼颜向人的人，然而我们做了人家的妾小，岂不肯便可了事的？我见你心如铁石，像有无限的苦情说不出来的样子，你的眼泪越流越多，我的心思亦越想越苦，这真叫我左右做人难了。"

剑鸣听她的话，仍有些不大明白，看她神态之间，总有好几分体恤自己的意思，心想：这是时候了。便又向她附耳道："你因为把那其中的情节告诉了我，你的性命便不能保全吗？这倒是你一件很可以放心的事，不瞒姑娘说，我那时无意间被他拍了一巴掌,所以才被他弄坏到这样地步。如果我身体上可以恢复过来,凭我也有些能耐,我不怕他的法术高强,都可以吃得住他,连带能将你救出牢笼。你如不信,就看我这一对儿眼睛和我身边的一支宝剑,你心里也该有点儿把握了。"

月儿在先曾留神看剑鸣左眼上面,并肩似的立着两个瞳仁子,却未看过他是怎样的一支宝剑,只见那剑柄上安着一朵绸质的红花,也知这是他们江湖上的一种标记,便在床上坐起来,披好了衣裳。拔剑一看,不禁浑身都直抖起来。

剑鸣便叫她不要害怕,可把这剑仍插在鞘中去。

月儿只得连声诺诺,插好了宝剑,依旧和剑鸣并头睡下,低声说道:"我早知你是个剑客,却不知你这把宝剑剑锋快到这样厉害,我仿佛听那剑锋上面发出低微的声浪来,叫我如何不害怕呢?你曾对我姊妹们说了一个姓名,我怕是你捏造出来的,你在我真人面前,要说一句真话,你究竟姓什么,叫什么,家里有什么人,可有妻妾没有?你能把自己的真情告知我,哪怕我就因救你而死,总算我这一死也值得了。"

剑鸣听了,便破例向她将自己的履历絮絮说了一遍道:"姑娘看我是个可怜的人吗?我肺腑里的话哪一句曾瞒姑娘?我一死并没有多大的关系,只是我父母的大仇未报,我死以后,却又叫我那桂妹将来依靠何人?这是姑娘真个可怜我的,才对我掏示肺腑的话。姑娘能够救我一命,虽然我不愁不将姑娘寻一个归根着脉,总觉我心里有些对不起姑娘。我这宝剑，我自信是很奇怪的，要是问心无愧的人，我这剑却不能伤他，如果遇着黑心肝的人，不拘他有多大的法术、多大的本领，总叫他死在我这剑光之下。姑娘方才抽出这剑，浑身却抖得什么似的，如果褚元亮抽出我的剑来，他的葫芦头多久就有些靠不住了。还有一句话，不得不掬诚相示，姑娘，我的身体是清白的。"

月儿听罢，沉吟了一会儿，便又耳语道："奇呀！怎么你到这里来，还没有破过身体吗？"

剑鸣又低语道："我若在父母丧服之中破了身体，我也没有面目偷生人世了。"边说边将前三夜的情形向月儿述了一回。

月儿便换了称呼说："爷是个圣贤，应有鬼神从中默佑，奴还敢隐瞒吗？"

说至此，便把话缩回了，好一会儿工夫，复又流泪说道："爷别说对不起奴，奴心里已有了归根着脉了。爷爷哪里明白？褚元亮在西安的地方，因见爷在雪地上小解，把雪都溅得融化了，他自己没有儿子，想将爷带到这地方来，给他养儿子。他儿子的生辰，便是爷的死日。

"爷在昏糊中像似被人灌了一碗很浓厚的茶汤，这哪里是什么茶汤？分明是一料加味锁阳散，把这加味锁阳散服下以后，有这效用，能把周身的阳气一股拢锁在精关里。他因平素喜吃人精，曾合了好几料的加味锁阳散，这回却因爷的阳气充足，并不想吃爷的精气，他要爷给他多养几个儿子，灌爷一碗加味锁阳散，一则吃了这药，精关的阳气充到一百二十分，还怕什么儿子养不下来？二则他知爷的本领不弱,把爷周身的阳气都锁到精关里,任凭爷生就得怎样的铜筋铁骨,手足间没有阳气,也不由得疲软下来,随便地听他摆布了,但每日须灌爷一些参汤。

"爷给他养下儿子以后,他是决意将爷处死,一则怕爷报复他这样的奇辱,二则可防爷走去以后,把爷给他养儿子的话告诉别人,他的人格真是狗彘不如,他的心肠又比蛇蝎更毒。爷吃下了这加味锁阳散,不是药味的能力能够恢复过来,爷可能依得我的话?"

剑鸣又低语道:"我依得的,断无不依,你不妨说出来。"

月儿见剑鸣说这两句话的神气之间,转来得十分严峻,便吐出低微无力的声音说道:"好在爷是束手无策的,我的方法便不灵,也不至辱没了爷。"

剑鸣转又低低地安慰着她道:"我的心,你已看见过了,什么方法快使出来,不灵绝不怨你,你总不要害我。"

月儿道:"爷且张开口来,给我在爷口里布满了气,好借我吸着爷的气,把那精关中的阳气慢慢地吸些上来。爷再运用升提运气的功夫,把阳气要升提得快,使那加味锁阳散的药力敌不得爷的升提力量,似这么升提了一会儿就好了。这是爷能谙习武术,绝会运用升提运气的功夫,然必须借奴给你吸气才能成功。如果爷不会运气功夫,就是会运气功夫,不借奴这吸气的力量,爷的阳气已锁得住了,身上没有一些气力,哪里能升提出来?便能升提出来,停一会儿却依旧被药力锁得下去,爷绝保不住性命的。"

剑鸣听她这话很有点儿道理,也只得听她摆布。好奇怪，月儿只在口里布满了气，不住地用着吸乳的气力，把他那其中的阳气一口一口吸些上来。剑鸣觉得胸腹间已有些阳气，即能用升提运气的功夫，刹那间手足便能转动了。她不住地吸着气，剑鸣不住地运用升提转气的功夫。再隔了半夜的时间，剑鸣忙推开了她，已能从床上直拗起来。约又运用那升提转气的功夫有一个小时，剑鸣觉得把那阳气升提上来，药力却再也不能锁得下去，周身都已恢复到旧时的模样。再运用一小时，不禁精神抖擞起来，任凭那药力在他精关里如何作怪，也没有一些效用了。

剑鸣便穿衣下床，催促月儿快披好衣裳，开了窗门，便背着月儿，从窗外飞出去，倏地飞到一个山谷中间，把月儿放在那山洞子里。再回到褚家的屋上，悄听多时，看褚家的人一个个都露出惊慌的神气，在那里东奔西走。月光下，一眼又看见褚元亮提着一支剑，咆哮也似的从那里走出来。

剑鸣更不怠慢，早提剑在手，喝一声："去！"那剑便脱手而去。只见一道寒光闪到地下，接连听得咔嚓一声响，剑鸣便一招手，那剑又自由自性地回到手里。

从屋上跳下来一看，见褚元亮已身首异处了。剑鸣要寻新燕、小红、翠姐三人，准备寻着她们，便在褚家弄些金钱，打发她们另到别处。可巧寻着褚家一个丫头一问，原来褚元亮那夜多吃了几杯酒，因他的大太太和他闹些闲气，褚元亮忍耐不住，便一剑砍杀了他的大太太，即兜到新燕房中。那新燕正抱着府里的一个仆人，大摆其风流谱，却不防褚元亮一脚踢开门来，就此将他们两颗头切了一剑。

再转至小红房里,却扑了一个空。复又转到翠姐房里,见小红同翠姐在那里说着闲话。

褚元亮在未进房的时候,有一句话被他听着,明白是小红的声音,说:"多早晚那恶阎王的东西死了,我们就好了。"

褚元亮听完这话,气得三尸神暴发,打开门来,不容分说,先挥动一剑,杀了小红。翠姐便不由得喊声:"哎呀!""呀"字没有出口,她那一颗油头已和她身体脱离了关系。

褚元亮杀了他们四个,仍没有地方泄火,准备再转到剑鸣房里,把月儿唤得起来,和他来干一下子。哪知才走到那房外一看,见窗门没有关闭,就很诧异不小,从窗外飞进去仔细看来,见床上空无一人。褚元亮不由大吃一惊,登时仍飞了出去,把府里的人惊噪得醒了,一齐寻找多时,不防他自己罪恶满盈,却被剑鸣用飞剑斩了。

那时剑鸣问明了丫头的话,毫不停留,飞出来的时候,回头看褚家是住的一所大庄院,周围左近没有阔大人家,才恍悟褚元亮有这胆量,竟造出那些滔天大祸来。及至回到那山洞子里一看,剑鸣不由得哭了一声月儿。

原来月儿已自由自性地碰死在山谷间了。剑鸣一面哭,一面想到月儿那时曾说,她自已已有了归根断脉的话,原来却归到这条死路上去了。剑鸣想她也是一个温柔活泼的女子,一朝失足,煞也可怜,及至清醒过来,竟寻到这条死路上去。

他的心肠甜到极处,却也苦到极处,自己本愿在满服成婚之后，想再收她做一位偏房，好答报她救命的恩典，并不因她是个已经失节的女子，有这一件坏，便抹杀她的百件好。今见她已是一头碰死了，禁不住一阵阵心酸，抱着她的尸体，号啕痛哭起来。

正哭到断肠的时候，猛不防有人在他肩上一拍，说："师兄你好，这是哭的哪个？"

剑鸣不禁回过头一看，见是桂姐到来，说："桂妹，我好苦呀，我好恨！"

桂姐听了，也不答他，便拔出一支剑来，搁在自己的颈项上。亏得剑鸣手快，一把将她那剑夺得下来，遂又将她拦腰抱住，声声哭着妹妹。

桂姐也哭道："我为你出生入死，赶到贵州来寻你。刚到这山上，远远便听得你的哭声，便应着哭声走到这山洞里来。原来你哭的却是她！"

剑鸣听到这里，方才明白过来，便将这几日的先后事情，通同细说了一遍。

桂姐便撇开了他道："这个我是不信。"

剑鸣见桂姐不信得有这般奇怪的事，任他有千百张口、千百张口生有千百张莲花妙舌，也分辩不来，便把剑按在自己的胸膛上说："妹妹，我剖开心来给你看一看，好吗？"

桂姐也不禁一把将他那剑夺得下来，抱着他的头，声声哭着哥哥，旋哭旋将在六盘山被困，以及自己的师父在那树林里解救的事，拢共向剑鸣说了出来。

剑鸣听了，好像心里有许多说不出的感激，和桂姐面对面哭了一阵。便在那山洞间，用剑掘了一个坑堑，将月儿的尸级掩埋起来。剑鸣又暗暗说了几声:"可怜可怜!"

桂姐也哭道:"似这样可怜的人,我见犹怜,无怪哥哥要对她洒却一瓢的眼泪。"

他们俩又在那山洞里唏嘘一会儿,便双双地走出洞外,一齐回向甘肃岷山去了。

图书在版编目(CIP)数据

万里情侠传／何一峰著. -- 北京：中国文史出版社，2025.3

(何一峰武侠小说)

ISBN 978-7-5205-4336-1

Ⅰ.①万… Ⅱ.①何… Ⅲ.①侠义小说-中国-现代 Ⅳ.①I246.5

中国国家版本馆CIP数据核字(2023)第186625号

责任编辑：牟国煜

出版发行：	中国文史出版社
社　　址：	北京市海淀区西八里庄路69号院　邮编：100142
电　　话：	010-81136606　81136602　81136603（发行部）
传　　真：	010-81136655
印　　装：	廊坊市海涛印刷有限公司
经　　销：	全国新华书店
开　　本：	880×1230　1/32
印　　张：	9　　　　　字数：176千字
版　　次：	2025年3月第1版
印　　次：	2025年3月第1次印刷
定　　价：	65.00元

文史版图书，版权所有，侵权必究。

文史版图书，印装错误可与发行部联系退换。